U0107707

浙江社科规划课题研究成果

浙江省哲学社会科学规划办公室　编

梁敬明　著

走近郑宅

——乡村社会变迁与农民生存状态（1949—1999）

中国社会科学出版社

图书在版编目（CIP）数据

走近郑宅：乡村社会变迁与农民生存状态：1949～
1999/梁敬明著．—北京：中国社会科学出版社，2005.8
ISBN 7-5004-5099-0

Ⅰ．走…　Ⅱ．梁…　Ⅲ．①乡镇－社会变迁－研究
－浦江县－1949～1999②农民－生存－状态－研究－浦
江县－1949～1999　Ⅳ．K295.54

中国版本图书馆 CIP 数据核字(2005)第 108397 号

责任编辑　京　蕾
责任校对　李　莉
封面设计　新空气
技术编辑　张汉林

出版发行　中国社会科学出版社
社　　址　北京鼓楼西大街甲 158 号　　邮　编　100720
电　　话　010－84029450(邮购)
网　　址　http://www.csspw.cn
经　　销　新华书店
印　　刷　北京奥隆印刷厂　　　　装　订　三河鑫鑫装订厂
版　　次　2005 年 8 月第 1 版　　印　次　2005 年 8 月第 1 次印刷
开　　本　710×980 毫米　1/16
印　　张　14.5　　　　　　　　　插　页　2
字　　数　256 千字
定　　价　26.00 元

内 容 提 要

迄今为止,中国仍然是农业的中国、农民的中国、乡土的中国。因此,乡村社会变迁和农民生存状态在某种意义上也就构成了中国历史的基本面,并制约着中国现代化的目标、路径和速率。

本书以历史档案为基础,结合乡村调查所获资料,对浙江省中部金衢丘陵盆地区的一个乡镇——浦江县郑宅镇,从土地改革、农业合作化、人民公社化,直至实施联产承包责任制以来(1949—1999)的经济社会变动,进行了深入、细腻的剖析。力图通过"点"的解剖与放大,从乡村社会变迁角度去理解当代中国历史,勾勒乡土中国的当代图景,探讨乡村社会变迁的机理;并以冲击—反应的分析思路,审视重大的历史变动对农民的冲击及农民的感受,进而逆向评价这些历史变动。

本项研究的基本观点是:

1. 对于执政的中国共产党,土地改革运动既是建立和巩固新秩序的根本保证,也是新政权社会主义方向和相应的经济建设的直接基础。因此,"新"、"旧"政权更替的最后一个环节,应该是土地改革运动。

2. 土地改革运动的旨义是为了解放农村生产力,但在实践上,土改的影响主要不是经济的,而是政治的和社会的,这集中表现为阶级意识的沉淀。在随后的 30 年甚至更长时间里,阶级意识深深地烙在乡村社会成员的心里,冲击甚至取代了乡土性与血缘性背后的温情脉脉;"成分"成为一种特殊的符号,决定着人们政治、经济、社会和文化的地位,也决定了人们的生存状态。

3. 作为一种制度安排,集体化是中国历史上一次最大规模的、自觉的"改造农村社会"的尝试。然而,农业生产互助组——初级农业生产合作社——高级农业生产合作社——人民公社,环环紧扣、急速铰进的集体化之链无法承受历史和现实的张力,终于导致国民经济和人民生活的严重困难。

4. 在"三级所有,队为基础"经济体制确立后的人民公社时期,尽管农村经济是属于"没有发展的增长"(过密化),但就是这种维持"糊口水平"的增长,保证了曾经处于"文化大革命"特殊内乱中的中国没有再出现"三年困难时期"

那样的大规模饿死人的悲剧。从根本上说,这是中国"农"字当头国情的深刻体现——农村没"乱";而就农业生产本身而言,则应该归之于农产品单位面积产量的提高——农业技术进步的贡献。

5."折腾农民"和"农民自己折腾",这种由家庭联产承包责任制的成功实践和乡镇企业的异军突起而引发的对当代中国发展演变的曲折历程和可能趋向的简洁、直观,抑或非学理的归纳或判断,为我们提供了乡村社会变迁根本动力的思考路径——中国农民有着极其可贵的探索精神和创造力。这种可贵的探索精神和创造力,正引领中国乡村社会实现根本性的变迁——所谓"农民的终结"。

Abstract

So far China is still an agricultural country, a peasant country and a rural country. Therefore the transform of rural society and the living conditions of the peasants forms the basic aspects of Chinese history to some extent. And it also restricts the aim, the path and the rate of China's modernization.

Based on the historical archives and investigations obtained when I undertook the research project of "History of Zhengzhai Town", a town with one-thousand-year history in Pujiang County in central Zhejiang Province, this research project of mine will further focus on the changes of economic society from the land reform, agricultural co-operation, People's Commune to the period of the output-related system of contracted responsibilities (1949—1999). It will try to analyze and magnify the "small point" to realize the contemporary China from the angle of rural social changes, to picture the prospect of modern rural China, and to discuss the reasons of the transformation of rural China. By means of dash-reaction ideas it will scan the important historical impact on peasants so as to give a reversal evaluation to these historical changes.

The main points are as follows:

1. In terms of the Communist Party of China, the movement of land reform was both the fundamental insurance to the founding and consolidation of the new order and the direct basis of new political power and economic construction. So the last stage of the subrogation in "the new political power" and "the old political power" should be the movement of land reform.

2. The purpose of the movement of the land reform was to emancipate the productivity in the countryside. But in fact the influence of the land reform was not mainly economical but political and social. In the following 30 years class ideology has replaced the locality and consanguinity. "Class status" decided people's living condition.

3. Collectivization was the largest attempt to reform the rural society in Chinese

history. From agricultural mutual-aid group—junior agricultural productive cooperation—senior agricultural productive cooperation—People's Commune at last it led to the extreme hardship of national economy and people's lives.

4. In the period of collectivization, although the economy of countryside belonged to "growth without development", it was just this kind of growth that resulted in a bare living situation in the rural area during the chaotic years of "the Cultural Revolution", but avoided the famines, which appeared in early 60's. Fundemently speaking, it embodied the actual national situation with "agriculture" as the main characteristic of the country. As to agriculture itself, we should owe the situation to the increase of unit - area farming products and the progress of farming technology.

5. The successful practice of the output-related system of contracted responsibilities and the new development of the small industries in the rural areas, which have arouse diverse discussions on the development of contemporary China, have provided us with new train of thought on the basic changes of the rural society -the precious exploring spirits and power of creativity of the Chinese peasants. It is just this kind of exploration and creativity that have led to the fundamental changes in rural China, so called "the end of the peasants."

目　录

CONTENTS

表目:

第一章 导　　论

中华文明发展史给我们这样的启示：

农业是社会稳定与发展的自然基础；

农村是社会稳定与发展的根本表现；

农民是社会稳定与发展的支撑力量。

任何时代，任何政府，如果忽视农业、轻视农村、处理不好与农民的关系，就必然会导致社会动荡的显露乃至全局性灾难的发生。

然而，在我们这个有着悠久学术传统的国度里，目前最缺乏的恰恰是对民族主体——农民——的研究，缺乏的是对农村深入的了解，缺乏的是对农业基础地位足够的信心。

半个多世纪以来国际学术“眼光向下”的取向，以及目前我国学术发展的新动态，特别是农村改革的成功实践，都表明“三农”（农业、农村、农民）问题研究、中国乡村社会史研究强大的学术生命力和对推动社会全面进步重要的实践意义。

一　乡土中国：认识的历程

在“文化中国”、“传统—现代”及相关问题的讨论中，从“乡土中国变迁”或“乡土性”的角度来重新审视和思考的主张，尽管应和者寥寥，也没有成为都市知识分子关注的中心之一，但却是非常值得重视的。①

---

① 乡土中国如何面对“现代”的挑战，这是 20 世纪中国知识分子关注的主要问题之一。在最近二十多年相关领域的学术反思（实际是对 20 世纪上半期乡村社会研究的认同和回归）和学术拓展（相当程度是基于改革以来乡村社会所迸发出的巨大的活力）中，一些直接从事乡村社会调查研究的学者在孜孜努力的同时，也为他们的工作未能得到知识界的关注而备感无奈。参见甘阳《〈江村经济〉再认识》（《读书》1994 年第 10 期），郭于华、释然等：《乡土中国的当代图景》（《读书》1996 年第 10 期），刘志琴：《贴近社会下层看历史》（《读书》1998 年第 8 期）等。不过，有迹象表明，这种情况正在得到改善。现阶段，“三农”问题已经成为学术研究、社会关注、政府决策的热点、难点甚至核心问题。

　　事实上，近代以来有不少学者深刻地认识到乡村问题是中国社会的根本性问题，① 他们都把自己的学术追求、人生目标甚至历史使命与"乡土中国"紧紧地结合在一起，或开社会改良的探索，希冀从传统中国文化—政治的角度，追寻"民族自救"、"民族振兴"的理想方案；② 或作扎实的学术研究，力图从传统中国社会—经济结构的内在理路出发，去探讨由传统向现代转型的可行道路。③ 一批信仰马克思主义的学者如陈翰笙、薛暮桥、孙冶方等，则以经济—政治的分析方法，对中国农村问题进行了深入的调查和研究，揭示出其中的矛盾与冲突。④ 最近二十多年来，史学界有学者从民族主体农民的角度，极力主张史学应从精英向大众转化，坚信"历史的主体应该从上层和'精英'等少数人物归位到下层和人民大众"，指出"中华民族是在传统的精耕细作农业基础上孕育发展起来的、以农民为主体的民族，而中华民族的八千年历史可以说自始至终就是一部农民史"；⑤ "中国的文明史是从山坡、田野走来的，农民及其社会生活、社会组织和社会心理，不仅构成了中国人的主体历史，而且也是其他一切中国人历史的原始基因"，因此，"中国社会史不研究农民是不可想象的"；⑥ 强调采取多学科的方法，建立"中国农民学"，是完全必要和十分迫切的。⑦ 这些对乡土中国或农民问题的关注，从根本上讲是基于中国特殊国情的一种判断：

---

　　① "农村"、"乡村"和"乡土"作为地域空间概念，其词义或指称基本是一致的，即泛指城市以外的地区。基于此，本书并列使用这组概念。当然，如细加区分，它们还是有所侧重，或隐含某种微妙、特殊的意味。"农村"主要是一个经济概念，表明的是一种不同于城市的经济活动方式，是与"农业"相联系但并不相等的概念；"乡村"主要的是一个社区概念，强调的是一定社区的社会关系和社会秩序；"乡土"更多的具有文化意义，强调的是与传统农耕文明相联系的社会特性。参见于建嵘《岳村政治：转型期中国乡村政治结构的变迁》，商务印书馆 2001 年版，第 44—46 页。

　　② 以梁漱溟为代表的"乡村建设派"试图以超政治的姿态去实现"民族自救"和个人理想，在这种知识分子式的纯真背后，却是中国文化—政治的复杂和沉重。

　　③ 费孝通等一代社会学家以学术的理性和对乡村社会实际的深刻把握，探索出从乡土工业的改造转化，到大力发展小城镇等中国乡村发展的可行道路。当然，在乡镇企业充分发展和农村城镇化大力推进的同时，我们应该注意到，乡村的出路仍是复杂的和充满变数的。

　　④ 以毛泽东为代表的中国共产党人，创造性地运用马克思主义的基本原理，并同中国的具体实际结合起来，认清形势、抓住机遇，在农村建立根据地，开展土地革命，开创了以农村包围城市，最后夺取全国胜利的革命道路。

　　⑤ 孙达人：《中国农民变迁论》，中央编译出版社 1996 年版，献辞、第 4 页。

　　⑥ 王家范：《中国社会史研究笔谈·从难切入，在"变"字上做文章》，《历史研究》1993 年第 2 期。

　　⑦ 参见孙达人等《中国农民史论纲》，《史学理论研究》1993 年第 1 期；方之光、池子华：《中国农民学：历史和现实的呼唤》，《江海学刊》1993 年第 1 期；孙达人：《论宏观与微观的衔接：再论加强对中国农民史的研究》，《中国史研究》1994 年第 1 期，等等。

——中国是农业的中国。中国是一个农业大国，农业过去和现在仍然是国民经济的基础；在当今人民生活水平不断提高、人口不断增长和耕地逐步减少"三个不可逆转"的必然趋势下，粮食等农产品供应问题、农业基础地位问题更显突出。

——中国是农民的中国。迄今，农村人口仍然占中国总人口的65%左右；[①] 城镇化、现代化进程中农村剩余劳动力的转移、农民的出路，以及在社会身份意义上如何使农村人口实现从"农民"向"公民"的转换，诸如此类的问题尤其显得严重和紧迫。

——中国是乡土的中国。中华文明从本质上讲是建立在农耕文明基础上的，传统文化所包含的价值观、生活态度甚至行为方式都是由漫长的小农经济的生产方式和生活方式所积淀而成的；由此，乡村社会的变迁在很大程度上制约着中国的现代化进程，制约着现代化的目标、途径及速率。

显然，不理解乡村社会和农民的变迁历史，就不可能从根本上理解中国历史、中国国情、中国的现在和将来。

然而，纵观史学发展史，中国传统史学中除极少数伟大如司马迁者，大多数史学家极度轻视、排斥包括乡村社会在内的下层社会的历史、大众的历史，西方传统史学也处于同样的状况——史学被完全精英化了。这是不争的事实，而且，在传统史学向近代史学演进的过程中，也已为国学大师们强烈的批判意识所揭示和证明。"近代历史学诞生的助产婆"[②] 梁启超在"戊戌变法"期间就指出，中国传统史学有许多弊端，中国古史大多为君王之史，是君王的家世谱牒，"质而言之，旧史中无论何体何家，总不离贵族姓，其读客皆限于少数特别阶级——或官阀阶级，或知识阶级。故其效果，亦一如其所期，助成国民性之畸形的发达。此二千年史家所不能逃罪也"。[③] 由于传统史学的研究对象限定于帝王官僚和知识分子，故略于"人生日用饮食之常识的史迹"和"一般民众自发自进的事业"，因而造成帝王学和官僚知识分子之学发达，而大多数老百姓的智慧却得不到记载和继承。据此，他批判了传统史学的价值标准，提倡全民本位的价值标准，认为帝王将相不应是历史的主宰，应该探求人群的活动，要将过去的"皇帝教科书"变为"国民资治通鉴"和"人类资治通鉴"，即"质言之，今日所需之史，则'国民资治

① 据第五次全国人口普查统计，祖国内地31个省、自治区、直辖市的人口中，居住在城镇的人口45594万人，占总人口的36.09%；居住在乡村的人口80739万人，占总人口的63.91%。国家统计局：《2000年第五次全国人口普查主要数据公报》（第1号），2001年3月28日。

② 戴逸：《世纪之交中国历史学的回顾和展望》，载《历史研究》1998年第6期。

③ 梁启超：《中国历史研究法》，华东师范大学出版社1995年版，第1页。

通鉴'或'人类资治通鉴'而已"。① 梁启超的远见卓识，反映了他极力倡导的"新史学"的出路和要求。确实，"比历史知识的巨大增长更为重要的是学者们在如何对过去进行研究的方法和态度上发生了重大的革命"。② 就史观而言，这是对精英历史以外的大众历史认识上的一次升华，其意义不容低估。

可是，近百年后的今天，人们还在用微弱的声音呼号"多一点乡土关怀"，这是多么令人伤感和遗憾啊！即便如此，探究20世纪中国学术的"乡土关怀"，我们还是可以勾勒出一条淡淡的轨迹。研究者已经对有关乡村社会研究的基本状况进行了回顾和总结，这里无须赘述。③ 下面仅循"乡土关怀"这一线索，作一点强调和补充，或许能引发一些思考。

必须指出，也正如研究者已经指出的，近代以来对中国乡村社会和农民问题的关注和研究，最初是由在中国居住或旅行的"外国人"进行的。19世纪末20世纪初，一群旅居中国并深谙中国文化的西方人（传教士、商人、旅行家、外交家等），④ 以外人独到的眼光和视觉考察中华大地，考察乡土中国的各个方面，并以生动的笔调作出有意义的记录。1872年就来到中国的美国公理会传教士阿瑟·史密斯（明恩溥），以他在华二十多年的生活经历和真切感受，于1899年出版了深为鲁迅、潘光旦等智者学人所称道的《中国人的特性》，⑤ 以及《中国乡村生活》。在《中国乡村生活》一书中，他从乡村结构、乡村社会、乡村经济、乡村教育、乡村文化、乡村习俗、乡村家庭等方面，对乡土中国做了几乎是全景式的素描。稍前的《真正的中国佬》（何天爵，1895），以及稍后的《穿蓝色长袍的国度》（阿绮波德·立德，1901）、《中国人生活的明与暗》（麦高温，1909）和《变化中的中国人》（E.A.罗斯，1911）等，也部分地述及中国乡村社会的状况。⑥ 1919—1920年间，上海沪江大学教授D.H.Kulp指导学生对广东潮州地区的凤凰村进行

---

① 梁启超：《中国历史研究法》，第4页。

② 尽管这是英国爱丁堡大学历史学教授哈里·狄金森对战后30年史学研究的一种评价，但在我看来，这种评价显然是有其普遍意义的。[英]杰弗里·巴勒克拉夫：《当代史学主要趋势》，上海译文出版社1987年版，序言。

③ 参见周晓虹《中国农村和农民研究的历史与现状》，载贾德裕等主编《现代化进程中的中国农民》，南京大学出版社1998年版。

④ 这是一个复杂的群体，需要审慎地进行研究。

⑤ 又译作《中国人的素质》。[美]明恩溥著，秦悦译：《中国人的素质》，学林出版社1999年版。该书附录收有鲁迅、李景汉、潘光旦、辜鸿铭、费正清等的评论，可供参考。

⑥ 参见黄兴涛、杨念群主编：《西方视野里的中国形象》丛书，时事出版社1998年版；《西方人眼中的中国》名著译丛，光明日报出版社1998年版。

了较为全面的调查，最后形成《华南的乡村生活》，这是人类学家研究中国乡村社会较早的一次尝试。尽管这些努力有的是学术的，有的是非学术的，有的甚至包含强烈的政治、宗教色彩，但他们的记录为我们留下了当时中国农民的清晰形象和生存状态，以及乡土中国的近代图景，而且他们中的大多数人对中国——一个有着悠久历史的文明古国——是充满敬意的。①

　　事实上，在近代以来救亡图存、富民强国的浪潮中，如果从国情出发去分析评价，乡村改造、乡村建设等运动是很值得注意的。② 早在清末民初，就有人开始在农村从事普及教育、提倡自治、改良农业、移风易俗等改造乡村的实验性活动，如河北定县的米氏父子在其家乡翟城村创办"模范村"，③但这些活动时间短、规模小、影响不大，并没有形成一种社会运动。五四时期，随着"民主思想的发展，使人们认识到对广大民众其中包括农民进行教育于实现民主的重要意义"，而"推行义务教育的失败，使人们认识到要实现义务教育的普及就必须重视开展乡村教育"，加之"西方国家尤其是美国重视乡村教育对中国的影响"，全国教育界行动起来，"下乡去"成为教育工作者的行动口号，一时到农村办学蔚然成风，并逐步会集成为乡村教育运动。④ 此外，农村经济的严重衰落，使人们意识到救济乡村的刻不容缓，乡村教育运动迅速向乡村建设运动发展，中国的知识精英们设计出了多种改造乡村的方案，来实现农村经济和社会的复兴。乡村建设运动就其本质而言，是一场社会改良运动，目的是要实现所谓的"民族再造"（晏阳初）或"民族自救"（梁漱溟）。乡村建设运动改良文化而不是制度革命的实验性努力，最后虽未成功，但正如当时和后来的人们所认识和评价的那样，"在旧中国，只要是在实现现代化和社会进步这个目标下，许多'政治改良'、'实业救国'、'教育救国'等主张，尽管不能从根本上解决改造中国的问题，仍然在

---

　　① 明恩溥在《中国乡村生活》一书的前言中即表明自己的立场："作者在中国有过丰富的生活经历之后，对中国人无数的优秀品质深表尊重，并对大多数中国人怀有强烈的个人敬意。中华民族不仅有着一个举世无双的过去，也必将有着一个美好的未来。然而，在这个美好的未来实现之前，还存在许多必须克服的缺陷。"客观分析，这是一段较为中肯的话，并具一定的代表性。明恩溥：《中国乡村生活》，时事出版社1998年版，前言。

　　② 有关研究最主要的成果应该是郑大华的《民国乡村建设运动》，社会科学文献出版社2000年版。

　　③ 米氏父子即米鉴三、米迪刚父子。1902—1903年，米鉴三应定县知县之请，在定县创立新式学堂，着重民众教育和公民教育。米迪刚从日本回国后，支持他父亲的事业，并认为加强乡村机构是复兴全国的基础。

　　④ 郑大华：《民国乡村建设运动》，第67—70页。

某些方面起过有益的作用"。① "我们绝不应当忽视在这些乡村改良主义团体
（如邹平的乡村建设研究院、定县的平民教育促进会等）中，有着几千几万
有良心的青年"，他们虽然在大革命失败后，由于既"不满意地主资产阶级
的反革命统治，但又没有决心去参加反对地主资产阶级统治的土地革命运
动"，而走上了"第三条道路，就是改良主义的道路"，但"他们不是为着掩
护地主资产阶级，甚至不是为着个人的金钱或者地位，而是为着追求光明，
追求自己的空洞的理想，而在这里（指乡村）艰苦的工作着"。② 作为中国
的知识精英，作为"有良心的青年"，乡村建设派以他们"艰苦的工作着"
体现出对乡土中国的人文关怀。今天，我们大概不能再简单地用政治立场、
倾向、表现来清算中国现代历史的人与事了。对于乡村建设运动和乡村建设
派，我们可以秉承学术的理性原则和批判精神，去发掘其内在合理的价值、
甚至当代意义。

　　接下来考察一下中国现代文学发展史，我们会惊讶地发现，文学的"乡
土关怀"竟表现得如此浓烈。梳理中国现代文学的脉络轨迹，异彩纷呈的作
家、作品、理论、主张、思潮、流派，大多烙上深深的"乡土意识"。③ 从
20 世纪 20 年代鲁迅倡导"乡土文学"开始，④ 文学创作中的"乡土意识"
便迅速张扬开来。20—40 年代，从茅盾到赵树理、孙犁等，及至中华人民
共和国成立后的柳青、浩然，再到改革开放初期的刘绍棠、汪曾祺、高晓声
等等，中国现代最主要的作家无不注目乡土中国。作品更是举不胜举：鲁迅
的《故乡》、《阿 Q 正传》、《风波》、《祝福》和《离婚》，彭家煌的《喜期》、
《怂恿》，台静农的《新坟》、《天二哥》，许杰的《赌徒吉顺》；茅盾的《春
蚕》、《秋收》和《残冬》，沈从文的《雨后》、《山鬼》、《边城》，赵树理的
《小二黑结婚》，孙犁的《荷花淀》，丁玲的《太阳照在桑干河上》，周立波的
《暴风骤雨》；柳青的《创业史》，梁斌的《红旗谱》，浩然的《金光大道》；
刘绍棠的《蛾眉》，汪曾祺的《大淖记事》，高晓声《陈奂生上城记》……
"由鲁迅的浸淫着哲学沉思的深邃博大的悲剧情怀到乡土小说流派的流淌着
人道主义血液的悲剧精神，到沈从文的充满了野性思维特征的超越悲剧的精
神，再到新时期以来的充满文化哲学意味、高扬生命意志的悲剧精神，形成
了 20 世纪乡土文学的主旋律，它应和着中国现代化的进程，而对它的误听

---

　　① 金冲及：《中国近代的革命和改革》，《光明日报》1990 年 12 月 5 日。

　　② 薛暮桥、冯和法编：《〈中国农村〉论文选》（上），人民出版社 1983 年版，第 23 页。

　　③ 参见丁帆《中国乡土小说史论》，江苏文艺出版社 1992 年版；何积全、肖沉冈编选：《中国
乡土小说选》，贵州人民出版社 1985 年版。

　　④ 乡土中国恰恰是鲁迅关于"国民性"探讨的基点。

和误解以及其间出现的断裂和变调，则折射着现代化进程的阴涩和停滞"，
"他们面对悲凉而热烈的乡土，表现出或悲悯的情怀，或批判的态度，或宣
泄的格调，或反叛的意识，或回归的倾向"。① 可以肯定地说，表现"乡土
中国"最形象、最生动、最深刻的一定是这些作品。他们开掘出中国历史文
化的深层积淀，描绘了近百年中国乡村社会变迁的图景及农民真实的生存状
态，表现了激烈的政治变动（辛亥革命——国民革命——新民主主义革
命——社会主义革命和建设）之于乡村社会和农民的冲击及由此产生的相应
的反应，揭示出历史发展的内在动力，也关注现代化进程中"人"的裂变、
迷茫和痛苦不堪——"身体逃离"与"精神返乡"。②

当然，作为学术史的回顾，20 世纪人文社会科学在乡村社会研究领域
虽然有限，但却有十分夺目的成果，主要的是来自社会学的努力和贡献。③
20 年代后，一批留学回国或受过西方学术训练的学者开始他们的社会学研
究的尝试。1924 年，李景汉从美国留学回国后，任教于燕京大学，1926—
1927 年间，他指导学生对京郊挂甲屯等四村 160 户家庭进行调查，并于 1929
年出版了《北平郊外之乡村家庭》；以后，李景汉又根据自己以及中华平民
教育促进会社会调查部的同仁所进行的定县调查，于 1933 年出版了《定县
社会概况调查》。30 年代，在燕京大学吴文藻教授推动和带领下，中国年轻
的社会学学者如费孝通、杨庆堃、林耀华等，开始社会学本土化的实践，并
逐步形成了社会学的中国学派，也开创了中国乡村社会研究的新局面，他们
的成果在很长时期内代表了中国社会学的高度，这是人们所熟知的。尤其值
得注意的是，他们不仅在理论和方法论上有开创性的成就，而且特别注重和
中国社会实际相结合，努力为"推动社会的发展"④，为国家发展战略调整
和中华民族繁荣昌盛做出贡献。以费孝通为例，从《江村经济》提出发展中
国乡村工业的模式，到 20 世纪 80 年代以来跟踪中国社会的变化，从广大农
民的创举中探索中国的富强之路，提出"农工相辅"、"小城镇大问题"、"发
展乡镇企业、实现农村工业化"、"城乡协调发展"等一系列主张，这种理念
清晰地贯穿于他的学术生涯。我们还可以发现，今天的社会学工作者们正在

① 林舟：《活史，作为一种策略——评〈中国乡土小说史论〉》，载《小说评论》1994 年第 2
期。

② 在中国现代文学发展史中，乡土命运的人文关怀、文学批判主题和阶级意识等几者之间的
转换和缠绕，我以为很有深入研究的必要。

③ 参见杨雅彬《近代中国社会学》（上、下），中国社会科学出版社 2001 年版。

④ 费孝通：《〈云南三村〉序》，见《费孝通文集》（第 11 卷），群言出版社 1999 年版，第 139
页。

更深刻程度和更广泛意义上，去体现学术的价值和使命。

　　还是回到史学发展本题的讨论上来吧。我们不难发现，20 世纪中国史学并未沿着梁启超等开启的道路扬帆前进，史学领域的后来者们并未循此方向努力，更谈不上进一步弘扬，梁启超“大众史学”的倡导实际上未能成为史学进一步发展的契机。相应地，史学的“乡土意识”与“乡土关怀”也就十分苍白。如果就此把中西方近代史学生成后各自的发展道路作一比较，我们的缺憾和曲折就更显而易见了。尽管从根本上讲，两者在生成和发展问题上存有学术铺垫（中西方历史哲学发育程度上的落差）和社会背景（西方资本主义的迅速上升和中国救亡图存的政治重负）的巨大差异，[①] 但就事实层面上，西方史学近代以来大师辈出、学派纷呈的充分发展局面，很大程度上是大众史学充分发展的结果。

　　简单地比较中西方史学从传统向近代的转变，我们可以发现它们有着类似的经历，同样是在 19 世纪末 20 世纪初，西方史学也在经历从传统到近代的转变，这种转变同样表现出强烈的反省甚至反叛意识。从最早提出“新史学”口号的德国历史学家卡尔·兰普勒希特，到以鲁滨逊为首的美国“新史学派”，到影响广远的法国“年鉴学派”，都对传统史学、特别是当时占主流地位的兰克学派的政治史、制度史的取向提出最严厉的批判，都注重人的研究、总体历史的研究、大众历史的研究。而在社会史，特别是乡村社会史领域，“年鉴学派”一些重要人物的成果则令人叫绝。以马克·布洛赫为例，他在 1931 年出版的《法国农村史的基本特性》中，根据田地布局、耕作制度、民情风俗及 18 和 19 世纪的土地测量记录等，仔细而令人信服地回溯复原了中世纪农村社会的各种状况，如土地占有制度的起源、庄园制度的兴衰、农村各阶层的构成和演变等等，揭示了从中世纪到现代，农业和农村生活的演变和发展，开辟了欧洲中世纪农业史研究的新途径，影响深远。[②] 而“年鉴学派”第三代的代表人物埃马纽埃尔·勒华拉杜里，则以他那部《蒙塔尤》展示了“年鉴学派”除宏观史学气魄外的另一种魅力——处理微观问题的精到功夫和游刃有余，这在后面将会述及。

　　相对而言，1949 年以前近半个世纪，除傅衣凌、吴晗等几位史学家外，我国的乡村社会和农民史研究，很难说有多少作为。而从 1949—1978 年的

---

　　① 杨树标、梁敬明等：《贡献与缺憾：梁启超史学思想再审视》（笔谈），载《浙江大学学报》（人文社会科学版）2000 年第 5 期。

　　② 参见张广智、张广勇《史学，文化中的文化——文化视野中的西方史学》，浙江人民出版社1990 年版，第 406 页。

30 年间，这一领域虽有以"农民战争"研究而表现出来的看似空前绝后的辉煌，但显然是政治诱导的结果，其实并不符合学术发展本身的内在规律。令人欣慰的是，进入 80 年代以来，我国史学界的乡村社会和农民史研究在长期沉寂和扭曲后，开始了缓慢但底蕴十足的重新启动，经过将近十年时间的努力，一批学者特别是中青年学者正以他们充满创造精神的成功实践为开拓本领域的新局面而奉献，终于带出 90 年代以来这一领域研究的勃兴态势。这种判断最主要的依据是国内一批代表性著述的问世，如《中国农民的分化与流动》（陈家骥，1990）、《当代中国村落家族文化》（王沪宁，1991）、《当代中国农村与中国农民》　（陆学艺，1991）、　《中国农村社会经济变迁（1949—1989）》（陈吉元等，1993）、《二十世纪三十年代冀东农村社会调查与研究》（魏宏运，1993）、《二十世纪三四十年代河南冀东保甲制度研究》（朱德新，1994）、《当代浙北乡村的社会文化变迁》（曹锦清、张乐天、陈中亚，1995）、　《传统与转型：江西泰和农村宗族形态》　（钱杭、谢维扬，1995）、《魏晋隋唐乡村社会研究》（齐涛，1995）、《中国近代流民》（池子华，1995）、《理想·历史·现实——毛泽东与中国农村经济之变革》（温锐，1995）、《旧中国苏南农家经济研究》（曹幸穗，1996）、《中国农民变迁论》（孙达人，1996）、《田园诗与狂想曲——关中模式与前近代社会的再认识》（秦晖、苏文，1996）、《中国农村村民自治》（徐勇，1997）、《20 世纪常熟农村社会变迁》（李学昌，1998）、《传统与变迁——江浙农民的社会心理及其近代以来的嬗变》（周晓虹，1998）、《长江中游宗族社会及其变迁》（林济，1999）、《基层政权：乡村制度诸问题》（张静，2000）、《民国乡村建设运动》（郑大华，2000）、《民国时期自然灾害与乡村社会》（夏明方，2000）、《一个村落共同体的变迁——关于尖山下村的单位化的观察与阐释》　（毛丹，2000）、《岳村政治：转型期中国乡村政治结构的变迁》　（于建嵘，2001）、《农民经济的历史变迁：中英乡村社会区域发展比较》（徐浩，2002）、《农民、市场与社会变迁——冀中 11 村透视并与英国乡村比较》　（侯建新，2002），等等。

二　乡村社会史：一种阐释

历史犹如海洋，其内涵的丰富程度是一致的。就像波涛汹涌不是大海的全部，精英层面上激烈的社会—政治变动也仅仅是历史的一面，甚至只是表面。"在巨大而沉默的大海之上，高踞着在历史上造成喧哗的人们。但恰恰象大海深处那样沉默而无边无际的历史内部的背后，才是进步的本质，真正传统的本质。"①

　　是的，"我们可能越来越感到城市生活方式只不过是浮在农村文化表层的东西。要理解我们的文明，就必须抓住文明中的农村要素"；② 或者说，看似平淡无奇、了无生气、静悄悄的乡村社会，却是"真正传统的本质"；何况，传统不是虚无，它从来就是一种现实的、真实的力量，它既体现在史籍的记录之中，更活在现时代人们的观念、习俗和行为方式中，并直接影响着各种制度的实际运作过程；③ 无疑地，乡土中国的特性决定了乡村社会蕴藏着历史发展最深刻、最本质的因素。相对于"高踞在历史上造成喧哗的人们"，下层的、乡村的景象可能是静悄悄的，殊不知静悄悄背后的"本质"，近距离观察却也是汹涌激荡的，就以当代中国、特别是改革开放以来乡村社会变迁为例，人们很喜欢用"静悄悄"来形容、概括，这实际上是身在乡村以外的都市知识分子书呆子式的判断，你只要身在其中，你只要用心体验，你很容易地就能感受到乡村丰富、浓烈甚至躁动，我们不是经常用轰轰烈烈来形容小岗农民悲壮的突破、乡镇企业曲折却是辉煌的异军突起、民工潮此起彼伏的涌动以及村级民主自治可贵的探索，等等。我们的政府官员、专家学者，不是一直为植根于乡村的这些"轰轰烈烈"而兴奋不已吗？我们不是已经深切地感到古老中华民族的伟大创新精神正前所未有地从最普通的民众中迸发出来？我们的工业化、城市化、现代化进程不是已经从"三农"（农业、农村、农民）中获得源动力？我们的改革开放不是已经从乡镇企业的市场取向、股份制股份合作制的成功尝试中获得根本性突破的依据和对建立社会主义市场经济体系的广泛认同？

　　剔除了泡沫后的平和、平淡、平凡的历史——人民的历史、大众的历史、乡村的历史，事实上又是如此的不平凡，又是如此的深刻、鲜活，如此地震撼着我们啊！

　　如前所述，中国是农业的中国、农民的中国、乡土的中国。因此，乡村社会的变迁和农民的生存状态在某种意义上构成了中国历史的基本面。问题却是，下层的、大众的历史几乎被完全舍弃了，史学被精英化了。那么，何以会精英化？精英化为何又如此地根深蒂固？

――――――――――

　　① 这是布罗代尔为了说明长时段历史和短时段历史关系的一段话。转引自《史学，文化中的文化——文化视野中的西方史学》，第408页。

　　② 埃弗里特·M. 罗吉斯、拉伯尔·J. 伯德格著，王晓毅、王地宁译：《乡村社会变迁》，浙江人民出版社1988年版，第188页。

　　③ 曹锦清：《黄河边的中国——一个学者对乡村社会的观察与思考》，上海文艺出版社2000年版，前言。曹锦清在本书中有许多这方面的经验性描述。

首先应该是发达的史官文化以及史学传统使然。毫无疑问，即便是世界意义上的，记录或编写历史的从来都是社会精英——官员和文人，而中国发达的史官文化使之愈发彰显。传统中国的中央集权政治造就发达的史官文化，史官文化在记载、编纂历史时，是以皇权为中心的上层社会作为关怀的对象，而构成社会主体的农民，其心态、生活、风俗、节日、劳作、信仰等等，则被官修史籍所遗弃，这种思想影响既深且巨。[①] 梁启超指出："《史记》以社会全体为历史的中枢，故不失为国民的历史。《汉书》以下，则以帝室为历史的中枢，自是而史乃变为帝王家谱矣。"[②] 确实，如前面已经指出的，中国传统史学中除极少数伟大如司马迁者，大多数史学家极度轻视、排斥包括乡村社会在内的下层社会的历史。

其次，则属全社会在认识与实践上的严重背离。历史是大众的历史——"人民，只有人民，才是历史的创造者"。这曾经是我们最一致、最常识化的认识之一。但也仅仅只是停留在认识上，一到实际，就精英化了。如前所述，乡村社会和农民史研究的意义首先是由国情决定的，由此，一般地纯粹作为判断或就认识论而言，人们很清楚乡村社会和农民问题之于中国、之于中国现代化的重要地位和意义。但事实上，偏见却处处存在并发生作用：乡村只能是现代化的障碍性因素，因此一切乡村的总是逆现代的；农业的基础地位随着工业化、城市化、现代化进程的加快似乎大大地被冲淡，因此作为弱质性产业应有的保护就显得十分有限；农民只能与落后、愚昧、狭隘、保守等贬义词汇联系在一起，因此，农民在"身份"意义上自然就低人一等，"城里人"随时流露出对"乡下人"根深蒂固的不屑和讨厌。由此，在实际工作也包括学术研究中，就出现了抽象肯定、具体否定的事实和结果。[③]

再次，还得从我们史学工作者自身寻找原因。我们感叹史学显学地位的沦落，感叹史学多舛的命运，我们抱怨无情的甚至是可恶的经济化、数字化的评价尺度，抱怨学术机会与待遇的不公，我们以"史学危机"来评价史学的现状，来平衡内心的无奈。"史学危机"确实存在，是事实，我们也一直

----

① 王琳：《近现代华北农村社会实态的当代阐释——评二十世纪三四十年代冀东农村社会调查与研究》，载《史学月刊》1997年第2期。

② 梁启超：《中国历史研究法》，第40页。

③ 令人欣慰的是，最近越来越多的事实表明，对农业、农村、农民问题的认识上的偏差正在得到有效的纠正。

在努力寻找答案和出路，而遗憾的是史学界很少进行自身的检讨。[①] 我们的研究方法和研究对象是否有悖学术的宗旨和要求？我们的精英史学是不是和大众远了一些？我们不去反映大众最有感受、最能引起共鸣的历史，而完全沉醉于一些所谓具有伟大历史意义的精英世界的人与事，难免大众会感到烦腻。史学不能介入到大众的生活中去，不发挥它纵览古今、横贯东西、深刻敏锐等特性背后的社会参与功能，那史学永远只能是史学家自身的学问，那史学就会失去它作为"国民精神财富"以增进人类利益、推动社会全面进步的永恒主题，那么危机就是不可避免的，那样的话，我们还能怨谁呀？

我们应该从司马迁那里获得启示，因为《史记》广博的包容性、对大众和大众社会生活的广泛认同，以及由此奠定的其永久的生命力。

我们应该从国际学术界从 20 世纪上半期就已经开始的"眼睛向下"的趋势中获得启示。在世界史学大众化——史学的研究对象和史学研究的受益对象的大众化——趋势日益加速的背景下，主动吸收同样有精英化传统的西方史学在近代新史学产生以来努力寻找大众化的研究路径的成功经验，对于目前仍然精英化的中国史学在新世纪实现新发展无疑是有益的。

我们同样可以，也应该从其他领域诸如文学艺术的成功经验中获得启示。最近二十多年来，尽管帝王将相、才子佳人、野史戏说等作品喧嚣一时，但与这些作品所引起的担忧、争议甚至责难相比，获得国际的、学术的认同，广为人们接受的、长留心中的恰恰是乡土的、大众的、反映"小人物"的作品；我们的媒体也越来越多地在讲述"老百姓自己的故事"，从而取得媒体赖以生存所必需的收视率。这些现象和事实不能不引起我们的深思。史学是不是也应该从中得到启示，响应一个多世纪以前的"大众史学"的呼吁，让我们的历史学不仅成为历史学家的历史学，更是大众的历史学——国民的精神财富。

何况，乡村的命运决定了中国社会经济的总体发展方向：没有乡村的发展就没有中国的发展，没有乡村的现代化也就没有中国的现代化。中国的改革之所以以一种特殊的方式从农村开始，其秘密也就在于社会主义制度在中国建立后，由于生产力水平问题，一直存在人类最基本的生存性危机，诸如吃饭、穿衣、住房、就业、社会流动等。[②] 我们的改革首先是解决生存问

---

① 相关讨论可以参见茅海建：《史学危机与史学功能》，《光明日报》1986 年 3 月 5 日；罗义：《"大众史学"：检验和实现史学社会功能的一个重要方面》，载《中国史研究动态》1989 年第 1 期；梁柱：《重视史学的社会功能》，载《高校理论战线》1995 年第 8 期，等等。

② 李小兵：《资本主义的痛苦与社会主义的烦恼——布尔拉茨基〈新思维〉读后》，载《读书》1989 年第 6 期。

题，然后才可以实现真正的发展。

何况，我们已经深深体会到，脱离乡村社会的变迁、脱离农民的生存状态（特别是农民在政治变动中所受到的冲击，以及他们对于所受冲击的反应），我们无法客观地、最接近事实地去了解大的历史变动。例如，正因为《史记》生动地刻画了市井生活，才使我们对刘邦、陈胜等有立体的感受和印象，才使我们有可能深入地了解秦汉之际中国社会的大变动。再如人们已经注意到的，仅就金田起义、《天朝田亩制度》、天京事变等去研究太平天国只能是片面的，而从江南乡村在太平天国运动前后的剧烈变化（特别是土地变动、人口变动等）中才能更深刻地理解这一场农民战争，理解这一场农民战争对近代中国社会巨大的和深刻的影响。

农民的中国，农民的命运如何难道不值得我们关心吗？[①] 农民中国的当代历史是曲折的。中华人民共和国成立以来50多年的历史，如果以中共十一届三中全会为界，前30年可以说"社会主义道路探索农村失误大于城市"，后20多年改革开放则是"农村成就大于城市"。这一表述的另一层意思是，前30年城市（实际是工业化）的成绩大于农村；后20年是城市失误大于农村。人们把其中的原因归结为："折腾农民"和"农民自己折腾"。即便这种结论是非学理的，但其简洁和直观的判断很有助于我们循此思路去解剖历史，那就是农民是怎么样被折腾？农民又是怎么样自己折腾的？土地改革、农业合作化、人民公社化之于农民的冲击以及农民的真实感受？大跃进的"放卫星"，难道是农民乐意放的吗？深知土地习性的农民难道不知道"放卫星"的灾难吗？到底是谁放的卫星？"一五"计划时期，为了支持国家工业化建设，数以千万计的农民响应号召，进入城市；国民经济调整中，精简城镇人口、减少职工队伍，同样是数以千万计的农民，同样是响应号召，无条件地回到农村，真正是"招之即来，挥之即去"，农民的伟大牺牲精神不值得我们感动和深思吗？相应地，精简城镇人口、减少职工队伍，是为了支持和加强农业生产，还是把国家的压力转移到农村（实际是农民的身上）？回到农村的城市职工在成为（重新成为）农民后的个人与家庭遭遇，以及由此带来的对农村、对农民的冲击又是如何？为什么1959—1961年短短三年时间会出现饿死千万人的严重后果，而"文化大革命"这场严重内乱一乱十年，有整死人却没有出现如此大规模饿死人现象？等等。去读读《告别饥饿》吧，[②] 一些遥远年代毛骨悚然、

---

① 相应地，尽管是基于经济学的立场，但西奥多·舒尔茨的"穷人的经济学"的论述实在是精辟。

② 傅上伦、胡国华等：《告别饥饿——一部尘封十八年的书稿》，人民出版社1999年版。

违背人性的行为实际上离我们如此之近，近得让人窒息、让人无法接受。"历史的真实是哺育我们民族最可贵的乳汁"，[①] 这绝不是一句夸张的表述。我们不了解乡村社会、不了解乡村社会变迁的内在机理，我们如何去实现现代化、如何去"全面复兴"中华民族。[②] 值得庆贺的是，中国从农村开始的改革已经取得巨大的成就，而改革的成功实践又为以上讨论提供了极其丰富的经验材料。从乡村社会变迁角度去理解当代中国历史，构筑乡土中国当代图景的全部企图大概也就在此了——这可以说是本项研究的旨义。

毫无疑问，忽视政治史、制度史的研究而奢谈乡村社会研究，必然地也是片面的，会有"隔靴搔痒"或"削足适履"的偏颇，以至生出"盲人摸象"的结论，这是我们应当避免的。确实，"不了解历代王朝有关'礼仪'、'祀典'的一系列规定，以及各地官员实际执行这些规定的情况，就不可能明了民间宗教行为的象征意义；没有弄清明代里甲制度的内容和后来的演变，就难以理解乡村中的土地关系和基层社会结构的种种现象；不清楚历代王朝关于科举制度和学校教育制度的规定，要讨论士大夫阶层在乡村社会中的影响和作用，就无从谈起"。[③] 正确的处理方法，应该是上层历史与下层历史、精英历史与大众历史的相互融合、贯通。[④]

最近十几年，学术界努力倡导社会史研究，并就社会史的概念和研究的意义等展开较为充分的讨论。同样，乡村社会史也可以循此加以考察。强调乡村社会史研究，并不仅仅是为史学增加一个新的学科分支，而是应同社会史一样，从史学范式、整体研究的高度去理解，"应把社会史理解为一种新的史学范式，而不应理解为一个学科分支，这样才能避免社会史研究的庸俗化；社会史是一种整体研究，不应被误解为'通史'或'社会发展史'；把社会史视为历史学与社会学的联姻，是尤需警惕的倾向"。[⑤]

尽管研究者已经在传统乡村社会的自有系统、国家与民间的关系、乡村社会的区域性特点、宗族与宗法制度，以及农村的工业化、农民的分层、农村教育和农民素质、农村人口与流动、农村社会的分化与整合、农村社会组

---

① 傅上伦、胡国华等：《告别饥饿——一部尘封十八年的书稿》，题记。

② 对于"全面复兴中华民族"的提法，我们需要进行深入的研究，而不应该仅仅把它作为一句口号。所谓"复兴"，意即衰落后再兴盛起来，或回到过去的存在，既曾经的辉煌、巅峰状态。那么，"全面复兴中华民族"的具体指称是什么？

③ 陈春声、刘志伟：《以历史学为本位研究中国乡村社会》，载中国史学会编《世纪之交的中国史学——青年学者论坛》，中国社会科学出版社1999年版，第553页。

④ 孙达人：《论宏观与微观的衔接：再论加强对中国农民史的研究》，载《中国史研究》1994年第1期。

⑤ 赵世瑜：《再论社会史的概念问题》，载《历史研究》1999年第2期。

织与文化、农村社会保障、农村家庭婚姻、农村社会问题等方面取得重要成果，但乡村社会史研究仍是任重而道远。中国有着太多的由农民直接提供的反映历史发展的"证据"（如谱牒），而最近二十多年来以联产承包责任制的成功实践和乡镇企业的崛起为主要特征的乡村社会变迁过程，又为我们重新思考传统—现代变迁提供了极其丰富的经验材料。我们完全有理由说：中国的乡村社会史研究大有可为。

三　范例：从《江村经济》到《蒙塔尤》

迄今为止，我们的学术价值、观念仍倾向于宏观化、理论化，我们更擅长"大题小做"，我们纠缠于所谓新鲜的或晦涩的学术术语，热衷于模型的或理论的建构，甚至动辄盛气凌人、以势吓人、强词夺理，而对微观化、个案化、实用化的"小题大做"嗤之以鼻。我们企图用一篇文章、一本书、一个理论、一种模式，去穷尽、解释所有历史的或现实的，政治的或经济的，社会的或文化的问题。这种情况在学术成果评价的所谓"数字化"时代显得更加根深蒂固、变本加厉，所谓"学术泡沫"、"败学症"等等。以至有识之士忧心忡忡，竭力呼号学术规范。[①] 清醒的学者已经指出："缺乏务实精神，热衷形式主义是我国学界始终存在的问题。以大题目、大框架、大模型为高学术的象征，轻视乃至蔑视具体问题研究的学术价值观，是大而空的文风和学风的根源，并因此而制造了大量的学术垃圾，造成了学术研究的低效率现象。"[②]

于是，想到了费孝通，想到了他那蜚声中外、奠定一生学术基础的《江村经济》，还有那位来自有良好史学传统和史学氛围的国度的著名史学家埃马纽埃尔·勒华拉杜里，以及他那部同样蜚声国内外的《蒙塔尤》。[③] 他们是中国和法国乃至世界顶尖的学术大家，他们著述颇丰。非常耐人寻味的是，如果要从他们丰富的著述中选择一部代表作，那应该会是"小题材"的《江村经济》与《蒙塔尤》；而更令人费解的是，这样的"小题材"的学术专著竟然是行销万册、几十万册的畅销书。从费孝通到勒华拉杜里，从《江村经济》到《蒙塔尤》，是奇迹，还是学术的生命与真谛？

---

① "学术规范"本身就是个很值得探讨的问题。什么是学术规范？如何实现学术规范？学术规范仅仅是一种学术的表达方式（形式），还是学术价值取向（精神）？

② 上官子木：《论文题目的大与小》，载《南方周末》2001年6月14日。

③ ［法］埃马纽埃尔·勒华拉杜里著，许明龙、马胜利译：《蒙塔尤——1294—1324年奥克西坦尼的一个山村》，商务印书馆1997年版。

让我们一起去探寻和思考吧！

众所周知，江村调查是费孝通学术生命的真正起点，《江村经济》则是他的成名之作。1936 年夏，费孝通在他的家乡江苏省吴江县庙港乡开弦弓村进行了为期一个多月的社会调查。尔后，他便到英国伦敦经济学院人类学系学习。1938 年，他的论文《开弦弓，一个中国农村的经济生活》通过答辩，获得博士学位。1939 年，论文英文原本以《中国农民的生活——长江流域农村生活的实地调查》（又名《江村经济》，江村是费孝通为开弦弓村取的学名）为题在伦敦出版。此书被誉为"人类学实地调查和理论工作发展中的一个里程碑"。[①]

《江村经济》包括前言共 16 章。尽管作者开篇就讲"这是一本描述中国农民的消费、生产、分配和交易等体系的书"，"旨在说明这一经济体系与特定地理环境的关系，以及与这个社区的社会结构的关系"，[②] 但实际上，该书无论内容还是旨意显然要比本身的估计丰富得多。《江村经济》反映了 20 世纪 30 年代苏南一个小乡村的基本状况，包括从个人、家庭、村庄到乡村社会的所有问题，对诸如土地占有、农业生产、乡村工业、集市贸易、生活方式、社会关系、家庭结构与功能等进行了详细的描述和分析，进而解剖了中国基层社区的社会结构和社会变迁过程。特别可贵的是，《江村经济》力图从中国传统社会经济结构的内在理路出发，去探寻实现传统—现代变迁的可能路径，[③] 由此得出了一些重要的结论：中国传统的经济结构是一种"农工混合的乡土经济"，而不是一种纯粹的农业经济；近代中国农村的根本问题乃是农民的收入降低到不足以维持最底生活水准，而造成这种状况的直接原因正是西方工业扩展造成乡土工业的崩溃；乡土工业的崩溃使得传统经济里早就潜伏着的土地问题激化，打击了中国"地租"的基础，导致农民对土地制不满的反抗斗争；解决中国土地问题，第一步是改变土地制度，但根本办法乃是恢复和发展乡土工业；在农村发展现代化工业的过程，是一个社会重组和转型的过程；中国工业化的道路不能走西方资本主义国家的发展方式，而是应大力发展乡土工业，乡村手工业要向现代工业转变，并建立在农民们"合作"的原则和基础上。[④]

---

① ［英］布·马林诺斯基：《〈江村经济〉序》，见费孝通《江村：农民生活及其变迁》，敦煌文艺出版社 1997 年版。

② 《费孝通文集》（第 2 卷），第 1 页。

③ 甘阳：《〈江村经济〉再认识》。

④ 钱灵犀：《一位中国智者的世纪思考》，载《社区研究与社会发展》，天津人民出版社 1996 年版，第 292—293 页。

在 20 世纪 20 年代以后中国乡土工业几近崩溃的情况下，费孝通不但不认为这是一种必然，反而对乡土工业寄以厚望，坚信中国社会经济的转型，最终仍将落实到中国传统乡土工业的改造和发展这一关键环节上来。而且慧眼独具地提出，中国走向工业化和现代化的道路或将相当不同于西方大师们所"发现"的历史规律或普通发展道路。①

与对费孝通和《江村经济》的熟悉程度相比，或许人们对勒华拉杜里、《蒙塔尤》要陌生得多。

勒华拉杜里是法国著名历史学家、年鉴学派的第三代代表人物。他于1919 年出生于诺曼底，毕业于巴黎高等师范学院，1973 年起在法兰西学院担任现代文明史讲座教授多年，曾任法国国立图书馆馆长，也是国际著名的《经济、社会和文明史年鉴》的主编之一。他的代表作有《郎格多克的农民》、《公元 1000 年以来的气候史》、《历史学家的领域》、《罗曼人的狂欢节》和《蒙塔尤》等。在他的所有著述中，《蒙塔尤》是最有代表性，也是最为畅销的一部著作。

《蒙塔尤》一书的全称应是《蒙塔尤——1294—1324 年奥克西坦尼的一个村庄》。② 之所以特别强调书的"全称"，是希望人们能透过书名就对书的内容有初步的印象。全书分为两部分，共 28 章，反映了 1294—1324 年间法国南部比利牛斯山区一个牧民小聚落的"全部"历史，揭示出"构成和表现14 世纪初蒙塔尤社区生活的各种参数。"③ 第一部分题为《蒙塔尤的生态：居所与牧羊人》，介绍当地的自然和人文的总体环境、居民状况、牧民的生活方式和心态；第二部分题为《蒙塔尤考古：从举止到神话》，对"蒙塔尤社区生活的各种参数"，对当地人（包括男女老少）的生存空间（家庭、社会），生存状态（日常行为、性行为、闲暇生活、婚姻状况、生老病死等）及意识形态（诸如社会风俗、宗教习惯和来世观念等）等，作出全景和立体的描述。

蒙塔尤是个地名，是中世纪法国南部比利牛斯山区一个牧民小聚落，仅有 200—250 人，讲的是奥克语（方言），一度信奉异端阿尔比教派。在1294—1324 年的一个时期，一位先是任帕米埃主教、后升任教皇（即教皇伯努瓦十二世）、名为雅克·富尼埃的人发现了该村村民的异教行为，于是率帕米埃的宗教裁判所对这里进行了长达 7 年（1318—1325）、累计 370 个工作

---

① 甘阳：《〈江村经济〉再认识》。
② 有关《蒙塔尤》的介绍，参见常绍民《"小"书，大手笔》，载《世界历史》1998 年第 4 期。
③ 《蒙塔尤》，中文版前言。

日、共 578 次的调查审讯，于是就形成了 98 桩诉讼案件或卷宗。这些抄在羊皮纸上的资料侥幸流传了下来，最后收藏到梵蒂冈图书馆。据此，勒华拉杜里以社会最下层人民为对象，以历史学家的敏感、小说家的手法，以及现代历史学、人类学、社会学和心理学等方法，为一个个蒙塔尤的村民立了一份份传记，再现了 600 多年前该村落居民的生活、习俗、思想和信仰的全貌。正如作者所说的，蒙塔尤"仿佛成为一座灯塔，至少像一面庞大的反光镜，它将光束扫向各个方向，从而照亮和揭示了我们以前兄弟的意识和生存状态"。[1]

这是两部非常特殊的学术书籍。撇开所有的包括作者的和学术的背景，仅就阅读而言，我们大概会得出这样的结论：这是两部"小"书，这两部书不可能是畅销书，甚至于在很大一部分阅读者看来是难以卒读的书。

说它们是"小"书，是因为它们的题材确实小。《江村经济》叙述的是 1936 年长江下游、太湖东南岸一个只有 1458 人（其中男 774 人，女 684 人）、3065 亩土地的名为开弦弓的小村落的状况；而《蒙塔尤》叙述的是 1294—1324 年间法国南部比利牛斯山区一个只有 200 多人的名为蒙塔尤的牧民小聚落的历史。无论是自然的还是历史的，这两个村落对于两个国家来说，完全是微不足道的。说它们不可能是畅销书，是因为它们是意味浓厚的学术书籍，而且就《蒙塔尤》而言，更是一部晦涩、难以卒读的书。

但在实际上，这是两部"大"书，而且是畅销书。

说它们是"大"书，首先是两书本身的分量：《江村经济》有 20 万多字，而《蒙塔尤》（中译本）更有 50 万字之巨。当然，之所以为"大"书，是因其在学术上的地位和影响。

让我们看看费孝通的导师、著名人类学家马林诺斯基对《中国农民的生活》（即《江村经济》）的评价吧。尽管费孝通后来一再强调，《江村经济》是无心插下的杨柳，但在 1938 年出版的《中国农民的生活》的序言中，马林诺斯基表示了高度肯定，认为这是"一个公民对自己的人民进行观察的结果"，这本书"让我们注意到的并不是一个小小的微不足道的部落，而是一个世界上伟大的国家"，预言这本书"将被认为是人类学家实地调查和理论工作发展中的一个里程碑"。费孝通一生的学术研究是以了解中国和推动中国进步为目的的，他的了解和推动是以"乡土关怀"为基础的，他的努力获得了成功。

而《蒙塔尤》不仅是法国年鉴学派第三代代表人物使用"历史人类学"

----

[1] 《蒙塔尤》，中文版前言。

方法的杰作，表明年鉴学派史家既有布罗代尔《菲利普二世时代的地中海和地中海时代》所展示出来的总体史学的气势与辉煌，又有娴熟的精细入微的微观问题的处理功夫，而且以它所获得的上至总统下至平民的广泛认同，证明史学的魅力。

透过《江村经济》和《蒙塔尤》两书的章节题目，就可以看到他们娴熟、精到、细腻的"庖丁解牛"式的功夫，令人称叹。

这么小的题材，作者们能展现出那么大的一片天地，从多角度反映特定年代的乡村图景，而且能深深地吸引着读者，我们惊叹于作者驾驭文字和材料的能力。尤其是在硬着头皮阅读了《蒙塔尤》之后，我感叹并惊诧：这样晦涩、难以卒读的书竟是畅销书，而且是史学的畅销书——它在法国的销售业绩是几十万册，在美国、荷兰、英国、瑞士等国也是畅销一时。

在这里，社会学也好，历史学也好，学科的界限已经不是最重要的了。重要的是我们看到了乡村社会研究的成功范例以及由此可以预测的良好前景。

然后，我们来看看它们在中国的或遭遇或命运或反应吧。就国内学术界而言，《江村经济》中文版是在英文版出版后半个世纪才得以问世的，相应的对《江村经济》的重视以及深入讨论也是在20世纪80年代以后。再来看看《蒙塔尤》，在法国，这是一部上自总统下自百姓阅读的书籍，而1997年中文版初版的印数仅为3000册，似乎现在仍可在书店里见到。

我们不能不注意这种现象。由此，我们可以发现学术的差异与文化背景的差异。勒华拉杜里不愧是大学者，他显然明白这种差异。在《蒙塔尤》中文版的前言中，他既希望中国"众多有文化的公众或其中的一部分人能够读到这本书"，毕竟这些读者"代表着10亿人口的泱泱大国"，同时他也深知，"我这部著作描述的是中世纪时法国南部的几百个村民，它会引起中国公众的兴趣吗？中国读者可能对此表示怀疑，并认为这是古怪的想法"。因此，对于中译本的前景，他表示"并不奢望它在西伯利亚与越南之间的广阔空间能够大量销售"。我想，对于为数十分有限的中国的任何一位读者而言，阅读《蒙塔尤》的过程肯定是艰难的。仅在这一点上，出版者也是清醒的，他们真是太了解自己读者的兴趣了，他们没有按照法国同行的丰收去计划自己的发行，他们只印了3000册。

看来，从《江村经济》到《蒙塔尤》，带给我们的并不仅仅是惊诧了。

看来，从学术认同到大众认同，乡村社会史研究必定有一段艰辛的路要走。

第二章　郑宅：浙江中部的一个乡镇

就传统乡村社会而言，多如繁星、数以百万计的自然聚落主要是建立在血缘关系基础上的。在这里，无论是空间环境还是人文环境，小农人居和谐的极致图景一如中国传统山水画所抽象和表达的那样，简单、怡然、流长。于是，在古老的祠堂里，在浓密的槐树下，老人们诉说着村落曾经拥有的一段段精彩的故事，那是始迁祖艰苦创业的传说，是家族兴衰的记载，是家规遗训的教诲；于是，村落的历史在诉说中延续流远；于是，乡土中国的传统在这里默默积淀。而在乡村看似平和的、超稳定的常态背后，却孕育着变动的因素，或经受着外部世界不时的冲击，而且愈演愈烈，生活在乡村的人们参与着、承受着、反应着，乡村社会的变迁也就在沉着中或快或慢地向前推进。

郑宅是浙江中部的一个半山区乡镇。自北宋元符二年（1099）郑氏家族迁居于此起，距今已有900多年。郑宅可追溯的900多年的历史，既体现了乡村自有系统的积累发展，也有来自外部的强大冲击，既有恬静怡然，也有风云激荡。

一　研究缘起与区域选定

1997年，在完成了"乡镇企业发展史研究"和"当代中国'三农'问题研究"两个课题之后，[①] 笔者对"三农"问题的极端重要性有了更深刻的认识；同时，研究的过程也使我获得了新的体验。笔者隐隐感觉到，在中国历史悠久（曲折性与复杂性）、地域广袤（多样性与差异性）、人口众多（农民主体与城乡分割）的国情特征下研究"三农"问题，研究

---

① 这两个课题的研究成果分别以《乡镇企业的历史与现状及未来五年的走向》和《论社会主义市场经济条件下的"三农"问题》为题，发表在1994年第4期和1996年第4期的《杭州大学学报》（哲学社会科学版）上。

乡村社会变迁的历史，如果缺乏微观的或个案的基础，其实是一件很"悬"的事情。这种认识在一段时间的阅读——主要读了费孝通的《江村经济》、孙达人的《中国农民变迁论》、黄宗智的《华北的小农经济与社会变迁》与《长江三角洲小农家庭与乡村发展》、王沪宁的《当代中国村落家族文化》、曹锦清等的《当代浙北乡村的社会文化变迁》，以及与师友们的交流中得到验证和确认，以后又逐步清晰。① 于是，将目光从描述的、虚拟的乡村转向真实的、具体的乡村，而以个人的能力，只能从"点"开始做起。

笔者把"点"的选择圈定在浙江省内，这种选择应该是现实和理智的。（1）浙江有着乡村社会史研究的一些优越条件，有许多由农民直接提供的反映历史发展演变的"证据"，诸如藏量丰富（数千种之多）的族谱。还有目前国内仅存的反映一县土地占有和变迁情况的最完整的鱼鳞图册资料，② 等等。（2）在过去的半个多世纪里，浙江的乡村社会经历了有史以来最为激烈的，也是超乎寻常的变动，积累了极其丰富的经验材料。（3）浙江是全国乡镇企业最为发达的地区之一，浙江乡镇企业的工业产值占全省工业总产值的4/5以上，是浙江经济迅速发展的主要推动力量。（4）浙江乡镇企业发展过程中所积累起来的市场取向、股份制和股份合作制等经验，已经被证明是经济改革获得根本性突破的最主要因素，并得到广泛的认同。当然，作为浙江人，身处浙江，这自然成为选择的决定性因素。

浙江全省陆域面积10.18万平方公里，③ 可分9个综合农业区，分别是：杭嘉湖水网平原区、杭州湾两岸滨海平原区、宁绍平原区、浙西丘陵山地区、金衢丘陵盆地区、浙东丘陵盆地区、浙南丘陵山地区、浙东南沿海平原丘陵区和东部海域岛屿区。④ 这种划分是以自然的和历史的因素为依据的，在相当程度上也就概括了浙江乡村的类型和特点。研究的总体设想，是想依

① 期间，受黄宗智《中国经济史中的悖论现象与当前的规范认识危机》一文中的许多观点启发颇大。如，"学术探讨应由史实到理论，而不是从理论出发，再把历史削足适履"，"从方法的角度来看，微观的社会研究特别有助于摆脱既有的规范信念"，"地方史研究通常检阅了一个特定地区的'全部历史'，从而有可能对不同的因素间的关系提出新鲜的问题，避免把某一历史过程中发生的一些联系套用到另一历史过程中去"。该文刊于《史学理论研究》1993年第1期。

② 兰溪鱼鳞图册现存全档凡746册，这是一份时间跨度很长、内涵相当丰富，并记录了兰溪全县自清同治至中华人民共和国成立近百年各类土地变迁信息的档案。参见梁敬明《鱼鳞图册研究综述——兼评兰溪鱼鳞图册的重要价值》，《中国经济史研究》2004年第1期。

③ 据1997年浙江省土地详查汇总，浙江全省陆域面积为10.54万平方公里，合15808.64万亩。参见梁敬明主编《浙江省土地志》，方志出版社2001年版。

④ 杭州大学地理系主编：《浙江省农业区划土图集》，测绘出版社1989年版。

靠群体力量，在每一个区划中有一个或若干个抽样，然后综合出特定历史时期浙江乡村社会的概貌。但是，作为个体进入，笔者希望首先从浙东南沿海平原丘陵区或金衢丘陵盆地区当中选择。这大概出于以下几方面的考虑：(1) 已有的乡村社会研究对杭嘉湖水网平原区、杭州湾两岸滨海平原区、宁绍平原区等有过一定的关注；(2) 浙东南沿海平原丘陵区（以温州、台州为主）是目前浙江经济最活跃的地区，以市场取向、股份制和股份合作制的先导作用而闻名；(3) 金衢丘陵盆地区处于浙江经济社会发展的中间带，有经济转型的成功经验（如义乌市、东阳市、永康市等），也有严重的传统计划经济的包袱（特别是兰溪市、浦江县等）。

接下来的一年多时间，笔者走过上述两个农业区划的十多个乡镇。因为浙江大学（原杭州大学）历史系安排的教学任务的机缘，也走进了地处浙江中部的浦江县，走进了郑宅镇。在浦江近一个星期的乡村走访和档案查阅后，笔者认为郑宅是合适的选择：

1. 这里有过一段近乎辉煌的家族史，或者说是区域史——郑氏十五世同居、"江南第一家"（郑义门）显赫声名、宋濂的生活与精神家园、江南儒士的积极参与、王朝的垂青，等等。

2. 这里具备长时段研究难得的资料条件——丰富的民间资料：

宗谱：《义门郑氏宗谱》、《王氏宗谱》、《张氏宗谱》、《卢氏宗谱》等。

《郑氏规范》：据《明史·艺文志》载，明代载入正史的"家训"、"家规"共有 16 家，其中最为著名的便是《郑氏规范》。现存《郑氏规范》168 则，包括组织机构、伦理道德、祭祖尊祖、培养子弟等方面内容；

《郑氏家仪》：是一部郑氏日用家仪，也是一部儒学理论行为化的著作，著有通礼、冠礼、婚礼、丧礼、祭礼等"五礼"。

《麟溪集》：系郑氏同居六世祖郑大和收集时之公卿大夫、文人骚客推重郑氏义门之诗文，类辑而成。嗣后陆续有所增补，为乡邦珍重之文献，并编入《四库全书》存目中。

《圣恩录》：为郑氏族人郑崇岳（明）所编，辑宋龙凤六年至明崇祯年间（1360—1644）历朝帝王对郑氏义门旌表、题赠、授官、宽赦诸事，其中以记录洪武朝朱元璋与郑氏家族的交往最详。

《希忠录》：汇集有关郑氏先人的议、传、祭、序、诗、跋，以及浦江县知县的批文等。

《郑氏祭簿》：是记载郑氏祭田族财、郑氏祠堂墓园状况，以及祭祀活动中支出情况的一部文献。等等。

3. 这里有丰富的进行乡村社会"当代史"考察和研究的基础材料——

来自浦江县档案馆、县统计局和郑宅镇人民政府的档案及统计材料：

土地改革运动中分配土地和浮财的详细情况；

土地改革运动中划分阶级和历次政治运动中阶级斗争的情况；

历年农业种植结构、粮食生产与分配的统计数据；

农村工业经济（主要是乡镇企业）发展情况资料；

历年人口变化与婚姻登记资料；等等。

4. 无论是郑宅镇所在的浦江县，还是郑宅镇本身，都处于经济社会转型的困难期，需要从历史角度作一些清理。

在对选定的区域进行研究之前，探讨一下区域研究的价值问题，似乎还是很有必要的。关于区域研究价值的判断，实际隐藏着这样的问题，就是个案的研究是否能够，或在多大的程度上能够反映不同层次区域乡村社会甚至中国乡村社会的实际状况。存有这样的疑问是完全可以理解的，费孝通碰到过，黄宗智也碰到过。相应的解决办法，费孝通提出"类型比较法"的途径，黄宗智采取"参照系"的方法；陈吉元、王沪宁则采取抽样的方式；周晓虹索性不去强调整体的意义。[①] 曹锦清、张乐天他们则设想了一个庞大的解决方案，就是按照生态学家们的意见，把散布全国乡村的百万个自然村落归类到 8 大生态区域，每一大生态区域又划分为若干生态亚区（共 28 个），生态亚区再细分为若干小生态区；然后，每一大区选择一个典型乡村进行个案研究，最后在综合的基础上，对中国乡村社会文化作出实证的说明。[②]《当代浙北乡村的社会文化变迁》和后来张乐天独立完成的《告别理想——人民公社制度研究》就是循此思路，选择华中大生态区，江汉秦岭亚区，长江、钱塘江下游平原小区内的一个自然村落——海宁县陈家场，作为研究的对象。在我看来，如果有足够多的个案支持，这种思路还是可行的——在这里，协作的办法或许是可以探讨的。[③] 近年来，以王家范、李学昌为主要负责人的"江浙沪地区农村社会变迁调查"课题组，已经在这方面作出成功的尝试。他们从历史典籍、民间文献以及实地调查入手，围绕社会变迁的主要层面和重要变数，追踪和描述了江浙沪农村社会变迁的轨迹，并提出了对区

---

① 参见周晓虹《传统与变迁——江浙农民的社会心理及其近代以来的嬗变》，三联书店 1998 年版，第 24 页。

② 曹锦清等：《当代浙北乡村的社会文化变迁》，上海远东出版社 1995 年版，第 1—2 页。

③ 施坚雅等关于"构想空间的方式"的理论阐述，以及"区域体系的分析方法"的实际应用，对我们应该有重要的启发。参见施坚雅主编的《中华帝国晚期的城市》，中华书局 2000 年版。

域社会变迁的理论认识。①

最后需要强调的是，笔者并不奢望，也无意以郑宅一个点、一项个案研究来涵盖乡村社会研究的诸多问题。作为尝试，基本考虑是希望通过"点"的解剖与放大，来探讨区域乡村社会变迁的机理，并以冲击—反应的分析思路，去审视重大的历史变动对农民的冲击及农民的感受，以逆向评价这些历史变动。

二 区位特征

浙中的金衢丘陵盆地区以金衢盆地谷底为轴，盆地外缘，丘陵、山地叠架、盆周错落，其间分布有十余个小盆地。全区丘陵面积约占60%，河谷平原面积大概在30%左右。在这种自然生态环境下，自然村落从平原向河谷以"树根状"放射性分布，这既不同于杭嘉湖水网平原区、杭州湾两岸滨海平原区、宁绍平原区规模适中、分布均匀的"面状"特点，也不同于浙西丘陵山地区和浙南丘陵山地区规模不一、分布稀疏的"点状"特点。毫无疑问，人口也以同样的特点分布。

以郑宅镇所在的浦江县为例。浦江位于金衢丘陵盆地区的东北部，地貌以分割破碎的低山丘陵为主，西北高、东南低，高丘山地多分布于县境西北部，东南为浦江小盆地。全县面积899.57平方公里，其中丘陵山地约740平方公里，占全县面积的82.26%，平畈、岗地约160平方公里，占全县面积的17.74%。

全县自然村数，据清乾隆《浦江县志》载，有1430个；清光绪《浦江县志稿》载，有1621个；民国《浦江县志稿》载，有1113个。1999年，全县有420个行政村、1209个自然村。人口则大多聚居于浦江小盆地。浦江户籍记载，始见于南宋绍兴二十四年（1154），时有主户16497户，客户43户，主丁33529人，客丁54人，人口约7万余；明洪武二十四年（1391）册定21592户，99675人；清宣统二年（1910）册载正户35597户，附户1255户，约17万人；民国17年（1928），全县有45980户、219362人；民国37年（1948），有50203户、232066人。1949年，有5.74万户、25.22万人。至

---

① 其代表性成果主要是由李学昌主编、华东师范大学出版社出版的《江浙沪农村世纪变迁丛书》。自1998年以来，相继出版了《20世纪南汇农村社会变迁》、《20世纪常熟农村社会变迁》、《20世纪遂昌农村社会变迁》、《20世纪青浦农村社会变迁》、《20世纪新昌农村社会变迁》、《20世纪松江农村社会变迁》等。

1999 年，全县达到 128587 户、378051 人。全县人口密度，南宋绍兴二十四年（1154）约为每平方公里 60 人，元至正十七年（1357）为 103 人，清宣统二年（1910）为 145 人，民国 34 年（1945）为 196 人。[1] 1985 年，每平方公里 387 人。1999 年，则增加到每平方公里 417 人。

综上分析，1999 年，浦江县每平方公里平均有 1.34 个自然村（平均每 2 平方公里约有 1 个行政村）、每一个村落的平均规模为 91 户（全县农业户数为 110059 户）。[2] 浦江村落规模较大、分布非均匀低密度的特征，与浙北杭嘉湖水网平原区等的村落规模较小（一般在 40 户以内）、分布均匀高密度（一般每平方公里有 6 个左右的自然村）的特征相异，却与本农业综合区划内的武义县的情况基本一致，这也在一定程度上说明了农业综合区的共性。[3] 这样的结论，对于本项研究，无疑是一大鼓舞，证明前面"依据农业综合区划分类，在每一个区划中有一个或若干个抽样，然后综合出特定阶段浙江乡村社会的概貌"的设想是切实可行的。

那么，我们所要考察的郑宅的情况会是怎样？

有一点是必须要首先说明的，郑宅作为地域概念，实际上有三层意思。第一层是"大郑宅"的概念，指今郑宅镇域所属区域，包括郑宅、堂头二片 34 个行政村，这是 1992 年撤区扩镇行政性调整的结果，历史上郑宅、堂头基本是分治的。第二层是"中郑宅"概念，即今镇域郑宅片 20 个行政村，自中华人民共和国成立以来，不管是玄鹿乡，还是由玄鹿乡分为郑宅、孝门、前店三乡，还是三乡合并为郑宅乡，以后又为郑宅管理区、郑宅人民公社等，作为行政区域，郑宅一直稳定在这一层次上。第三层则是"小郑宅"的概念，即历史上的"郑义门"，仅指镇人民政府所在地的中心区，包括五房、冷水、枣园、上郑、东明、后溪、丰产和东庄八个以郑氏为主姓的行政村，也可以理解为普遍意义上的"镇上"的概念。"郑宅"确定的指称应是第二和第三层意思，这一点从浦江人的习惯，如日常用语中可以得到证实，郑宅镇以外的人讲"到郑宅去"，一般是指到郑宅"镇上"去，也可以是指到郑宅片的某个地方去，但堂头片是不被包括在内的。

我们的研究是以上述"中郑宅"的区域范围（郑宅片）为基本面的。因为在我们所截取的 1949 年以来的 50 年时间里，"中郑宅"有较好的行政区域稳定性和区域发展演变历史的延续性，由此决定了相应资料（特别是统计

---

① 何保华主编：《浦江县志》，浙江人民出版社 1990 年版，第 97—102 页。

② 当然，这只是平均意义上的，实际的情形会有差异。

③ 曹锦清等：《当代浙北乡村的社会文化变迁》，第 2—3 页。

数据）的确定性以及处理材料的相对便利。因此，文中的"郑宅镇"、"郑宅地区"是指 1992 年撤区扩镇行政性调整之前的郑宅镇（郑宅人民公社）；郑宅地域概念如果出现交叉，将予以注明。

郑宅镇位于浙江省中部，金衢丘陵盆地区浦江小盆地的东北部，精确的位置应该是东经 120°30′，北纬 29°29′30″。镇域南部为平原，北部为丘陵、山地；地形北、西高，东、东南较低，但坡度一般较为平缓。郑宅镇属亚热带温润性气候，气候温和，四季分明，雨量充沛，光照充足。年平均气温 16.7℃，年积温 5000℃至 6000℃，年平均日照时数为 1996.2 小时，无霜期达 235—241 天，年总降雨量 1412.2 毫米左右。全年主导风向为东、东南风，夏季多东南风。北部丘陵山地无污染源，大气环境质量达国家 I 级标准。镇区现有砖瓦厂 4 家，制锁厂数十家，存在一定的大气和水污染。郑宅山地为红壤，旱地一般为黄泥土，水田为水稻田，肥力中等。镇区在杭金公路边，距县城浦阳镇 12 公里，距浦江火车站（原郑家坞火车站）6 公里，距义乌机场 15 公里。

全镇包括五房（郑宅五房）、冷水（郑宅冷水塘沿）、枣园（郑宅枣树园）、上郑（郑宅上郑）、东明（郑宅后曹村，黄墙弄）、后溪（郑宅后溪）、丰产（郑宅花厅，外岭脚，上山头，高畈）、东庄（郑宅东庄）、石姆（石姆岭）、孝门（孝门桥，桃坞，田来，下新屋）、安山（马鞍山［安山］，上林塘，下林塘，上桑园，何家，山下甲［贾］，鱼家塘，杨木泉，小下金）、广明（前于，后黄［合称金山头］）、芦溪（后芦［路］金）、下方（下方［雅方］，屠村，下金，蒲塘，三份头）、深一（樟［张］桥头，郎［廊］下头，三埂口，前份，周村）、深二（水阁，相连宅，西店）、前店（前店，四份头，边圩头）、秧田（秧田王）、山头（山头店）、三郑（旧三郑，新三郑，莲台塘）20 个行政村、50 个自然村（括号内为自然村），面积 19.64 平方公里。据 1991 年统计，全镇共有 6253 户、19308 人（其中非农业户口 361 人）。也就是说，每平方公里平均有 2.54 个自然村，每一个村落的平均规模约为 125 户。这是符合金衢丘陵盆地区村落规模较大、分布非均匀低密度的特征的。

三　建制沿革[①]

郑宅镇所处的浦江县在秦代为会稽郡属地。东汉兴平二年（195），孙策

① 参见《浦江县志》，建置。

分太末、诸暨地设丰安县；三国时，丰安县属吴国扬州之东阳郡；至隋开皇九年（589）废丰安县，其地并入吴宁（今金华），立为戍镇，丰安县建置共存394年。唐天宝十三年（754），析义乌、兰溪、富阳地置浦阳县，全县分七乡，辖县城4隅和30都，郑宅镇域时属感德乡（仁义里）。

五代时，浦阳县属吴越之婺州，吴越王钱镠因与吴王杨隆演之父杨行密相仇，遂上书梁祖，称"淮寇未平，耻闻逆姓"，故凡郡县名与"杨"同音者均须奏更；于是，浦阳县也就在吴越天宝三年（910）改为浦江县，历代相沿至今。北宋初，浦江属婺州东阳郡，隶两浙路。熙宁七年（1074），两浙路曾析为两浙东路和两浙西路，浦江属两浙东路，但分合不一，未成定制。宋室南渡后，复分两路，浦江属两浙东路之婺州。其间，县内区划仍沿用唐制。

相延至元代，郑宅镇域因郑氏两次被旌表为"孝义门"而改称郑义门；明代沿用此名；清乾隆后开始有郑宅的称呼，并一直沿用至今。据清光绪《浦江县志稿》载，感德乡辖20—23都，郑宅镇域为23都之大部，领4图。图1：南郑、前陈、溪后、甄村、葛村、前黄、上郑、戚家塘、前王溪、徐司、达塘、旧三郑、新三郑、下屋、新屋、大厅、旧厅。图2：前黄郑、姓陈、独山、石柱口、堂屋、雅方、金山头、后黄、厚庐金、屠村、破塘。图3：上山头、潘畈、岭脚、樟横塘、杨田、岭外、长岗、马鞍山、林塘、黄墙弄、何村、山下贾、陈家、何家、杨木泉、渔家塘、柳家弄、后溪、屠店、孝门桥、田来、下金、祠堂弄、直街、上仓、后门头、后曹村、板桥头。图4：东庄、上郑、蒲塘、西店、枣树园、冷水塘沿、乌塘、官房、楼下、檀树、乌台门、高台、义门桥、屋基。清宣统二年（1910）划分自治区域，浦江除县城外设12个乡，镇域属孝义乡。

民国初年，废府州厅制，代以道制，浦江属金华道，镇域仍属孝义乡。民国16年（1927），实行省县二级制，浦江直属于省；不久，省县之间又设立行政督察专员公署，浦江属第四专署（驻地初为兰溪，后移至金华）。民国23年（1934）实行保甲制，浦江全县归并为1镇、6区、21乡，二区玄鹿乡计有13保201甲，郑宅镇域包括1—8保。民国29年（1940），全县设4区25个乡镇，由玄鹿乡析出青萝乡。民国32年（1943）4月，因日军入侵，时浙江省政府于淳安设第十一行政督察区，辖浦江、建德、桐庐等6县。民国35年（1946），玄鹿乡1—8保与青萝乡合并为玄鹿乡，玄鹿乡9—13保则并入圣云乡，时玄鹿乡共有16保。

1949年5月11日，浦江全县解放。21日，浦江县人民政府成立，属浙江省金华专区（开始称第八专区）；玄鹿区辖白马、官岩、玄鹿3乡，镇域相当于当时玄鹿乡。次年 10 月，玄鹿乡分建为郑宅、孝门、前店三乡。1956 年 6 月三乡合并为郑宅乡，属玄鹿区。1958 年人民公社化运动中，以区建社，乡镇则设为管理区，为浦东人民公社郑宅管理区。1960 年 1 月 7 日，撤销浦江县建制，除梅江公社（相当于区）划归兰溪县外，并入义乌县，镇域为郑宅大队。1961 年 10 月，调整人民公社规模，为郑宅人民公社。1966 年 12 月，经国务院批准，中共浙江省委和省人民委员会发出通知，恢复浦江县建制，以合并于义乌县的原浦江县行政区域，为浦江县的行政区域，镇域仍为郑宅人民公社。①

1980 年 9 月，恢复区建制，属浦东区。1983 年 9 月，政社分设后改为乡。1985 年 6 月，金华地区改为金华市，属金华市。同年 8 月，经浙江省人民政府批准，设立为建制镇。1992 年撤区扩镇时将堂头乡并入。

四　家族史抑或区域史②

今天的郑宅是普通的，普通的甚至略显破败。但在这略显破败的镇容深处，却隐藏着不平凡的故事——我们姑且称之为故事吧。这故事实际又是一段精彩的近乎辉煌的家族史抑或区域史——宋元明时期郑氏家族的十五世同居、宋濂等江南儒士的积极参与、朱明王朝的垂青、数以百计的乡人入仕、"江南第一家"的显赫声名、还有耕读人家的田园意境，等等。对于地处浙中半山区的一个乡镇，这一切似乎是难以想像的，然而却是真实的。

郑宅因姓得名，但是郑氏迁浦始祖并不是郑宅最早的开发者。尽管郑宅聚落发育的源头难以考释，不过，据《义门郑氏宗谱》等资料可知，在郑氏迁居于此之前，宣氏、陈氏、卢氏等已在白麟溪一带生息繁衍。

郑氏源出中原，《义门郑氏宗谱》记载了其向南流迁的过程。北宋时，郑桓公第 61 世孙郑凝道被封为安徽歙县县令，遂举家南迁。郑凝道之子郑自牖曾官至殿中侍御史，因"直谏"遭谪而迁往严州遂安。郑自牖有 19 子，

---

① 组织机构的剧变，可能导致管理上的混乱。参见［美］弗里曼、毕克伟、赛尔登著，陶鹤山译《中国乡村，社会主义国家》，社会科学文献出版社 2002 年版，第 311 页。对于 20 世纪的中国乡村社会史研究，该书有重要的参考价值。

② 这里只是一般的介绍。有关郑氏家族史的资料实在是相当丰富，研究的余地也是非常大。参见毛策《浙江浦江郑氏家族考述》，载中共浦江县委宣传部、浙江省文学学会合编的《宋濂暨"江南第一家"研究》，杭州大学出版社 1995 年版。另，浙江大学中国古代史研究所博士研究生吴铮强撰写的《元明时期江南儒士的历史演变——浦江郑氏个案研究》（未刊稿）一文，利用郑氏家族史资料中较为重要的《麟溪集》和《圣恩录》等几种文本，从一个角度对郑氏家族在元明之际的遭遇进行了初步的探讨，也可供参考。

其13子郑安仁任秘阁校理，生郑渥、郑浼、郑淮三子。三兄弟于北宋元符二年正月（1099）同迁浦江东乡承恩里，成为郑氏迁浦始祖。① 三兄弟师从父友朱怿学《春秋》，郑淮尤获朱怿喜爱，"约以外家女宣氏为配，宣居白麟溪上，淮后为赘婿其家"。② 关于郑淮，《麟溪集》有这样的记载："颖敏绝伦"、"洞究章旨"，除通《春秋》外，还"善悯人穷，靖康年饥，尽破产活之"，"舍田一千亩"。③

上述文字很值得注意，或可以以"始迁祖现象"和"赘婿现象"加以研究。

在人类历史进程中，迁移——移民是常态。④ 尽管迁移的原因、结果非常复杂，但在总体上，迁移的过程事实上是进化的过程，迁移促进了人类自身的完善，促进了经济发展和社会进步。⑤ 作为迁移的带领者，始迁祖有着超越常人的精神、智慧和体魄。不管是"生存型移民"还是"发展型移民"，始迁祖承负着保护和延续族群的重任，推动族群不断地开拓和进取。由此延伸出的"移民精神"，⑥ 对于传统—现代变迁的讨论，对于深刻认识人口的流动，甚至城市化、现代化等问题，都有现实价值和意义。

"赘婿"也是个有当代意义的问题。现代人无法想像，在传统中国，赘婿竟然处于社会最底层。秦汉时期，赘婿与逃犯同被列入"七科谪"（即被征到边疆去服兵役的七种人，商人也在此列）。⑦ 直到明清，赘婿虽不再与犯人同伍，但地位之低仍是事实。近代以来，情况有了很大的改观，不过，赘婿总属另类而成为较为特殊的人群。⑧ 最近的研究表明，招赘式婚姻在当

① 三人迁浦原因不详，估计与游学经历有关，即下文"从父友朱怿学《春秋》"一事。

② 郑文融编：《麟溪集》，1987年1月"江南第一家"文史研究会据民国14年（1925）版翻印，寅卷。

③ 揭傒斯：《孝友传三》，《麟溪集》丑卷。

④ 潘光旦很早就重视移民问题研究。自20世纪80年代中期以来，学术界十分重视移民问题研究，并取得一些重要成果，如葛剑雄、曹树基、吴松弟的《简明中国移民史》，福建人民出版社1993年版；张国雄的《明清时期的两湖移民》，陕西人民教育出版社1995年版，等等。费孝通指出："直接靠农业来谋生的人是粘着在土地上的"，"以农为生的人，世代定居是常态，迁移是变态"。见《乡土中国　生育制度》，北京大学出版社1998年版，第7页。但从人类历史演进角度，笔者更愿意把迁移——移民看成是常态。

⑤ 潘光旦通过对明清时期嘉兴望族的研究，得出嘉兴府人才辈出、望族延续的原因之一就是移民的作用。参见潘光旦《明清两代嘉兴的望族》，商务印书馆1947年版。

⑥ 参见郭国灿《"移民精神"与"乡土意识"》，载《读书》1989年第1期。

⑦ 参见蒋非非《秦代谪戍、赘婿、闾左新考》，载《北京大学学报》（哲社版）1995年第5期。

⑧ 浦江的情况就很典型。赘婿地位很低，许多宗族的谱规严禁入赘，赘婿所生之子，即使从母姓也难入谱，等等，所以，一般人视入赘为畏途。参见吴宏定主编《浦江风俗志》，1984年内部印行，第103—104页。

代中国农村虽不普遍，但某些地区却也相当流行。①

　　郑淮作为"外乡人"（被排挤）和"赘婿"（被歧视），可以想像他迁浦初期的处境，但他显然以"读书人"的聪明才智、"始迁祖"的坚忍不拔、"赘婿"的忍辱负重、三兄弟的团结合力，还有乐善好施，赢得了财富、声誉和地位，也改变了白麟溪两岸的社会格局。毫无疑问，郑氏迁浦始祖在短时间内就奠定了家族的基础并逐步成为地方的主流。接下来，家族规模的扩张也就不难理解了。于是，同居的族群基础也就具备了。

　　然而，在农耕经济条件下，家族规模的扩张，加上之前"舍田千亩"的义举，也许就意味着贫困的到来。传到郑淮孙郑绮（1118—1193）时，郑氏已经贫困化了。但郑绮却非等闲之辈，除了深厚的儒学修养外，他还有超常的拓展家族资源——经济的和社会的——的能力。家族经济资源的拓展主要是土地的开发，而家族社会资源的拓展则主要是通过他个人的一系列极端的孝行和义行。② 终于，当经济基础、个人权威、家族权威达到足够积累的时候，他开始了实现个人理想和扩大家族社会影响力的新的努力。南宋建炎初年（1128），在郑绮的倡导下，郑氏合族同居共食，郑绮即为同居始祖。郑绮临终前立下遗嘱："吾子孙有不孝悌、不同釜炊者，天实临殛之。"③ 同居二世（郑闻）、三世（郑运）、四世祖（郑政）以俭朴勤劳，继续支撑合食同居。

　　同居第五世主家政的郑德璋，是郑氏同居史上的又一位关键人物。④ 显

---

　　① 参见严梅福《婚嫁型式影响妇女生育性别偏好的试验研究》，载《中国人口科学》1995 年第 5 期；刘书鹤：《婚嫁大变革》，载《人口与经济》1997 年第 6 期；李树苗等：《中国农村招赘式婚姻决定因素的比较研究》，载《人口与经济》1999 年增刊。在已经来临的和"人口老龄化"相对应、且与之共存的"独生子女化"时代，赘婿问题是否会成为新的社会问题？

　　② 关于郑绮极端的孝行和义迹，据方唯《宋故冲素处士府君墓志铭并序》（《麟溪集》寅卷）载有以下几条：（1）救父。其父郑照得罪势家致囚，他"号泣奔视"，"以额叩门"，"血淋被面"并"历陈父子大义"，上书刺史钱端礼，"乞代父受刑"；（2）孝母。其母病，"手足不能屈伸"，郑绮"日候床下，抱持以就便溲者三十年"；母"嗜溪水，天旱水脉皆绝"，他"凿溪数仞而不得泉，乃恸哭其下，三日夜不息，水为涌出"；（3）出妻妾。郑绮发妻丁氏事姑稍怠，即出之；又娶阮氏，"既有子，闲与姒不相能"，又出之。认为"因一妇而一家之不和，绮义不为也"！（4）善待族人。"遂安族子有操瓢丐于道者"，郑绮"挽其还，呼卖簪珥制衣衣之，且中割所耕田使自给"；（5）拒绝他人赈济。黄姓大户见郑氏毁家赈荒，贫无以自存，"袖白金二斤往遗"，郑绮拒之，说："宁饿死，肯受予无名之赐乎？"（6）重操守。"傅夫人卒"，郑绮"畜一女奴方九岁，与之处十二年始嫁，女奴犹处子"。（7）勤耕苦读。他"朝出耕垄上，挂书于牛角中，稍释耒，辄取诵不辍，夜则澄坐或至达旦。"这些事迹也见于浦江历代县志的记载，真实与否确实难辨，但夸张是肯定的，从中也可发现理学的极端性。

　　③ 揭傒斯：《孝友传三》，《麟溪集》丑卷。

　　④ 第五世中的另一位重要人物是郑德璋的哥哥郑德珪。

然，经过几代人的励精图治，郑氏有了更好的经济积累。在整治家业中，郑德璋做了三件大事：一是建立乡里私人武装，协助朝廷强化统治；二是制定治家准则；三是注重对本族子弟的教育，开办乡里私学——东明精舍。这样，郑氏既初步建立了家族的统治秩序，又为密切和上层（朝廷）的关系打开了通道。

郑德璋子郑文融为同居第六世祖。文融初在外为官，为整治家业，解甲归田。郑文融的治家实践得到儒士柳贯、吴莱等的扶植和协助，遂制定家范58则，是为《郑氏规范》的雏形，其主要内容有：不奉老子浮屠经像；冠婚丧祭必稽古；子孙须从化、驯行、孝谨；货田赋之属各有所司，职责分明；诸妇人唯事女工，不得干预家政；宗族里间内外有别等。郑文融还主持编成《麟溪集》。

此后，郑氏因合族同居的社会影响，加之经济、文化等的基础，有多名族人为朝廷延纳，参与国家政治。第七世（"金"部一辈）郑铉和郑铢皆受元丞相脱脱器重，郑铉"为书数千言，陈时政之弊，令进于太师，太师多采而行之",[①] 曾任行江浙中书省都事；郑铢曾任行宣政院照磨及松江等处稻田提领所大使等。[②] 第八世（"水"部一辈）郑泳累官至承务郎，教授太师府；郑深教过皇太子读书，曾任奉训大夫江东建康道肃政廉访司佥事；[③] 郑涛则做过奉议大夫太常博士前国子助教经筵讲官翰林院国史编修等职；[④] 郑渶为江浙行省宣使；郑渭为宣政院宣使，封赠郑鉴为奉仪大夫、礼部郎中。

至同居八世，以朱熹家礼为蓝本，《郑氏家仪》应运而生。而宋濂进入郑氏，是郑氏家族史上引人注目的一页。

元统二年（1334），宋濂涉浦求学。元至正六年（1346），筑青萝山居，由金华来居，后主讲东明书院二十多年。东明书院末任山长郑骏声称宋濂是："义门毓秀培英，陶模铸范，辅佐同居"的良师，"其有志于义门，殊非浅鲜"；而郑氏义门则是宋濂"韬光养晦、明德养身、履道亲仁之乐地，其有利于宋濂不无少惠，所以有宋濂不可无义门，有义门不可无宋濂，两相因循，无丽不臻，两相互惠，有美皆备，事实昭璋，情怀融合。其卜居于青萝也，原非偶然，授教于东明也，岂是徒然？"[⑤] 这一概括甚是恰当。宋濂还参与《郑氏规范》的定稿。由于宋濂对郑氏家族的特殊贡献，在他去世以

① 宋濂：《元封从仕郎江浙等处行中书省左司都事郑彦贞甫墓志铭》，《麟溪集》寅卷。
② 宋濂：《元故行宣政院照磨兼管勾承发架阁郑府君墓铭》，《麟溪集》。
③ 宋濂：《故江东金宪郑君墓志铭》，《麟溪集》寅卷。
④ 郑渊：《奉议大夫太常博士兄行实》，《麟溪集》寅卷。
⑤ 郑骏声：《义门郑氏碎锦汇编》（手抄本）。

后，郑氏特于青萝故址建宋祠，每当 10 月 13 日宋濂生辰，设奠致祭。《东明书院章程》明确规定：学生入学时，"临期悬挂宋文宪公遗像于厅，具陈香烛果金净酒，家长等率学生行礼"。

郑氏家族与时之学者硕儒关系密切。除宋濂外，元代儒林"四大家"中的虞集、揭傒斯，以及方凤、余阙、吴莱、柳贯、黄溍、王祎诸浙东硕儒，都是郑氏族人的亲朋或师友。吴莱、柳贯被聘为东明精舍主讲，还为郑氏家族成员撰写了数量可观的嘉勉奖进方面的文字。

郑氏还受到朝廷多次嘉奖。据《义门郑氏宗谱》载，元至大四年（1311），首次被旌表为"孝义门"；至元四年（1338），获再次旌表；至正十三年（1353），皇太子赐郑氏族人郑深"麟凤"巨匾。至正十年（1350），余阙为郑氏家族题"浙东第一家"。

进入朱明王朝统治时期，郑氏家族的地位和影响似乎达到巅峰状态。[①]这集中体现为族人大量的出仕，官阶最高曾至礼部尚书；且多数不是通过正常的科举出仕，而是由朱元璋直接选拔任用的。

洪武十四年（1381），为胡惟庸赃钞案，郑湜、郑濂面见朱元璋，朱元璋说："……我想起来你这等样好人家，如何不叫几个出来朝廷勾当，你两个便商量同几名来。"本来想让郑湜做个福建布政司左布政，因吏部奏参政无缺员，便给布政司添了两个参议，命郑湜做了个福建布政司左参议。[②]

洪武二十六年（1393），东宫官属缺，命廷臣举孝义笃行之士，工部尚书严震直以浦江郑氏对。朱元璋曰："朕素知郑氏，更闻其里王氏力行郑氏家法，皆可选用，以风励天下。"乃征两家子弟诣阙，令自推举，郑氏举济，授为左春坊左庶子。[③]

洪武三十年（1397），朱元璋"取天下大姓税户授以重任，本家以郑沂起送"。吏部引奏，上特名沂诣前谕曰："你家大孝大义，累世同居，前朝虽当仕，宦未有显达，我今使汝大贵。"钦蒙御笔亲除沂为礼部尚书，沂辞以白身人，恐才不满，不能当宗伯之任。上曰："你休没志气，你是义家，与

---

① 郑氏与朱元璋的直接交往是从洪武三年（1370）开始的。这一年，朱元璋认为"富民多豪强，欺凌小民，武断乡曲"，于庚午日［3 月 8 日］"召江南富民赴阙，口谕数千言刊布之，曰《教民榜》"。（见《国榷》，转引自孙正容《朱元璋系年要录》，浙江人民出版社 1983 年版，第 188 页；也可见《圣恩录》，第 10—11 页）郑氏家族也在此"江南富民"之列。

② 郑崇岳：《圣恩录》，民国 11 年（1922）重刊本，1994 年 8 月"江南第一家"文史研究会据郑氏第廿九世孙郑期银藏本翻印，第 13—14 页。

③ 《圣恩录》，第 26—27 页。

我掌天下礼仪，只把守家法这六十年与义掌一颗印。"①

　　但是，这些只不过是现象而已。族人出仕的数量，并不能真正说明家族政治地位的提升；出仕途径的不正常，反而印证这时候家族的命运已经完全掌握在皇权的手中，只能任凭处置与玩弄了；可以说，在皇权极度膨胀并大肆侵犯家族资源的情况下，郑氏家族明显地衰缩了。

　　至同居后期，形势剧变。洪武帝朱元璋驾崩，皇太孙朱允炆接位，但在"削藩"中失败出逃（或曰自焚而亡），尔后方孝孺被杀，这直接削弱了郑氏在朝廷的势力，动摇了郑氏在朝廷的地位。尽管永乐帝仍然留任与任命了几个郑氏子弟做官，但郑氏从此失去真正"圣恩"的机缘，从而加速这个封建大家族的瓦解。

　　在家族资源萎缩的同时，天灾人祸也降临了。明正统年间（1436—1449），"处寇犯其家，掠资财，坏室庐，家用一厄"；景泰（1450—1456）初，"家之眉寿堂岁久颓圮"；到天顺三年（1459），又遭大火之灾，烧得只剩祠堂在。② 成化（1465—1487）年间，"旌表之门被火烧毁，未蒙朝廷简拔"，已经很少有人关注浦江郑家了。③ 全族自此被迫散居，但仍以义字辈分号集居，分小灶聚食，称"小同居"。

　　郑氏义门全族同居、共财、聚食达十五世之久，历宋、元、明三朝，共330 余年（1128—1459）。其规模之大，历时之久，制度之严，为世所罕见。其同居的事迹在《宋史》、《元史》、《明史》中都有记载。④ 从某种意义上讲，郑氏的家族史也就构成了这个时期郑宅区域的发展演变历史。

　　从散居到分而居之，浦江郑氏在岁月的流变中逐渐为人们所淡忘。之后的 3—4 个世纪，郑宅似乎恢复了乡村的宁静和安然。

　　而当外界再次聚焦浦江郑氏时，已经几个世纪过去了。民国 13 年（1924），郑宅发生了一件惊天大案。据《浦江县志》载，是年，郑宅发生围打湖南难民惨案，打死难民 70 余人。⑤ 何以会发生这样的案件？案件的真实情况到底如何？最后是怎么解决的？这个案件背后隐藏着怎么样的社会和历史问题？如果有足够的材料，这一案件本身就是很值得研究的。遗憾的是，查阅各级档案资料，获取的唯一材料只是一件通缉令——民国 14 年

---

① 《圣恩录》，第 28—30 页。
② 王汶明：《故正义处士郑君行状》，《麟溪集》寅卷。
③ 《圣恩录》，第 38—42 页。
④ 目前有关郑氏同居史的研究和宣传，显然有简单化和夸张的倾向，必须引起注意；同样的，过分专注于一些细节而忽视宏观的把握也是有害的。
⑤ 《浦江县志》，大事记。

(1925) 1 月，浙江省高等检察厅令记字第 77 号。① 被通缉的共有 72 人，全部是青壮年，年龄约在 30—45 岁之间。就一时一地一事，不管是被打死的，还是被通缉的，这些数字透着悲哀。为什么啊？在访谈中，郑氏的后人们似乎不太清楚也不太愿意去谈论祖辈们的这件事情了。

在郑氏的默默无闻中，相邻的孝门马鞍山（安山、鞍山）张氏悄然兴起。从 19 世纪初到 20 世纪中叶，郑宅区域史实际又是另一部家族史——张氏家族史。张氏族人张景青的出仕，可以被认为是张氏崛起的标志。清咸丰十一年（1861），诰封张景青为吏部郎中，后来张景青相继任河南道监察御史、广西道监察御史。其孙张若骊，既有踊跃参与政治的能力，也有非同寻常的经营家业的本事。清光绪三十年（1904），他与张荐青、张狮岩等组成96 人的董事会，募建浦江中江第一桥（即湖山桥），他带头捐千金，于是年6 月 20 日动工，至光绪三十二年（1906）建成。此外，还以他为首，捐资兴建后溪至孝门石板路、黄梅岭适意亭等。清宣统二年（1910）冬，他与兄弟张若骢合作，在马鞍山开了"广益典"当铺。仅此几项，就可见其殷实的家底和不凡的魄力。民国初年，张若骊还当选为浙江省参议会议员。民国年间，浦江东乡的土地，大部分都掌握在马鞍山张氏手中，张氏还跨县在义乌、诸暨占有土地。我们从《浦江县志》的记载中或许也能看出一二："马鞍山地主张时曦，占有田 1500 余亩、山 1500 余亩（习惯亩），同时开设'广益'当铺，对农民高利盘剥。"②

---

① 浙江省高等检察厅：《浦江郑宅地方杀毙湖南难民一案首犯郑某某等潜逃出境希一体通缉》。据民国 14 年（1925）1 月 31 日《浙江公报》，藏浙江省档案馆。

② 《浦江县志》，第 120 页。

第三章　解放：历史的新起点

传统中国存在一种上下层既"统一"又"分离"的社会形态，下层的乡村社会是一个相对独立的"乡村自有系统"，有自己独特的运行轨道。尽管历代政府一直希图把乡村纳入它的正式组织网络，但所有对乡村控制的努力并不见得有多少成效，乡村没有被完全纳入国家体系。可是，20 世纪上半叶中国共产党领导的这场革命，却在最大程度和最广泛意义上打破了乡村的沉寂和温情脉脉。随后，一切似乎都变得轰轰烈烈了。中国革命的胜利是以"农村包围城市"实现的，而这一胜利又在更大程度上影响和改变了乡村的命运。

和广大的新解放区一样，郑宅自然地成为历史大变动的一个节点。

一　传统中国的社会形态

关于传统中国的社会形态，黄仁宇有一个美国所谓的"潜水艇夹肉面包"（submarine-sandwich）的比喻："上面是一块长面包，大而无当，此即是文官集团。下面也是一块长面包，大而无当，此即是成万成千的农民，其组织以纯朴雷同为主。中层机构简单，传统社会以'尊卑男女长幼'作法治的基础，无意增加社会的繁复。"① ——尽管这是他对 16 世纪中国社会情形的概括，但在笔者看来，也是基本符合整个传统中国的实际的。

已有的研究也清楚地表明，传统中国的治理结构存在既"统一"又"分离"的上下两层：上层是中央政府，设置有一套自上而下的官僚系统；下层是地方性的管制单位，由族长、乡绅和地方实力派人物控制。②

所谓的"统一"，在文化和意识形态意义上的表现，就是自秦以来两千年或更长的历史中，中国是"一个赓续无间的概念明确的国家"；虽然这个国家的中

① ［美］黄仁宇：《放宽历史的视界》，中国社会科学出版社 1998 年版，第 61 页。
② 王先明：《近代绅士》，天津人民出版社 1997 年版，第 21 页。另可参见张静《基层政权——乡村制度诸问题》，浙江人民出版社 2000 版。

央集权政治机构不时被迫向国内地方性的竞争势力表示妥协，但这种妥协总是被所有参与各方看作是一种暂时性的非常状态；因此，直到 19 世纪中叶近代化进程开始为止，在中国人自己的眼里，中国政治结构具有从未受到威胁和挑战的无与伦比的发展延续性。[①]"统一"的另一种表现，就是国家在实际的运作过程中，通过户籍制度（如明代的黄册制度）、地籍制度（如宋元以后的鱼鳞图册制度）等，不同程度地满足了（主要视国家行政能力的强弱而定）赋税收取、兵源补充和地方治安等的需要；相应的，也只有在这些方面（应该还有兴修水利等基础性事业），国家政权与乡村民众才有实质性的接触。

更多的研究则注意到"分离"问题——乡村社会存在一个相对独立的系统，或许可以称它为"乡村自有系统"。[②]杜赞奇以"国家政权建设"和"权力的文化网络"为中心概念，考察了 20 世纪上半叶上下层"分离"背景下华北乡村社会内部的结构，以及国家权力逐步"嵌入"乡村社会的过程。[③]他从"谁是乡村政权中的真正领袖（或称保护人）"的提问出发，深入探讨了乡村政权的结构问题。显然，地方权威不是上层授权的结果，而只能是来自于乡村本身，乡村政权的领袖实际就是"在宗教或宗族组织中已建立起自己权威的乡村精英们"。由此，乡村社会的"权威教条往往体现为人际间的相互关系，而不一定代表乡村社会中制度化的正统价值"，甚至，"如同秘密宗教网络一样，他们与正统秩序是相对抗的"。[④]费孝通 20 世纪 30 年代对开弦弓村的观察，指出"保甲"作为新的行政体制（对开弦弓村是新的，实际上也不新），尽管是"法定的体制"，但却是"强加的行政体制"，实际起作用的是村庄内部既有的"事实上的体制"。[⑤]牟复礼等也认为，村庄并未成为由地方到中央的权力之链上的一环，村庄只是家庭或宗族、商业和行会组织、寺庙或宗教组织的基础，有时也是教育的组织基础。[⑥]

---

① ［美］吉尔伯特·罗兹曼主编：《中国的现代化》，江苏人民出版社 1998 年版，第 58 页。

② 中国乡村社会的血缘与地缘特征，应该是"乡村自有系统"存在的根本原因。在这里，"家"是非常重要的概念和形态。殷海光曾专门论述了"家"对中国社会文化的影响。他认为，家是中国社会结构的单元，也是政治组织的基础；家族是中国传统文化的堡垒，中国文化之所以这样富于韧性和绵延性，原因之一，就是由于有这么多不尽的文化堡垒；中国的传统家庭，温暖中有森严，富于人情味但要付出隐忍的代价；相应地，我们传统地没有近代西方自由制度兴起以后的个体主义，等等。参见殷海光《中国文化的展望》，上海三联书店 2002 年版，第 92—103 页。

③ ［美］杜赞奇著，王福明译：《文化、权力与国家——1900—1942 年的华北农村》，江苏人民出版社 1994 年版。

④ 同上书，第 148—149 页。

⑤ 费孝通：《江村：农民生活及其变迁》，敦煌文艺出版社 1997 年版，第 85—90 页。

⑥ ［美］吉尔伯特·罗兹曼主编：《中国的现代化》，第 107 页。

还有，这方面最新的经验事实，部分的是来自王铭铭的调查。[①] 他对塘东村（闽南滨海的华侨家族村落）、美法村（闽南山区的家族村落）、石碇村（台湾一个以非家族的地缘组织和宗教社团为特点的村落）进行的个案调查，阐释了地方、社会与国家互动的某些侧面。

总之，上下层的分离是显而易见的。关于"分离"的实际情形，我们还可以从张静的归纳中得到更直观的解释：

在基层社会，地方权威控制着地方区域的内部事务，他们并不经由官方授权，也不具有官方身份，而且很少与中央权威发生关系，这在事实上限制了中央权威进入基层治理。表面上，中央下达政令，有一个自上而下的正规渠道贯彻着帝国的整体秩序，但在实际运作中，经过各级人员的中介变通处理，帝国秩序并不能真正触及地方管辖的事务。在这种情况下，双方都默认并谨慎对待管制领域的边界，除非在基层无法处理的事务才上达官方。地方权威的"自主"管辖权没有受到严重挑战，它们各成一体。虽然正式官制制度并没有承认这种分治局面，但事实是，分治的迹象"随处可见"。[②]

问题是，在传统中国，乡村始终是国家大多数的政策法令贯彻实施的根基，是政权存在的根本依赖（赋税收取、兵源补充和地方治安），也是国家施政效率（诸如变革等）的验证场所。因此，国家一直试图把乡村（村落）纳入它的正式组织网络。但直到晚清近代化意义上的政治变革开始前，所有对乡村控制的努力似乎并没有奏效，乡村并没有被完全纳入国家体系。当权者也只能在最大程度上宣扬君权、神权、族权，并利用乡绅势力来维护统治秩序。

晚清近代化意义上的政治变革——新政，可以被看成是国家对乡村控制努力的新起点。从这里开始，国家政权企图改变以往的被动局面，更主动地深入乡村社会，加强对乡村社会的控制。[③] 但是，即便是到民国时期，国家政权与乡村社会之间的互动关系，特别是国家权力扩张给乡村社会的冲击，总体上看并不具有根本的意义。[④]

---

① 在本书写作过程中，发生了令人震惊的"王铭铭事件"。我们在不屑和深恶痛绝于王铭铭的"败学症"的同时，是否可以用学术的理性和包容，去审慎地检视他的学术历程、学术视野等。

② 张静：《基层政权——乡村制度诸问题》，第18页。

③ 杜赞奇在《文化、权力与国家——1900—1942年的华北农村》中有十分精到的分析。

④ 参见张益民《现代化变迁中的土地改革》，载许纪霖、陈达凯主编《中国现代化》（第一卷），三联书店1995年版，第452—456页。弗里曼等人所著的《中国乡村，社会主义国家》，也有这方面的论述。毛丹的《一个村落共同体的变迁——关于尖山下村的单位化的观察与阐释》（学林出版社2000年版）也为我们提供了尖山下从自然村落到行政村八百七十年变迁的典型历史过程，包括村落与国家政权之间的互动关系，可资参考。

二　乡村秩序的重建

　　历史进入 1949 年，随着国共两党之间辽沈、淮海、平津三大战役的结束，中国的未来和命运越来越明朗地呈现在全世界面前，中国共产党建立新的全国性政权已是指日可待的了。仅此而言，1949 年 10 月 1 日作为特定的时间点，它所具有的全部意义实际上是法统的、程序的和仪式的。随着解放的到来和社会—政治秩序的重构，乡村社会以不同的时间起点进入新的时代。①

　　1949 年 4 月下旬，人民解放军进抵浙江。4 月 25 日至 5 月 1 日，中共金萧工作委员会在富阳大樟村与龙门村一带，召集军政人员整风整军，并宣布将原来毗连几县的边区县政府，统一改编成以县为单位的接管组，负责入城后的接管工作。金萧支队浦江接管组随即成立，人员由原江东县政府和城区区署工作人员、支队干训班结业分配的城市工作人员、江东县大队一个中队和城区特务大队组成，组长陈理农，副组长金良昆。②

　　5 月 9 日，浦江县政府代理县长郑可琛带领旧军政人员弃城南逃。同日，金萧支队浦江接管组派员进城。11 日，金萧支队支队长蒋明达率部进城正式接管，宣布成立浦江办事处，浦江解放。13 日，中国人民解放军第二野战军第 35 师一部到县，当日，在城内隆重举行庆祝浦江解放军民联欢大会。5 月 21 日，中共浦江县委员会和县人民政府宣告成立。和广大新解放区一样，新建立的县政权的领导成员主要由随军南下的干部组成。③ 一般来说，在解放大军的胜利进军中，要建立县级政权并不是件困难的事，县级政权的建立也不意味着县域的问题就解决了；如何发动群众，肃清乡村的反动势力，建立和巩固乡村政权，实现乡村的社会—政治秩序的重构，这些对

------

　　① 本书使用"解放"、"建国"作为特定的时间指称，只是为了行文的便利和对约定俗成的认可，仅此而已。

　　② 有关县、区、乡政权演变情况据《浦江县志》和中共浦江县委组织部、县委党史研究室、县档案馆合编：《中国共产党浙江省浦江县组织史资料》（1927 年 5 月—1987 年 12 月），浙江大学出版社 1992 年版。

　　③ 浙江全省当时大约有 8000 名南下干部。据谭震林《在中共浙江省第一次代表会议上的总结报告》（1949 年 9 月 20 日），见浙江省档案馆、中共浙江省委党史资料征集研究委员会征研二室合编的《中共浙江省委文件选编》（1949 年 5 月—1952 年 12 月），第 101 页。另，解放后，"南下干部"长期担任南方地区各级党政部门的主要领导岗位，对于广大的南方地区所起的作用与影响是十分巨大的，值得专门研究。仅以浦江县为例，一直到 20 世纪七八十年代，中共浦江县委、人民政府的主要领导（书记、副书记、县长）基本由以山东籍为主的"南下干部"担任。

于新政权更具有实质意义。

虽然，1949年3月召开的中共七届二中全会决定把全党的工作重心从农村转移到城市，但在一段时期内，农村实际上仍然是全党工作的中心——到土地改革运动完成以前一直是这样。这既是由广大新解放区的特点（也可以包括老解放区）所决定的，也是由城市工作的开展从根本上需要农村的支持所决定的。或者，我们可以认为，中共七届二中全会工作重心的转移只是对即将成立的新政权的总体目标的一种设定，是方针性的考虑，而具体工作的开展还是应该根据实际需要作策略上的调整和暂时的、有限的改变。

至少，浙江的情况是这样的。解放初期，浙江全省人口约2000万，但城市人口最多不过300万；全省整个国民经济的重心在农村，工业基础薄弱，城市严重依赖于农村。这是当时的基本省情。① 浙江广大农村虽然解放了，"但由于群众未能广泛发动，匪特未被彻底打垮，绝大部分乡村实际的政治统治者却仍然是表面上失势了的地主恶霸和反革命的残余势力。经济上主要还是掌握在封建地主手里"。更为严重的是，甚至出现"我占城市，敌占农村"的局面。② 当入浙作战的人民解放军野战部队大部离浙南进后，匪特趁机猖狂活动，频繁袭击县、区、乡人民政府，杀害各级干部、警卫战士和农民积极分子，还公然建立伪政权；他们伏击交通工具，破坏城乡交通线；他们还通过封锁，割断城乡间的流通，致使农村物资无法进城，工业产品不能下乡，人民生活出现极度困难；他们还控制粮食，破坏征粮工作。③

那么，浦江的情况会是怎么样？解放初，浦江匪患甚烈，县境内有主要股匪11个支队、1900余人。他们袭击区、乡人民政府，掠夺枪支弹药，杀害干部群众，奸淫妇女，抢劫财物。如，1949年6月，匪首魏永康带匪徒袭击古城乡朱宅工作队，劫走步枪3支、短枪2支，杀害干部2人；匪首马鹏波带匪徒十多人袭击马剑区委、区政府，杀害区委副书记刘自兴、副区长冯光禄和财粮助理员丁祥田，劫走机枪1挺、步枪7支、短枪2支。7月，匪首洪宗元带匪徒劫走壶江乡政府步枪4支、短枪1支；洪宗元匪部林必正中队袭击兴仁乡政府，劫走步枪5支、短枪5支等；方子龙匪部劫走壶溪乡政府步枪2支、短枪2支，等等。甚至还胆敢劫狱，气焰十分嚣张。④

在严峻的形势面前，1949年6月15日，中共浙江省委召开了第一次扩

---

① 中共浙江省委：《关于今后工作方针与任务的决议》（1949年9月20日），见《中共浙江省委文件选编》（1949年5月—1952年12月），第84页。

② 《中共浙江省委文件选编》（1949年5月—1952年12月），第83页。

③ 金延锋主编：《当代浙江简史》，当代中国出版社2000年版，第48页。

④ 详见倪宏大主编《浦江县公安志》，浙江古籍出版社1997年版，第47—56页。

大会议，果断决定今后三个月（7—9 月），全省除杭州、宁波、温州、吴兴、嘉兴、绍兴等中等城市留下必要的干部负责照顾接管城市工作外，党的大部分力量转入农村，发动群众，领导剿匪、反霸斗争，开展生产自救，合理负担，完成征粮工作。也就是说，中共浙江省委已经决定把工作中心转回到农村。

事实上，农村工作的严重性在其他大区也同样存在。之前，华中局就为把工作重心转向农村问题专门向中共中央做了报告。1949 年 6 月 25 日，中共中央批准华中局的提议。这样，中共浙江省委也立即明确提出工作重心转向农村的方针——这在华东局是最早的。① 9 月 20 日，中共浙江省委书记谭震林在中共浙江省第一次代表会议上做了一个长篇总结报告，着重谈了农村工作，特别分析了为什么要把工作重心转向农村以及如何把工作重心转向农村问题。不过，在仔细阅读了这份报告之后，我们发现，把工作重心转向农村的实际意图并非如前面分析的那么简单。这份报告将有助于我们加深对工作重心转向农村的实际意图的理解，因此选取其中关键一段，一起解读：

> 把工作重心移到农村是与过去二十二年党的重心在农村基本上不相同的。自一九二七年八一南昌暴动后党的重心转入农村，其目的是发展游击战争，创造根据地，依靠农村包围城市领导城市，依靠农村储蓄力量夺取城市解放全国。今天这个任务已基本上完成了。因此，二中全会提出把工作重心移到城市，依靠城市领导农村建设中国，这是今后整个方式与方针。目前把重心暂时又转入农村，其目的就不是过去在农村的要求，而是以建设新中国为主要目的。而是替工业建设找市场、找原料、找粮食、找劳动力。而是为了使农村逐步走向集体化、机器化、电气化、城市化创造基础。前者是储蓄力量解放全国，后者是为了发展工业建设中国。②

可以相信，这绝不仅仅是谭震林个人的理解和愿望，更是决策层的总体目标。看来，把工作重心转向农村除了考虑前面谈到的农村工作的严重性外，最终仍然是城市的立场、工业化的立场；看来，20 世纪 50 年代开始的以牺牲农业、农村、农民，来实现工业化的总体思路，在这里多少可以找到注脚——这也符合前面指出的，中共七届二中全会工作重心从农村向城市的

---

① 金延锋主编：《当代浙江简史》，第 47—51 页。
② 《中共浙江省委文件选编》（1949 年 5 月—1952 年 12 月），第 96 页。

转移是"新政权的总体目标的一种设定"的判断。

不管怎么样，工作重心仍放在农村的最基本任务就是发动与组织广大的农民群众，重新构建乡村的社会—政治秩序。其过程大致是：（1）有步骤地通过肃清匪特、打倒恶霸、人民武装自卫等措施，摧毁农村中封建统治的权威；（2）根据群众的要求，立即实行减租和废除高利贷剥削；（3）进一步发动和组织农民群众的大多数，建立农民协会，建立农民自卫武装，建立人民政权，建立基层党的组织；（4）培养干部，做好分配土地的准备工作，以便转入土地改革。显然，这些措施对于乡村的社会—政治秩序的重新构建是十分有效的。确实，新政权在高度组织化的农村生产关系改造过程中，进行了系统全面的基层组织建构，"成功地实现了党务机构和行政机构在村落一级的实质性的延伸，将村民直接纳入了国家设置的正式组织网络"；对于村落内部存在的血缘、地缘及业缘性组织，"国家也不再依为中介，而是予以摧毁式的改造"。①

为建立和巩固新的政治秩序，中共浦江县委集中力量发动群众，组织农会、剿匪反霸、征粮、减租减息，同时恢复和发展生产。1949 年 6 月，中共浦江县委把清剿匪特列为中心任务之一。7 月，县委召开工作会议，决定采取军事清剿、政治瓦解、发动群众的办法，肃清县境内一切有组织的匪特，同时宣布废除保甲制。8 月，人民解放军第 35 军 103 师 307 团进驻浦江县，开始全面的剿匪工作（至 1951 年底，浦江境内股匪全部肃清）。10 月，城乡开展减租减息斗争。是年，全县共减租谷 670 万斤，占全年粮食总产量 11896 万斤的 5.63%。10 月 23 日，浦江县各界人民代表会议第一次会议在浦阳镇召开。同月，建立县农民协会筹备会，次年正式成立县农民协会。

在县级政权建立和巩固的同时，浦江县人民政府着手乡村政权建设。1949 年 5 月，中共浦江县委员会和县人民政府成立后，全县设黄宅、浦阳、横溪、平湖 4 个区，郑宅镇域属黄宅区。6 月，4 个区调整为 8 个区，镇域属玄鹿区。1950 年 8 月，中共浦江县委根据中共浙江省委的指示，开展划乡建乡工作。10 月，郑宅、孝门、前店三乡人民政府宣告成立。之后，在乡以下建立村行政委员会，村以下又设行政小组。同时，还成立农会、民兵队、青年团和妇女会等群众性组织。到土地改革前，郑宅乡总人口 3864 人，已组织起来的有 1897 人，占总人口 49.04%；孝门乡总人口 4849 人，已组

---

① 毛丹关于尖山下在 1949 年后从村落共同体到正式社会组织的演变过程的描述，应该具有普遍意义，也是与郑宅区域内村落演变的一般情况相一致的。见《一个村落共同体的变迁——关于尖山下村的单位化的观察与阐释》，第 40—57 页。

织起来的有 2085 人，占总人口的 43%；前店乡总人口 3067 人，已组织起来的有 1470 人，占总人口的 47.9%。

表 3-1　　　　　郑宅乡土改前后群众组织情况统计表

阶级	时间	农会人数	民兵队人数	青年团组织	妇女会员人数	其他组织人数
雇农	土改前	9			1	8
	土改后	15	6		1	7
贫农	土改前	244	44	2	264	373
	土改后	466	127	5	308	411
中农	土改前	142	36		183	250
	土改后	210	78	2	213	252
富农	土改前	41	3		56	44
	土改后	1			21	15
其他	土改前					42
	土改后					26
合计	土改前	396	83	2	504	707
	土改后	692	211	7	543	731

表 3-2　　　　　孝门乡土改前后群众组织情况统计表

阶级	时间	农会人数	民兵队人数	青年团组织	妇女会员人数	其他组织人数
雇农	土改前	26	12	3	29	27
	土改后	37	11	3	35	37
贫农	土改前	386	100	9	415	255
	土改后	457	88	13	471	329
中农	土改前	230	49		206	110
	土改后	244	44	2	228	146
富农	土改前	18	1	1	40	64
	土改后	3	1	1	31	46
合计	土改前	660	162	16	690	456
	土改后	741	144	19	765	558

表3－3　　　　　　前店乡土改前后群众组织情况统计表

阶级	时间	农会人数	民兵队人数	青年团组织	妇女会员人数	其他组织人数
雇农	土改前	16	3		9	8
	土改后	17	7		9	11
贫农	土改前	386	69		316	314
	土改后	418	92	3	350	339
中农	土改前	176	34	1	104	90
	土改后	201	67	3	149	105
富农	土改前	3	1		5	10
	土改后	18	1	15	16	
小土地出租	土改前	1				
	土改后	2				
合计	土改前	582	107	1	434	
	土改后	456	167	6	523	

资料来源：浦江县档案馆，档案号31—1—4。

　　比之于近代以来"国家政权建设"的所有努力，这一次是最为成功的。我们清楚地看到，乡村社会完全被纳入国家的正式组织系统了。[①] 显然，以"农村包围城市"夺取革命胜利的中国共产党，对农村的重要性有着充分的认识，也有丰富的工作经验，对农村的控制能力是毫无疑问的。

三　传统农业的一般情况

　　农业素为郑宅经济的基础。生活在郑宅这片土地上的农民，世世代代一直沿用传统的生产方式耕耘土地，进行农业生产；一般农户，均耕种小片土地，以满足家庭成员生存所需粮食，农户间或依赖集市进行小宗的交换，获取生活必需品。传统的农产品以粮食作物为主，有稻、麦、玉米、粟、番薯、荞麦等，经济作物有棉花、茶叶、芝麻、桑、甘蔗等，蔬菜有萝卜、胡萝卜、菠菜、芥菜、苋、葱、韭、蒜、芋、瓜、茄、芹等。至解放初，郑宅农民基本是在下述状态下周而复始地从事农业生产活动的。[②]

――――――――――

　　① 参见张静《基层政权——乡村制度诸问题》，第216—217页。
　　② 本节郑宅农业生产的一般情况及下一节郑宅农民的生活状况，主要依据《浦江县风俗志》，并结合对郑宅老一辈人的访谈，核实汇总而成。

（一）耕作制度

水田多为冬作—单季稻（早或中稻）—秋杂粮。冬作以绿肥为主，大小麦次之。秋杂粮以荞麦、马料豆为多，辅以秋菜（如胡萝卜和白萝卜）。

旱地以冬小麦、大豆、粟（或番薯）三熟，或冬小麦、棉花（或番薯）两熟为多。

我国南方的农业生产，素以精耕细作见长，这与土地、水、气候等自然条件，以及长期存在的、尖锐的人地矛盾有关。仅以春季做秧田为例，在预留的秧田田块上，从割花草、拔后墢草、摊泥、掘田角、下田皮塍、施栏肥、第一次翻耕、灌水、摊田、耙泥块、荡田塍、捞田塍、戗田塍、糊田塍，到第二次翻耕又摊田、耖田、钩埂、做畦、施农家肥、平畦，然后到下种、盖焦泥灰为止，先后一共要经过二十多道工序。假如秧田田块是过水田，还得在田中做避水塍。至于旱作，则中耕尤勤，务使泥松土细，杂草不留。

农民十分珍惜地力，常于水稻田中种花草（浦江俗称花草田为"歇田"）。有时也采取一年种麦，一年种草子的轮作制。还充分利用地力，在水稻田中常播扎豆（即马料豆），或于水稻收割后种萝卜菜，在菜行间又种草子。旱地在冬季一般种麦，麦行中多套种白豆或棉花，白豆间又套种番薯。因此，农民必须对全年的种植有一通盘的打算，尤其是品种的搭配，一般都要将下一年的种植品种计划在本年之内。

郑宅的情况如此，南方的其他地方大体也一样，即使有差别，也是比较细微的。而在北方，由于土地、水、气候等自然条件的不同，加之劳动力要素间的一定差异，决定其农业耕作方式与南方大为不同，这是毫无疑问的。例如，在20世纪30年代，与南方的精耕细作相比，华北部分地区的情况可能是，"耕地时仅把地表几英寸厚的硬土翻过来"，"从未听说过农药和化肥"，"几乎从未有人对种子的品系、间作、庄稼轮作的方法进行试验"。[①]

（二）栽培技术

1. 种子　水稻：据明嘉靖《浦江志略》载，其时浦江境内有望犁等近十个品种；清代有黄穋等7个早稻品种；民国时期，品种引进，有三百粒、四百粒、东阳青、黄秆蓬和白禾等。小麦：有知了麦、铁丁麦等农家品种。大麦：以浦江六棱为主，还有地雉红、红筋大麦、早大麦、筢箕麦（米麦）。玉米：清代始植，多为山地种作，20世纪30年代才在旱地种植；地玉米有八十日、九十日两种，田玉米有堂头子、六十日、七十日等。番薯：民国时有红皮白心、红皮黄心二种。

---

① ［美］弗里曼、毕克伟、赛尔登著，陶鹤山译：《中国乡村，社会主义国家》，第41页。

2. 水稻育秧 水稻育秧一般在清明后5—7天（山区可延至清明后10—15天），每亩播种量为200斤左右，全部采用水秧田，易烂秧。

3. 水稻插秧 插秧株行距1.2尺见方，每丛秧10—12本。

4. 大小麦播种 都用点播，畦宽3—4尺，沟宽2尺，行距1尺多，每亩播6—7斤。

5. 玉米栽培 全部采用直播，在6月中下旬播种，7月上旬删苗定株。

6. 番薯栽培 番薯育苗，采用慢火加温催芽，在苗地育长藤，剪苗扦插。

（三）肥料

旧时肥料以农家肥为主，全赖人粪尿、厩肥（栏肥）、焦泥灰、草木灰和塘泥等。绿肥也有使用。

（四）生产工具

常用农具主要有犁、耙、锄头、圈耙、镰刀、扁担，以及水车、碓碾、石磨等。

翻地以牛耕为主，用人力锄翻的也有；舂米的工具，一般都是木杵和石臼，条件较好的则备有用牛拉的碾盘。

（五）农事

农业是弱质性产业，在很大程度上受制于自然条件特别是气候条件的变化，农业生产力水平越低，农业生产受自然条件制约的程度越高。因此，农业生产必须严格按照二十四节气顺次进行。——顺便提一句，在我看来，"大跃进"、人民公社化时期严重的经济困难，甚至饿死千万人，从根本上讲就是严重违背农业生产的自然规律而导致的，详细留在后面探讨。

长期以来，农民积累了许多预测天气变化的经验，对安排农事具有重要的作用。例如晴天发觉烟袋还潮，主雨；石础或石灰地面还潮，主雨；久雨天，下午见太阳下山，或晚霞灿烂叫"还山红"，主晴；早晨云霞过红叫"大水红"，主雨；等等，不一而足。这些农谚反映出千百年来农民的生存智慧，对安排农事具有重要的作用。

（六）农俗

旧时，从秧田下谷子开始，就祭拜田公田婆，至收获止，如此祭拜达四次之多。（1）下谷子前，手拿一帖黄纸三炷香，站在秧田下水田缺口田塍上，面向田畈作揖："田公田婆呀！保佑秧田快长快大，风调雨顺保全苗，再来谢谢你呀！"祝毕，就将黄纸和香插在田塍旁边而不燃点，谓之"许愿"。（2）"开秧门"前，碟中放上一片肉，有的用一块三角肉放在田塍上，人仍在田缺口，点燃香，作揖祷告："田公田婆呀！保佑田禾快长快大，得到丰收再来谢你呀！"然后烧黄纸，谓之"尝甜头"。(3) 开镰前，先到稻田摘二穗黄熟谷，插在二碗"合饭"上，祭品比前次更多，谓之"还愿"，以报答田公田婆。(4) 最后，还要祭庙神和灶君菩萨。农民把灶君作为主宰全家祸福的象征，十分敬尊。另外，如遇到虫灾，农民常束手无策，也将希望寄托于神灵。当此之时，郑宅农民割芦苇叶（似剑状），插在田边，大骂瘟神，以达驱虫目的。

农业为民生所系，且又受自然条件的严重制约，所谓"靠天吃饭"。因此，农业生产力水平越不发达，农民对"天"（实际就是自然界）的依赖就越强，也就越将希望寄托于所谓的"老天爷"或神灵。把农民的这些行为斥之以"迷信"和"愚昧"，显然是有简单化的嫌疑。

综上所述，就农业技术而言，与20世纪30年代华北平原部分地区那种"从未听说过农药和化肥"，"几乎从未有人对种子的品系、间作、庄稼轮作的方法进行试验"的情况相比，郑宅的传统农业生产似乎要好一些。

四　农民的生存状态

(一) 日常生活

1. 衣

民国年间，郑宅男性一般都只穿大布衫、长夹袄、长裤、短裤，穿长棉袄、棉裤的甚为少见。花色仅有青、蓝、黑三色，除服丧外，少穿白色。衣料贫富殊异，富人有绸缎绢纱，普通百姓则都用土布，且多自产自织。女性常年穿着青、蓝、黑色大襟的喇叭式齐膝短衫和长裤，裤外再系一裙，俗称"布栏"；其式色贫富略同，而其料殊异，富的丝绒绸缎，绣花镶边，农家一般均是土布，且多自织自用。当时，一般妇女还习穿长袍。婴儿衣着不分男女，上衣都穿毛衫，不用纽扣，不系裤子，只用一块尿布连毛衫围好，方便舒适。男孩女孩除衣料外，其衣式色，贫富基本相同。四五岁以下小孩，多穿"和尚衣"、开裆裤。

2. 食

旧时生活水平差异很大，富家鱼肉荤腥，穷者粗茶淡饭，甚至不得温饱。郑宅为稻米产区，以大米为主食。主食品种多样，如米制品有菜米饭、菜泡饭（土名"杂饭"）、白米饭、和尚饭（亦即"烧粥捞饭"）、米粉面、大米粥；麦制品有麦切（也叫切面）、米筛爬、麦叶、麦饼；玉米制品有玉米糊（土名"米萝糊"）、玉米饼（土名"米萝饼"）。

3．住

郑宅各村落大多具有浓厚的宗族色彩。各大宗族都以近亲祖先为主体造一"堂楼"，在堂楼前厢造一"厅堂"，是为全村之主屋。各房子孙在堂楼后厢和左右厢建造住屋，两边对称，整齐排列，这是旧式楼房的建筑特点。这种以堂楼为中心的建筑群，一个堂楼为一大房族，下分几个小房头。而一个或几个堂楼则形成一个村落。

堂楼的所有权属于每个堂楼里最高祖先一脉相承下来的各房子孙所公有。堂楼里设有"香火爷爷"，每逢除夕或其他重大庆典，族人必备设祭品首先敬拜香火爷爷，然后全家吃团圆饭，也有同房各户一齐在此"谢年"的。每年春节，在堂楼里挂出祖先画像（俗称为"容"），以享受子孙香火祭礼。在这个堂楼范围里的子孙，可以在这里办婚丧喜事。

厅堂都是一统三大间。在这个厅堂所有权范围内的子孙可以利用厅堂接亲、拜天地、摆酒席、搭台演戏等。

当然，贫者也是无立锥之地，常在主姓村落外搭建茅草屋借以安身。

4．行

民国年间，郑宅交通工具有乌轿、四轿、游篮等。乌轿、四轿，为亭阁式木框架结构，篾制轿身，前遮布或篾帘为轿门，平底、圆顶。腰贯2长杠，2人抬行。桥身漆黑的乌轿，一般用于嫁娶喜事，富户也有作为代步的。四轿为官用轿，以4人抬，故名四轿。游篮，又名被笼，轿身为矩形轿厢，亦有篾制椭圆形的。顶盖小篾垫，上贯1木杠，2人抬，贫困户婚嫁无钱雇用小轿者则用游篮。

（二）礼仪习俗

1．婚嫁

民国年间，郑宅婚制绝大多数是一夫一妻制，但有极少数一子承祧多房的一夫多妻制。此外，尚存有纳妾、典妻、冥婚等陋习。旧时婚嫁程序较为复杂，一般要经过相亲、定亲、定头、下礼、笄头、送日、迎娶等几道手续。时间要经过三四年，人力、物力、财力所费不薄。

2．丧葬

老人在弥留之际，子女必须待立左右，俗称"送终"。丧礼一般有穿衣、进棺、开吊、出殡、围丧、拜矿、落矿和回丧、复丧等程序。安葬后，每隔7日须举行家祭，俗称拜七，共6次。其中以"三七"为大七，祭典隆重，亲友毕至。"六七"称为"末七"，家人应到坟地祭拜。此后还要经过"拜百日"和"拜周年"，丧礼才告全部结束。

3．贺生

初婚妇女第一次怀孕将临产分娩时，女婿要向岳家报喜信，岳家要送礼物，俗称"催生"。婴儿自出生日起计算，男孩要拜六日，女孩要拜七日。婴儿满月时，发帖宴请亲朋好友，俗称"满月酒"，古称"弥月酒"。

4．祝寿

习俗祝寿必逢十。小孩长至10岁时，因系为人生头一个十寿，故一般均十分重视。20岁、30岁、40岁一般均不庆祝，仅于生日吃面条、鸡蛋而已。乡俗50岁以上者始称拜寿。故50岁以上者，每逢十之年都要举行庆贺活动，但其规模之大小则视本家之财力和社会地位而定。一般均于事前发帖邀请亲友吃寿面、寿粽、寿酒、寿桃馒头，祝贺益寿延年。届期，除神佛外，"寿星"还在上位接受家人及亲友之祝贺，然后设宴招待来宾。

5．喜庆

建房：习俗在开基落脚、穿福、立柱、上梁等建屋环节前，请人拣日子。封檐后，建房工程内部构隔外已基本完成，主人常以麻糍等物分送村中各家。

迁居：有居新屋与居旧屋之别。由于分家等原因而迁居者手续简单，只需择吉建社，拣日住人即可。迁居新屋者，则必先拣定吉日良辰，并发帖告知亲友。居屋之日，全家人均需列队进入新屋，人人必须携带物品，绝不能徒手入屋；亲友则随次欢送，进入新居。是日，主人需设宴招待亲朋。

（三）宗族形态

至民国时期，郑宅的宗族意识仍相当浓厚，宗族形态也较为完备，这与浦江民风特别是郑氏辉煌的同居历史有着密切的关系。① 而且，郑宅的宗族与村落关系，确实也表现出如莫里斯·弗里德曼所强调的"明显地重叠在一起"的特征。② 郑宅的大家族主要有郑氏、王氏和张氏。郑氏和王氏，即前述名彪《明史》的郑、王二义门子孙。郑氏支派，有迁居福建漳州、江苏溧阳及本省义乌等地者，亦各浸成大族；其留居本县祖里各派，主要集中于郑宅镇区及前陈两地，村落毗邻，人烟稠密，为郑宅镇域第一大姓，占郑宅镇人口一半以上。张氏，在浦江县号称"张半县"，张氏分龙溪派、平安张派和张学官派三大派，派下分支，各成村落，散布各乡，郑宅孝门桥、马鞍山

---

① 浦江在宋代以后，出现相当数量的同居家族。

② 莫里斯·弗里德曼建构了东南中国地方宗族的基本模式，这对郑宅宗族问题研究有重要的参考价值。当然，他的一些结论还需要更多的验证和讨论，如在东南中国（实际上主要是指他观察到的福建、广东二省），宗族与村落是否是重叠在一起的问题。[英] 莫里斯·弗里德曼：《中国东南的宗族组织》，上海人民出版社2000年版。

即其分支；孝门桥、马鞍山的张氏，为民国时期浦江东乡显姓望族。郑氏、张氏在第一章已经述及，下面简要介绍王氏。

深溪王氏祖居会稽（今绍兴），唐中叶迁乌伤（今义乌）之凤林，南宋淳熙四年（1177）迁浦江之峻岭（今浦江岩头镇西新岭头），迁浦始祖名王起。王起之孙王芟于嘉定十年（1217），自峻岭迁居深溪，为深溪王氏之始祖。据《深溪王氏宗谱》载，王芟迁深溪越十年，"大营居室，始建王氏宗祠"。王芟之玄孙王澄慕麟溪郑氏之孝义、共食同居，遂倡导家族同居。王澄子王子觉以麟溪《郑氏家规》为蓝本，续订《家则》100条，付诸实施。明洪武十年（1377），最后订定《家则》一卷，凡184条，分为敬先、务本、淳礼、厚生、防范、警戒、睦族、恤众、规余九类。旋复请宋濂撰《浦阳深溪王氏义门碑铭》并序："浦江蕞尔之邑，以义居闻者三人，而子觉又不悖先训，蹶然而思继焉，古者礼义之俗，诚岂有越于此哉。"[1] 王氏五世同居，洪武时，御族为"王氏义门"。郑、王二义门关系至深，族人或世代联姻，或同朝为官，或患难与共。王懃义救郑氏义门之事迹，广为传颂，王懃也被立为郑氏总土地，入郑氏宗祠，此于宗族间确实罕见。[2] 王氏子孙著述颇丰，存世甚多，尤以族人王温集名公巨儒题跋、序铭、传记、诗赋而成的《深溪集》（有苏伯衡、方孝孺等人撰序）最著。王氏一派，迁居诸暨者亦成大族，称"沙溪王"，另一派即是散布于郑宅、堂头二地的"深溪王"。

上述郑、王和张三大姓氏都保存了较为完整的宗族形态。

宗祠。郑氏、王氏、张氏等均建有宗祠，其中以郑氏宗祠为著。祠堂独立建造在村落近旁，其建筑规制和形式别具一格，有三间一进、五间三进，甚至五间四进的。郑氏祠堂七间六进，规模最大。旧时，祠堂大小不一，其规制则受传统社会等级制度所限制，不得随意逾越，一般的只准造三间三进，欲造四进、五进，则必须有皇家之封诰，或祖上有人配祀孔庙者方可。

---

① 宋濂：《〈浦阳深溪王氏义门碑铭〉有序》，《宋濂全集》（第三卷），第1276—1277页。
② 异族人入本族宗祠，并被立为总土地，这是十分罕见的。据称，这是出自一段典故。明永乐五年（1047），邻村陈忠向朝廷告密，言郑家藏有军械三屋。永乐帝闻报，派遣锦衣卫前来查抄。郑家事先得到驻京家人报警，把护家的刀枪移藏到郑氏世交的邻村王氏义门。王与郑有姻亲关系，洪武时，郑济为春坊左庶子，王懃为右庶子，俩人同朝为官，情深义重。因此，锦衣卫查抄郑氏义门时一无所获。锦衣卫离去不久，怀疑刀枪匿藏邻村亲家，突然回师包抄王氏义门，结果被搜出三屋刀枪，家长王懃被捕，为保全郑氏义门，他自认其罪而被永乐帝斩首于京。为纪念王懃的大义恩德，郑氏义门把王懃奉为郑氏总土地，以慰神灵。每年王懃诞辰日（农历6月14日）举行祭祀。摘来荷叶荷花，供奉在烛台上，以表示总土地王懃生前的高风亮节。并用一个大脚桶，盛满水，围着草席，让总土地沐浴，意为郑氏为了洗总土地的冤。全族绅老则一律身穿白绸长衫，以表哀思。大家坐到月照第二根祠柱时（约10时左右），开始行三献礼，祭毕已是半夜。

郑义门的祠堂，因受宋元明三朝旌表，故可造六进。

组织。祠堂设总理若干人，总管祠堂账目，祠堂内有一定数目的太公会，俗称会桌。每个太公会名下都有租田租谷收入。各会都有负责人负责收租记账，轮流筹备祭祀。祭祀的筹办一般都在秋收以后。

宗谱。宗谱是记录一族世系的典籍，系统记载本族的历史沿革，全族各家的人口发展情况以及族人之光辉事迹等，具有"族史"的性质。大的家族一般都修宗谱，并定期续修。修谱由族长主持，并设有专门组织，经费由全族负责，除拨出部分公款外，有的还按房头按户丁摊派。修谱前要请好谱师，开设谱场。谱师不但熟谙修谱的一切业务，具有必需的知识经验，而且备有一整套字模和印刷工具，兼有刻、画、写的技术。修谱前，董事者必派人对全族各户进行一次人口大普查，清查自前次修谱至今的人口出生日期、功名宦迹、死亡时间及婚嫁情况等项，并续编一次"排行"字号和字辈顺序。修谱时还十分重视调查各家有无违反族规之人和事，如发现有养育为族规所不允许的螟蛉子、私生子、典妻子等及操"贱业"或严重干犯族规，做伤风败俗、违情悖理、败坏纲常之教，受到国法制裁者，均予削谱除名，不得刊载。旧时，也有本人并无过失，但由于政治压力，族人为安全计，乃不得不违情除名者，如郑义门之郑治，因随建文帝出亡，永乐帝缉捕甚紧，族人被迫将其除名。宗谱的收藏有规定，一般是祠堂一部，各派各房头一部，族长一部。宗谱修成后举行庆祝仪式，称为圆谱，但其规模及形式，则族大族小各有不同。

（四）农民的绝对贫困化

民国以前，浦江农村经济仅能维持低水平的自给和半自给。明嘉靖《浦江志略》载："浦阳山田收薄，丰年仅足自需，贫民之命悬于蓄积之家。"民国时期，农村经济有所发展，但"粮食一层往往缺乏，唯东乡及小南乡原田每亩出谷较多"。[①] 据民国27年（1938）统计，浦江全县人口235610人，需米量以每人每年360市斤计，共需848225担，全县水田面积236333亩，总产量为504815担，粮食需求缺口343410担，不足米粮只能从金华和兰溪购入。[②]

时郑宅所属玄鹿乡虽为浦江"出谷较多"地区，但由于人口密集，粮食仍是紧张，常有缺口出现。据民国31年（1942）1月调查显示，前一年，即民国30年（1941），玄鹿、青萝两乡共有人口19368人，全年需米量共为

---

① （民国）钟士瀛主编：《浦江县志稿》，1985年6月浦江县志编纂委员会办公室誊印本。
② 《浙江农业及农村》，藏浙江省图书馆。

75222.24 担（玄鹿以每人每年 400 市斤计，青萝以每人每年 378 市斤计，这中间实际上有年龄差异带来的粮食需求差异问题），合计当年总产量，尚缺口粮食 34262 担，缺口甚大。

表 3-4　　　　　　　玄鹿乡、青萝乡粮食生产与粮食需求情况表

乡别		玄鹿乡	青萝乡
保数		13	14
甲数		163	147
户数		1961	2138
人口数		9382	9986
全年需米数量〔担〕		37478.30	37743.94
耕种面积〔亩〕	水田	5616.87	7163.92
	旱田	280.50	915.05
	山地	1582.65	169.5
田亩总数〔亩〕		7480.02	8248.47
本年收获〔担〕	谷	19737.32	20456.48
	糯谷	265.54	1265.86
	小麦	601.27	
	玉蜀黍	1038.70	1360.65
	甘薯	888.10	1010.84
	荞麦	56.40	683.00
存粮数量〔担〕	米	694.69	2112.22
	谷	7265.79	5849.89
	糯米	10.89	108.43
	糯谷	53.94	485.99
	小麦	177.56	154.33
	面粉	8.09	21.99
	玉蜀黍	209.70	115.82
	荞麦	5.55	194.00
	甘薯	408.96	156.36
	薯丝	63.20	122.49
存粮折米总数〔担〕		6285.00	7126.25
本年产销盈亏〔担〕	盈	—	—
	亏	14962.14	19299.87

资料来源：浦江县档案馆，档案号临 02—1—1030。

注：表中玄鹿乡"本年收获量"栏中之谷物收获量原为 29737.32 市担，则亩产量为 509 斤。据《浦江县三十年度粮食产销盈亏总调查统计表》（浦江县档案馆，档案号临 02—1—1030），比较其他乡镇的稻谷亩产量，浦阳镇为 344 斤，白石乡为 240 斤，钟潭乡为 302 斤，兴仁乡为 254 斤，壶江乡为 239 斤，炉峰乡为 282 斤，广明乡为 332 斤，白马乡为 282 斤，青萝乡为 269 斤，相差悬殊。同时与"本年产销盈亏"数 14962.14 市担合并考虑，疑"29737.32 市担"是"19737.32 市担"之误。若以 19737.32 市担计算，则亩产量为 339 斤，符合浦江全县的情况。另据统计，1949 年，浦江县的水稻亩产量为 302 斤（《浦江县志》，第 133 页），浙江全省水稻平均亩产量为 246.6 斤（参见《中国农业全书·浙江卷》，中国农业出版社 1997 年版，第 147 页）。综合分析，前面的判断应该是成立的。

另据1961年郑宅人民公社对1949年前人民生活状况的一项调查，全公社所调查的8463人中，乞讨者有143人，当短工的有455人，无地275户，无房242户。生活状况极端恶化者，甚至卖儿鬻女。

表3-5　　　　　郑宅公社1949年前经济及受害情况调查表

村别	人口变动			经济情况		被日本鬼子和国民党反动派抽丁、烧、杀、抢、奸							出卖				解放前当短工	解放前讨饭
	解放前	解放后	增加	无地户数	无房屋数	被抽丁人数	死亡	人	牛	猪	羊	被强奸（略）	房屋烧	房屋拆	妻子	儿女		
三郑	685	1052	487	5	14	12	4	1									8	
山头店	121	186	65	3	1	5	1		1							2	3	
前店	527	675	147		4	8	5	2	1	8					1		15	2
深一	527	735	212	2	7	18				3					3	4	53	1
深二	355	652	257	10	14	22	14			26	2				4		31	9
丰产	863	867	4	32	29	76	9	29	4	116	2		222		1	4	63	23
麟溪	1043	1783	740	65	27	49	2	11	123	160	6		5		3	2	79	15
东明	1025	1436	411	65	47	64	12	12	5	70	10		136	70			48	21
安山	845	1081	236	16	30	56	2	4	8	100	5		35	9		30	8	8
孝门	712	1244	532	39	49	40	16	2		20	12		58		2	6	10	12
广明	406	516	110	20	10	41	9										30	37
下方	317	447	130		1	24	7	1	2	1						5	21	7
芦溪	892	1031	135	13	7	45	9	5	1	120			6		1	1	37	5
秋田	105	135	30	1	3	2							2				4	5
合计	8463	11834	3371	275	242	467	102	68	153	814	42		466	79	24	59	455	143

资料来源：浦江县档案馆，档案号43-2-48。

对于一般百姓，年成好时尚可敷衍，一旦遇到灾害，则是痛苦不堪。县人石西民在《亢旱后的浦江农民生活》一文中[1]，对民国23年（1934）浦江

① 石西民（1912—1987），浙江浦江人。1929年加入中国共产党，任中共沪东区委宣传部干事兼党中央机关报《红旗日报》沪东区特约通讯员。1933年参加冯玉祥领导的抗日同盟军。1934年在上海从事革命文化活动。1936年进入《申报》。抗日战争爆发后，作为《申报》战地记者赴华北前线采访。1937年参与《新华日报》的筹备和创刊工作。在整个抗日战争时期，历任该报编辑、特派记者、编辑部主任、采访部主任、编委会委员、管委会委员。1946年随中共代表团到南京筹办南京版《新华日报》，因受到国民党阻挠，未能实现，返回延安。解放战争期间，曾担任党中央机关报《解放日报》副总编，新华社副总编辑。1949年南京解放后，担任南京新创刊的《新华日报》社长。建国后，历任中共南京市委宣传部长、江苏省委宣传部长、中央宣传部副秘书长、中共上海市委书记兼宣传部长、中共华东局宣传部长、文化部副部长、国家出版局局长等职务，并当选为中共八大代表。

旱灾后农民的严重困难做了深刻的描绘：由于严重的灾害，加之地主的盘剥，农民生活在哀颓之中，甚至全家自杀。[1]

粮价的变化也是导致农民生活困难的重要原因。民国年间，浦江粮价变化的基本情况是：民国元年至民国 22 年（1912—1933），粮价基本稳定。民国 23 年至 24 年（1934—1935），因灾歉收，粮价有些上升，如以民国 22 年（1933）指数为一百，民国 23 年（1934）稻谷价上升 80%，民国 24 年（1935）上升 92%。民国 25 年至 26 年（1936—1937）稳定在民国 24 年基础上。民国 26 年（1937）抗日战争爆发，交通阻塞，粮源断流，粮价猛增。抗日胜利，粮价一时转稳，不久又上升。民国 36 年（1947）后，粮价轮番上涨；如民国 36 年（1947），年初米价每石 58620 元，年末达 68.85 万元，比年初涨 10 倍多。[2]

---

[1] 石西民：《亢旱后的浦江农民生活》，载民国 23 年（1934）9 月 5 日、12 日《中华日报》及《中国经济情报》第一卷第 20、22 期。转引自《浦江县志》。

[2] 浦江县粮食志编委会编：《浦江县粮食志》，1995 年内部印行，第 51—52 页。

第四章　土地改革：农民翻身做主人

1949年9月21日，毛泽东在中国人民政治协商会议第一届全体会议上庄严宣告："占人类总数四分之一的中国人从此站立起来了。"① 基于中国人口城乡分布的实际状况，我们可以这样理解毛泽东的预言，即站起来的正是几亿的中国农民。

要让农民站起来，让农民和新政权真正地站在一起，首先要解决民主革命遗留下来的最大的问题——在广大的新解放区（主要是华东、中南、西南和西北四大行政区）开展土地改革运动，解决2.64亿农民（新解放区的总人口约3.1亿）的土地问题。对于执政的中国共产党，这既是民主革命胜利的经验和法宝，也是新政权社会主义方向和相应的经济建设的直接基础。因此，在乡村社会，"新"、"旧"政权更替的最后一个环节，就是土地改革运动。同样地，土地改革运动对于乡村社会的意义也是十分重大的，甚至是根本性的。我们可以认为，中国乡村"当代史"的真正起点应该是土地改革运动。

一　土地的人口承载压力

今天，随着农业生产力水平和农产品商品化程度的提高，以及国家整个产业结构的进一步调整和完善，农民除了直接从事农业生产外，还可以进入第二、第三产业，获得其他的就业机会，以满足家庭的基本需求，并有可能找到致富的途径；② 而且，随着改革开放以来社会经济的高速发展，土地资

---

① 毛泽东：《中国人站起来了》，《毛泽东选集》（第五卷），人民出版社1977年版，第5页。人们经常喜欢把毛泽东讲这句话的时间和空间作错误的移动，于是就出现："1949年10月1日，毛泽东主席在天安门城楼庄严宣告：'中国人民从此站起来了'。"

② 这里仅指部分事实，或者只是一种趋向性判断。李昌平的《我向总理说实话》和陈桂棣、春桃的《中国农民调查》则从另一个侧面展示了中国农民真实的生存状态和生存环境，反映出中国"三农"问题的"复杂性、迫切性、严峻性和危险性"。李昌平：《我向总理说实话》，光明日报出版社2002年版。陈桂棣、春桃：《中国农民调查》，人民文学出版社2004年版。

源属性以外的另一种属性，即土地的资产属性得到充分体现，城郊结合部的农民已经从中获得了令"城里人"羡慕不已的大实惠，"都市里的村庄"作为一种特殊的产物而被人们广泛关注和研究。[①] 在东部发达地区，尤其像浙江、广东、江苏等省份，农民对于土地的依赖在逐步减弱，农产品的种植与购销体制进一步放开，[②] 农村剩余劳动力得以不断地转移出来；在加快城市化进程的背景下，政府和社会也部分地改变了过去关于"人地关系"的认识，允许大、中城市的适度规模扩张，人均占有耕地仍作为一项指标，但不再是实质性的指标。这种新的"人地关系"观是社会经济发展的结果，是一种进步。[③]

但在传统农业社会中，情况却是非常不同的。[④] 土地既是最重要的生产资料，也是农民维持生计的唯一保障。由于农业生产技术长时期处于迟滞状态，更谈不上新的要素投入，农业生产效益低下，土地产出十分有限。加上传统经济结构的单一性特征，在农业以外，农民几乎没有新的解决生计的机会，只能依赖于土地。相应地，土地的人口承载能力就比较脆弱且缺乏弹性，在特定的区域内，人地之间必须保持高度的兼容。换句话讲，如果土地的产出是充裕的，土地的人口压力就不存在；如果土地的产出仅能满足农民的生存需求，压力就存在了；如果土地的产出不能满足农民的生存需求，压力就属于严重的了。[⑤]

浦江地狭人多，土地人口承载压力比较大。全县面积899.57平方公里，其中丘陵山地约占全县面积的82.26%，平畈、岗地仅占全县面积的17.74%，可见耕地存量有限，开发潜力不大。浦江居民外地迁入者甚多，隋唐之际已有北方居民南迁；唐末至五代，为避战乱，也有北方居民来县落户；北宋末年"靖康之变"后，随宋室南渡来县者更多。据记载，南宋绍兴

① 这同样是部分事实，甚至是小部分事实。近些年，农村因征收征用集体所有土地，拆迁农民房屋引发的有关补偿安置矛盾十分突出，而相关行政法规、规章多针对国有土地范畴内的城市房屋拆迁补偿，对农村的类似问题尚无明确规定。

② 1998年以来，从实行按保护价敞开收购农民余粮，到推进"放开销区、保护产区、省长负责、加强调控"的改革措施，国家一直在积极稳妥地探索粮食购销市场化改革的路子。2001年4月，国务院批准浙江省实行粮食流通体制的市场化改革。2004年5月23日，国务院下发《关于进一步深化粮食流通体制改革的意见》，提出了"放开购销市场，直接补贴粮农，转换企业机制，维护市场秩序，加强宏观调控"的基本思路。

③ 必须特别注意，在现阶段，这种新的"人地关系"观是少数发达地区的经验和进一步推进这些地区经济社会发展的重要手段，并不具有普遍意义，不能盲目推广。

④ 事实上，直到1961年以前，农村基本是以粮为主的单一农业经济。1962年以后，第二、第三产业才开始起步。1979年后，逐步全面发展第一、二、三产业。

⑤ 张乐天：《告别理想——人民公社制度研究》，东方出版中心1998年版，第22页。

二十四年（1154）人口约 7 万余，至明洪武二十四年（1391）达 99675 人，清宣统二年（1910）约 17 万人。民国年间，浦江县人口保持在 21 万—23 万。据民国《重修浙江通志稿》（载第 15 册《民族》），民国 17 年（1928），浦江县有耕地 289975 亩，人口为 45980 户、219362 人，户均耕地 6.3 亩，人均耕地 1.32 亩，低于全省人均 2.20 亩的水平（时全省人均耕地差异甚大，最高安吉县人均 6.24 亩，为最低泰顺县 0.46 亩的近 14 倍）。①

表 4 - 1　　　　　民国 17 年（1928）浙江省各县人地关系表

县名	耕地面积（亩）	人口数	人均耕地（亩）
杭县	1206241	392676	3.07
海宁	899084	355737	2.53
富阳	407153	205676	1.98
新登	99898	60160	1.66
余杭	459532	125947	3.65
临安	233816	86124	2.71
於潜	169016	59648	2.83
南田	66959	20491	3.27
昌化	125277	78068	1.60
嘉兴	1629152	449301	3.63
嘉善	673369	673369	1.00
海盐	802966	212588	3.78
平湖	795946	273521	2.91
崇德	602630	207050	2.91
桐乡	597230	164598	3.63
吴兴	2088684	742894	2.81
长兴	1343496	236151	5.69
德清	548631	179018	3.06
武康	234356	57899	4.05
安吉	511911	82063	6.24
孝丰	308875	82467	3.75
鄞县	1010862	517904	1.95

---

① 浙江省内土地占有关系的区域差异除特定的自然环境因素外，还与太平天国运动时期部分地区所遭到的严重的人口损失和地权冲击有重要的关系。

续表

县名	耕地面积（亩）	人口数	人均耕地（亩）
慈溪	799185	309269	2.58
奉化	519471	258758	2.01
绍兴	1422335	1164236	1.22
萧山	1069185	523432	2.04
诸暨	985484	529258	1.86
余姚	1375896	640561	2.15
嵊县	639349	427763	1.49
上虞	611810	317338	1.93
新昌	271075	242076	1.12
临海	1111316	537579	2.07
黄岩	923384	474037	1.95
宁海	709928	360662	1.97
天台	328850	266336	1.23
仙居	456832	220887	2.07
温岭	718737	396514	1.81
兰溪	594530	267984	2.22
东阳	632869	463902	1.36
金华	934724	235034	3.98
镇海	645829	381907	1.69
定海	379613	413978	0.92
象山	385553	212902	1.81
武义	339654	90511	3.75
汤溪	394193	119237	3.31
衢县	936884	297960	3.14
江山	534051	268950	1.99
龙游	504351	183058	2.76
常山	315895	134322	2.35
开化	297699	133237	2.23
建德	188457	107916	1.75
淳安	319134	216171	1.48
遂安	316434	133327	2.37

续表

县名	耕地面积（亩）	人口数	人均耕地（亩）
桐庐	214366	116512	1.84
寿昌	144178	67091	2.15
分水	107458	40227	2.67
义乌	571310	294099	1.94
永康	363953	264637	1.38
浦江	289975	219362	1.32
乐清	549170	367209	1.50
泰顺	75899	163243	0.46
玉环	138778	155769	0.89
青田	142559	237264	0.60
遂昌	188997	125986	1.50
龙泉	245934	140034	1.76
缙云	194939	197911	0.98
庆元	112882	95048	1.19
景宁	117941	115717	1.02
丽水	218699	124831	1.75
松阳	242996	122574	1.98
云和	108777	69464	1.57
宣平	84778	80796	1.05
永嘉	823497	678376	1.21
瑞安	733857	518530	1.42
平阳	899637	655592	1.37

资料来源：民国《重修浙江通志稿》，载第 15 册《民族》。

郑宅地处浦江小盆地的东北部，土地开发较早、质量较高，自古就是人口相对集中之地，人地矛盾自然更是尖锐。据第二章《玄鹿乡、青萝乡粮食生产与粮食需求情况表》所示，民国 30 年（1941）玄鹿乡有 1961 户 9382人，耕地 7480.02 亩，即户均耕地 3.84 亩、人均耕地 0.80 亩；青萝乡有2138 户 9986 人，耕地 8248.47 亩，即户均耕地 3.86 亩、人均耕地 0.83 亩。另据民国 36 年（1947）《浦江县公务统计总报告》，玄鹿乡土地总面积为

33664.122 亩，其中田 9384.345 亩、地 6654.993 亩、山 17389.171 亩、荡 235.614 亩，人口 16559 人，[①] 合并田地两项为耕地数，则人均耕地 0.86 亩。综合上述 3 个人均耕地数，得出平均数 0.83 亩，显然，这个数字是大大低于全省人均耕地数，也低于浦江人均耕地数。

分析土地的人口承载压力，除了了解人均耕地占有量外，还需要考虑土地的产出情况。我们同样根据《玄鹿乡、青萝乡粮食生产与粮食需求情况表》的统计资料进行分析。

浦江的粮食作物以稻、麦为主，杂以番薯、玉米、粟和豆类等，这在《玄鹿乡、青萝乡粮食生产与粮食需求情况表》中清楚地反映出来。此表反映了民国 30 年（1941）玄鹿乡的农业生产情况：全年收获量中，谷 19737.32 市担，糯谷 265.54 市担，小麦 601.27 市担，玉蜀黍（玉米）1038.70 市担，甘薯（番薯）888.10 市担，荞麦 56.40 市担。在全年收获量中，谷物占了 88.56%。是年，玄鹿乡水稻种植面积为 5897.37 亩（包括水田和旱田），稻谷总产量为 20002.86 市担，折合亩产量为 339 斤。在此表表注中，我们已经计算出浦江全县水稻平均亩产量为 288.3 斤，最高的是浦阳镇（344 斤），最低的是壶江乡（239 斤），玄鹿乡仅次于浦阳镇，列第二位。通过比较可以得出，至少在浦江县，玄鹿乡单位面积的粮食产出率是比较高的。

接下来，我们稍作计算：玄鹿乡人均耕地 0.83 亩，水稻亩产量为 339 斤，假设人均占有的耕地全部以水稻田计，则每人全年可获稻谷 281.37 斤。如果除去约 20% 的生产成本和约 14% 的田赋，则每人全年实际可得稻谷 185.70 斤。[②] 这是理想的计算，而且是没有自然灾害的年份，即便如此，加上秋杂粮，普通农民所获也是无几，更何况灾年，更何况佃农呢？显然，在浦江，在郑宅，土地的人口承载压力确实严重。

二 地权的集中程度

上述的人地关系问题，仅仅是对特定区域内土地总量和总人口之间比例关系的一种分析，它能够说明某一区域土地的人口承载能力和可能存在的压力，但无法反映内部的土地占有关系及相应的合理性问题，也无法反映由土

---

① 浦江县政府秘书室编印：《浦江县公务统计总报告》（民国 36 年度）。资料来源：浦江县档案馆，档案号 02—1—1265。

② 这里参照张乐天的计算方法。参见张乐天《告别理想——人民公社制度研究》，第 23 页。

地制度的不合理而引发的乡村社会的各种矛盾，还有对农业生产力水平的影响作用。因此，深化乡村社会土地占有关系，特别是地权的集中程度的研究就显得更为重要了。

以往中国土地制度史的研究一般认为，在中国漫长的封建社会里，农村的土地制度是地主土地所有制占主导地位的封建土地制度，而在土地占有关系或地权分布状况上则表现出不断集中的特征。尽管就总体的判断而言，这些结论或许是没有问题的，但用不着否认，这些结论是简单抽象的结果，并不是统计学意义上的结论。因此如果就土地制度的具体演变和地权分布的时空特征或差异作深入研究，可能会发现，问题比我们想像的要复杂得多。地权情况在同一区域的不同时期或同一时期的不同区域，到底是集中的还是分散的？集中的程度又是如何？中国传统社会固有的分家析产制度，土地细碎化的特征和实际存在的大量的土地所有权的自由转移、过渡和买卖，都随时地在调整和改变着土地的占有关系。

人们越来越清楚地认识到，变化是频繁的，变化是一般的常态，或者说，稳定是相对的，变动是绝对的。变动的趋势——土地占有集中还是分散，是多种经济、社会因素综合作用的结果。① 学者们在区域史研究中，也注意到这些问题并努力予以揭示。章有义利用中国社会科学院经济研究所所藏江苏长洲三册鱼鳞簿，结合各时期基本史料，对相关地区的土地占有关系进行深入、细致的研究，得出了一些重要的结论。他认为，苏州"由康熙初年（五至十五年）至 1949 年，二百七八十年间，地主（包括富农）同农民占地的比率几乎稳定在 65∶35。看来，人们设想的地主所有制支配下地权不断集中的必然性，在这里没有得到证实"。他还特别指出，"在地权比较集中的苏州，小土地所有者的土地尚且占有不容忽视的比重，其他地区更可想而知。这就提醒我们，在研究中国封建土地关系时，不应无视小土地所有者即自耕农的问题。可以说小土地所有一直占有相当大的比重乃是中国封建土地制度的一个特色。如果把地主和佃农的关系当作土地关系的全部，那就未免失之片面，过于简单化了。即使就租佃关系而言，也可能发生在小土地所有者和无地户之间，甚至小土地所有者之间。某些地区地权比较分散而租佃关系却比较发达，原因就在这里"。② 弗里曼等人的研究指出，民国时期河北省衡水地区饶阳县 80％的农民是自耕农，拥有全县 73％的耕地；地主和有

① 杜润生主编：《中国的土地改革》，当代中国出版社 1996 年版，第 8 页。
② 章有义：《康熙初年江苏长洲三册鱼鳞簿所见》，《中国经济史研究》1988 年第 4 期。

雇工帮忙的富农仅仅拥有一小部分土地。[1]

黄仁宇似乎也注意到同样的问题。他虽然没有相关的专门论述，但却有意识地把各种论著中提及 20 世纪中期以前中国土地占有的情形，诸如小土地所有者（自耕农）大量存在、土地占有关系的激烈变动、地主占有土地规模的大小和差异等现象，作为附录罗列于《中国近五百年历史为一元论》文后，实为表明他的某种观点和态度。考虑到这些材料的价值，加之篇幅也不是很长，特转录如下。[2]

　　有些私有的土地，被地主占有，分给佃农耕种，成为中国重要的问题之一。可是其幅度常有被过度估计的情事。（实际上）不到四分之三的土地，为耕种人所领有；超过四分之一的土地，用于佃赁。在产小麦的地区，耕种人自有的情形多，占（全部土地之）八分之七，与之相较，产稻谷的地区，自有之土地为五分之三。

　　将农民分为不同的门类是另一种衡测佃赁程度的办法。（现在调查之结果：）半数以上的农民为全自耕农。不到三分之一为半自耕农，其他百分之十七为佃农。在小麦地区四分之三的农民为全自耕农，在稻谷地区全自耕农不及五分之二。佃农在稻谷地区占全部农民之四分之一，半自耕农则超过三分之一。

　　至于每地区里最大多数的农民，则小麦高粱出产区，百分之八十为全自耕农，稻谷茶叶产区百分之五十三的农民为半自耕农，四川稻谷区域，则有百分之四十三为佃农。在有些局部的地区内所有农民都是自耕农，有些地区全为半自耕农，也有些地区全为佃农。

　　——以上摘自 John Lossing Buck，Land Utilization in China（Shanghai，1937）第 192—193 页。（根据 1929 年实地在中国 22 个省 168 个地区，16686 个农场，38258 个农户的调查）

　　边区土地状况：大体说来，土地的百分之六十以上在地主手中，百分之四十以下在农民手里。江西方面，遂川的土地最集中，约百分之八十是地主的。永新次之，约百分之七十是地主的。万安、宁冈、莲花自

---

　　[1]　他们进而认为，像饶阳这样的内地县，包括精英在内的整个社会长期处于没落状态；有时穷人们把怒火发泄到相对富裕的人身上，因为败落的精英拒绝履行他们对其他农民的义务；但地主剥削并不是衰落的原因。[美]弗里曼、毕克伟、赛尔登著，陶鹤山译：《中国乡村，社会主义国家》，第 35 页。

　　[2]　黄仁宇：《放宽历史的视界》，第 205—208 页。

耕农较多，但地主的土地仍占比较的多数，约百分之六十，农民只占百分之四十。湖南方面，茶陵、鄂县两县均有百分之七十的土地在地主手中。

　　——以上摘录毛泽东《井冈山的斗争》（原作于1928年）载《毛泽东选集》第一卷（北京1968年版），第67—98页。

　　十年之前曾有两家或三家，每家拥有八十至九十亩，也有五家或六家，每家拥有五十到六十亩。最近十年所有这些家庭因为土匪出没，或因为子孙奢侈，或出卖地产，或分拆为较小的单位。现在可能的没有一个家庭拥有四十亩以上。

　　——以上摘录 Martin C. Yang, A Chinese Vililage（Columbia University Press）。第16页。所叙为青岛附近一个村庄内的情形。

　　百分之九十二以上的家庭多少有些耕地，百分之九十六以上的家庭多少耕种着若干土地。平均每家有地四块，面积（共）21.9亩。耕作的农家平均每家种地21.2亩。全县土地以人口计，每人3.6亩。最大的地产领有者，一家有660英亩（以一英亩作六华亩计，此数接近四千华亩）。但是只有一百三十二家（即全县）百分之0.2的家庭拥有五十英亩（约三百华亩）以上，也只有百分之九的家庭拥有五十华亩以上。

　　——以上摘录 Sidney D. Gamble, Ting Hsien, A North china Rural Community（Stanfod University Press, 1954），第11页。所叙为河北定县1930年间情形。

　　在全保（包括八百五十四人）有一千五百三十五石的稻谷耕作地，内中一千一百三十七石，亦即是大约百分之七十五，是全佃农耕种。只有三百九十八石是全自耕农和半自耕农所耕种。

　　——以上摘录 Doak Barnett, China on the Eve of Communist Take-over（New York, 1963），第120页。所叙为重庆附近乡村1940年间情形。

　　根据本地的标准，拥有三十亩以上的可算为地主阶级，拥有二十亩至三十亩或耕作于三十亩自有的或佃赁的地土可算富农。

　　这里有甲乙丙丁戊五家，他们凭本地标准看，可算大地主，可是照西方的标准看来，则是小得可怜。他们在一九四八年到一九四九年共有田地三百一十亩。其分配如下表。（表中所列最大的地主有田一百二十亩，亦即等于二十英亩。）这三百一十亩是村庄内耕地的百分之二十五点八，可是这五家只是全村人户的百分之二点一八。

——以上摘录 C。K。Yang, A Chinese Village in Early Communist Transition（MIT Press, 1959），第 40—41、43—44 页。所叙为广州附近的一个村庄在 1950 年间的情形。

在土地革命之前夕，地主及富农占村内人口约百分之七，直接领有耕地一百六十四英亩（近于一千华亩），透过宗教及宗祠的组织，他们又掌握着一百一十四英亩（不及七百华亩）。所有他们一共执掌着二百七十八英亩（共约一千七百华亩）的土地，占村庄内的百分之三十一。

经和（村庄内最大的地主）的皇国之中心，乃是二十三英亩（不及一百二十华亩）的膏腴的田地。

——以上摘录 William Hinton, Fanshen: A Documentary of Revolution in A Chinese Village（New York, 1966），第 28—29 页。所叙为山西潞城县一个村庄在 1940 年间后期的情形。

越来越多的研究证明，由于国土辽阔，自然地理环境的严重差异，土地状况存在明显的不同。土地改革前，中国主要农业区域的耕地占有情况大致可分为三种情况：[①]

1. 地占有相对集中的地区。在这类地区，占人口总数不到 10% 的地主占有全部耕地的 50%—70%，甚至更多；中农的土地占全部耕地的 20%—30%；无地少地的农民占农户总数的 60%—70%。这种情况主要存在于东北区、中南区、西南区和华东区的部分老解放区。

2. 土地占有集中程度一般的地区。在这类地区，不到人口总数 10% 的地主、富农占有全部耕地的 30%—50%，中农的人口和耕地分别占总数的 30% 左右，贫雇农占户数的 55%—65%，占耕地总数的 20%—25% 以下。这种情况主要存在于中南区、西南区（除四川外）、华东区、华北老解放区的大部分地区和西北区的一部分。

3. 土地占有相对分散的地区。这种情况主要存在于中南区、华东区和西北区部分省的部分地区。

① 杜润生主编：《中国的土地改革》，第 4—8 页。

当然，在上述三种地区内，情况又会是不一样的。因此，在考察特定区域的土地及相关问题的时候，我们在了解了中国土地制度的基本状况后，就不能简单地用诸如不断集中、土地占有矛盾尖锐等结论性的判断，而要就具体的考察对象作具体的分析。

土地改革运动开展之前的土地状况到底如何？就全国而言，一般认为，占乡村人口不到10%的地主和富农，占有70%—80%的土地，而占乡村人口90%以上的雇农、贫农、中农以及其他人民，总共却只占有20%—30%的土地。[①] 这种情形只是总体的判断，在时间上是有变动的，在空间上也是有差异的。从新解放区土地改革运动开展以前的认识看，这一点应该是毫无疑问的。刘少奇在《关于土地改革问题的报告》中就清楚地指出：经过抗日战争和人民解放战争，除已经实行土地改革的老解放区外，其他地区的情况是变动的，一些地区的土地是更加集中在地主手里（如四川等地区），而在长江中下游地区，土地占有情况则是有一些分散的。[②] 根据国家统计局的统计，全国土地改革前各阶级占有耕地的较为准确的情况为：占农户总数3.79%的地主占有总耕地的38.26%；占农户总数3.08%的富农占有总耕地的13.66%；占农户总数29.20%的中农占有总耕地的30.94%；而占全国农户57.44%的贫雇农仅占有耕地总数的14.28%，基本处于无地或少地状态。相反，地主人均占有耕地却为贫雇农的近30倍。

表4－2　　土地改革前全国各阶级阶层户数、人口及土地占有情况表

阶级	占总户数的比例（%）	占总人口的比例（%）	占总耕地的比例（%）	每户平均占有耕地数（亩）	每人平均占有耕地数（亩）
地主	3.79	4.75	38.26	144.11	26.32
富农	3.08	4.66	13.66	63.24	9.59
中农	29.20	33.13	30.94	15.12	3.05
贫雇农	57.44	52.37	14.28	3.55	0.89
其他	6.49	5.09	2.86	6.27	1.83

资料来源：国家统计局编：《中国农村经济统计年鉴》（1989），中国统计出版社1989年版。

浙江的情况又是如何？据统计，全省占农村总户数2.8%的地主，占有

---

①　这实际上是民主革命时期中国共产党关于农村土地问题的基本判断。可参见刘少奇《关于土地改革问题的报告》（1950年6月14日），载《建国以来重要文献选遍》（第一册），中央文献出版社1992年版，第290—291页。在中国革命史、中共党史的有关土地改革问题论述中，通常沿用这种提法，以反映中国封建土地制度的严重不合理。

②　同上。

总耕地数的 20.67%；富农（包括半地主式富农、富农和大佃农）占总户数的 2.01%，占有总耕地数的 6.77%；中农占总户数的 30%，占有总耕地数的 32.43%；贫雇农占总户数的 53.16%，占有总耕地数的 17.72%；其他占有土地的阶层（小土地出租者、工商资本家及工人）占总户数的 12.03%，占有总耕地数的 22.41%。如果仅此分析，则占农村总户数 5.23% 的地主富农（包括工商业兼业地主）占有农村总耕地数的 28.06%，这个数字似乎远远低于全国的平均水平（占农户总数 6.87% 的地主富农占有总耕地的 51.92%）。由此，我们可以看出浙江土地占有状况的不平衡，但无法发现土地占有的实际情况，特别是土地集中的程度。

问题的关键是，在这些比例关系后面还存在一个重要的变数——"公地"及其归属。[①] "公地"，主要是指各种宗祠、寺庙、社所占有的公堂田，如果细分的话，则包括会田、学田、庙田、族田（祭祀田和祠堂田）等，其中以宗祠内部的"族田"为最大量。众所周知，在宗法宗族制度背景下，族田的存在是传统中国乡村社会特有的土地制度。当然，族田的地区间分布是极不平衡的，北方（主要是黄河流域）族田少得多。而在宗族形态完备、势力强大的南方地区，族田在总的耕地面积中占据相当大的比例，其中尤以江、浙、皖为最，福建、广东等省后来居上。据李文治等人的估计，清代各省族田面积大致为：[②] 江苏省南部各州县族田约占总耕地面积的 7%—8%，最高不超过 10%；安徽全省族田约占总耕地面积的 4% 强，但省内各地相差悬殊，如 1949 年统计，徽州族田占总耕地面积的 14.32%，祁门、休宁达到 32%（两县 3 个村的统计），但其他地区则要少些；江西、湖南、湖北各省族田占总耕地的面积约在 4% 左右；广东比重较大，族田占到总耕地面积的 30%（东部地区甚至占到 60%）；广西族田约占总耕地面积的 22.10%；福建西部、北部族田约占总耕地面积的 20%—30%，沿海各地约占 15%。以上仅是估计，部分省的情况似有夸大。[③] 1930 年，毛泽东在江西寻乌县和兴国县调查时，统计出寻乌县的"祖宗方面的土地"（祠田）占全县耕地的 24%，[④] 兴国县"公堂田"（祠田）占全县耕地的 10%。[⑤] 尽管公地内部的结构在地域上存在差异，甚至在宗族发展演变的过程中，由于公地的集中占有

---

① 李文治对族田义庄有专门的研究。参见李文治、江太新《中国宗法宗族制和族田义庄》，社会科学文献出版社 2000 年版。

② 部分地区的族田数似乎就是公地数。

③ 李文治、江太新：《中国宗法宗族制和族田义庄》，第 187—198 页。

④ 毛泽东：《寻乌调查》，《毛泽东农村调查文集》，人民出版社 1982 年版，第 108 页。

⑤ 毛泽东：《兴国调查》，《毛泽东农村调查文集》，第 199 页。

使得公地内部的成分越来越模糊，但就总的情况看，族田占总耕地面积的比重实际上也反映了公地的比重。[①] 根据土地改革前的统计，浙江省的公地（主要是族田）占总耕地面积的 16.35%。

这些公地掌握在谁手里？据土改中的调查，农村中的公地绝大部分是由地主、富农占有的；土改中查出的"黑田"（指土改时未登记入册的土地）大部分也属地主、富农所占有的。这是符合实际情况的。总之，地主、富农实际占有土地比土改前的统计数字会更大一些。这样，就浙江省的情况看，占农村总户数 5.23% 的地主富农占有的农村总耕地数，应该是 44.27%。

表 4 - 3　土地改革前浙江省各阶级阶层户数、人口及土地占有情况表

阶级	占总户数的比例（%）	占总人口的比例（%）	占总耕地的比例（%）	每户平均占有耕地数（亩）	每人平均占有耕地数（亩）
地主	2.8	3.64	20.67	40.345	7.96
半地主式富农	0.2	0.28	1.03	28.076	5.242
富农	1.55	2.20	5.42	19.154	3.33
中农	30	33.66	32.43	5.929	1.35
贫农	48	46.27	17.33	1.977	0.53
雇农	5.16	3.02	0.39	0.415	0.18
小土地出租者	2.4	1.80	2.44	5.649	1.91
大佃农	0.26	0.37	0.32	6.834	1.205
工商业资本家	0.42	0.52	0.62	8.103	1.66
工人	0.25	0.27	—	—	—
其他	8.96	7.97	3.0	0.544	0.53
公地	—	—	16.35	—	—

资料来源：中共浙江省委农村工作部编印：《浙江土地改革文献》1954 年 7 月。

上述"公地"问题给我们以启示：（1）"公地"的数量与宗族的盛衰成正比例关系。建置族田义庄既是联系族众、维持宗族运行的重要方式，也是族长使用经济手段控制族众、保持权威的一种手段。族田的大量存在，是宗族势力强大和区域内部血缘关系紧密的重要表现。（2）区域内部"公地"的差异，从一个侧面反映出近代以来宗族的衰微过程。与浙中等地区宗族继续保持较为完整的形态相比，浙北由于受外来的巨大冲击，宗族逐步走向衰

---

① 公地的内部结构与地域差异，需要作专题研究。

微。① 当然，这也直接地有助于我们对浦江郑宅的土地占有问题的分析。

我们来看看浦江县的情况。浦江村落具有浓厚的宗族色彩，素有家族数世同居共炊的风习。五代后梁贞明初年（916），有何千龄四世同居；南宋淳熙年间（1174—1189），钟宅三世同居；此风延续，最盛者即是郑义门。相应地，族产累积丰厚，族田所占比例应该较高。据统计，土改前全县有地主（包括工商业兼业地主）1672 户、9719 人，占总人口的 3.71%，占有耕地 39270 亩，占全县耕地总面积的 12.15%；有富农 1417 户、8423 人，占总人口的 3.18%，占有耕地 16130 亩，占耕地总面积的 5%。全县有雇农、贫农、中农和其他农民 59602 户、243914 人，占总人口的 93.11%，仅有耕地 121939 亩，占耕地总面积的 37.72%，其中贫雇农 149622 人，占总人口的 57%，仅有耕地 43110 亩，占土地总面积的 13.30%，人均耕地 0.29 亩。另有祠堂、会产等公地 145918 亩，占耕地总面积的 45.14%。

表 4-4 土地改革前浦江县各阶级户数、人口及土地占有情况统计表

项目	占总户数的比例（%）	占总人口的比例（%）	占总耕地的比例（%）	每户平均占有耕地数（亩）	每人平均占有耕地数（亩）
总计	100	100	100	5.16	1.23
地主	2.61	3.63	12.01	23.68	4.08
工商业兼地主	0.05	0.08	0.14	13.88	2.18
富农	2.26	3.18	4.99	11.38	1.91
中农	30.97	33.72	22.62	3.77	0.83
贫农	57.52	54.32	13.03	1.17	0.30
雇农	3.58	2.79	0.31	0.45	0.14
小土地出租者	1.28	0.76	1.39	5.62	2.25
其他	1.73	1.52	0.37	1.11	0.31
公地	—	—	45.14		

资料来源：《浦江县志》，第 122 页。

注：表中富农包括半地主式富农，中农包括大佃农，其他指手工业者和摊贩等。

正如前面所估计的，浦江县的公地在总耕地面积中确实占有较大的比例，达 45.14%。对于这些公地的性质，当时有过调查，大概包括会田、庙田、学田、祭祀田、祠堂田、公田与少数公益事业田。以城区一个区为例，公地的分布情况大致如下表所示：

① 曹锦清等：《当代浙北乡村的社会文化变迁》，第 35—36 页。

表4－5　　　　　　　　浦江县城区公地性质统计表

性质	会田	学田	庙田	祭祀田	祠堂田	公田	合计
亩数	6772.145	2168.478	423.565	8221.211	3785.586	6969.48	28340.466
比例（%）	23.9	7.6	1.5	29	13.4	24.6	100

资料来源：浦江县委调研组《土地调研总结》（1951年5月），藏浦江县档案馆，档案号PJ—1—42。

这些公地大部分掌握在地主手里。公地的收益部分用于宗族祭祀，其他则为乡村掌权者所中饱。总之，在浦江，地主富农所占耕地占耕地总面积的62.28%。

那么，郑宅的情况会是怎么样？郑宅镇域当时包括郑宅、孝门、前店三乡，我们就先看看有关三乡土地改革前土地占有情况的统计。

表4－6　　　郑宅乡土地改革前各阶级户数、人口及土地占有情况统计表

阶级	占总户数的比例（%）	占总人口的比例（%）	占总耕地的比例（%）	每户平均占有耕地数（亩）	每人平均占有耕地数（亩）
地主	5.5	7.01	10.85	10.08	1.90
半地主式富农	0.32	0.39	1.70	27.52	5.50
富农	2.9	4.14	4.13	7.12	1.24
中农	32.5	31.8	17.94	2.84	0.71
贫农	51	50.1	8.04	0.82	0.20
雇农	2.4	1.58	0.11	0.23	0.08
小土地出租者	1.6	0.75	1.74	5.61	2.90
大佃农	0.1	0.13	0.01	0.38	0.38
工商业地主	0.32	3.53	0.57	9.16	1.25
其他	3.36	0.57	0.71	0.97	0.26
公地	—	—	54.20	—	—

表4－7　　　孝门乡土地改革前各阶级户数、人口及土地占有情况统计表

阶级	占总户数的比例（%）	占总人口的比例（%）	占总耕地的比例（%）	每户平均占有耕地数（亩）	每人平均占有耕地数（亩）
地主	3.85	5.57	26.65	43.87	7.47
半地主式富农	0.25	0.29	0.62	14.21	3.04
富农	0.84	1.15	0.87	6.42	1.15
中农	33.36	33.81	11.53	2.41	0.59

阶级	占总户数的比例（%）	占总人口的比例（%）	占总耕地的比例（%）	每户平均占有耕地数（亩）	每人平均占有耕地数（亩）
贫农	52.42	52.26	7.14	0.86	0.21
雇农	3.93	2.93	0.30	0.42	0.14
小土地出租者	3.00	1.94	2.54	4.86	0.54
大佃农	0.59	0.88	0.66	5.63	0.92
工商业地主	—	—	—	—	—
其他	1.76	1.17	0.16	0.51	0.19
公地			49.49		

表 4-8　前店乡土地改革前各阶级户数、人口及土地占有情况统计表

阶级	占总户数的比例（%）	占总人口的比例（%）	占总耕地的比例（%）	每户平均占有耕地数（亩）	每人平均占有耕地数（亩）
地主	7.049	7.824	10.17	9.32	2.06
半地主式富农	—	—	—	—	—
富农	2.66	3.619	5.41	13.14	2.37
中农	25.531	25.428	16.80	4.25	1.05
贫农	60.77	59.087	16.65	1.77	0.45
雇农	2.793	3.097	0.42	0.99	0.22
小土地出租者	0.798	0.815	1.11	9.05	2.17
大佃农	—	—	—	—	—
工商业地主	—	—	—	—	—
其他	0.399	0.13	0.02	0.25	0.19
公地	—		49.42	—	—

资料来源：浦江县档案馆，档案号 31—1—4。

注：以上各表根据三个乡的《各阶层户数人口统计表》、《土改前后土地占有变化情况统计表》综合而成。

由此，我们可以得出土地改革前郑宅、孝门、前店三乡的土地占有的基本情况：

郑宅乡有地主 52 户 276 人，占总人数的 7.01%，占有耕地（包括公地）3142 亩，占耕地总面积的 65.05%；中农 305 户 1229 人，占总人数的 31.8%，占有耕地 867 亩，占耕地总面积的 17.94%；贫农 474 户 1935 人，占总人数的 50.1%，占有耕地 388 亩，占耕地总面积的 8.04%。地主户均耕

地 60.42 亩（人均耕地 11.38 亩），贫农户均耕地 0.81 亩（人均耕地 0.20
亩），地主户均占有耕地为贫农的 75 倍。

孝门乡有地主 46 户 270 人，占总人数的 5.57%，占有耕地（包括公地）
5733 亩，占耕地总面积的 76.14%。中农 399 户 1639 人，占总人数的
33.81%，占有耕地 963 亩，占耕地总面积的 11.53%。贫农 626 户 2534 人，
占总人数的 52.26%，占有耕地 529 亩，占耕地总面积的 7.14%。地主户均
耕地 124.63 亩（人均耕地 21.23 亩），贫农户均耕地 0.85 亩（人均耕地 0.20
亩），地主户均占有耕地竟为贫农的 147 倍。

前店乡有地主 53 户 240 人，占总人数的 7.8%，占有耕地（包括公地）
2885 亩，占耕地总面积的 59.05%。中农 192 户 780 人，占总人数的 25.4%，
占有耕地 816 亩，占耕地总面积的 16.65%。贫农 457 户 1812 人，占总人数
的 59.1%，占有耕地 809 亩，占耕地总面积的 16.65%。地主户均耕地 54.43
亩（人均耕地 12.02 亩），贫农户均耕地 1.77 亩（人均耕地 0.45 亩），地主
户均占有耕地为贫农的 31 倍。

综合分析，土地改革以前，郑宅区域内的土地占有关系表现出以下两种
特征：（1）公地在总耕地面积中占很大的比重（郑宅乡是 54.20%，孝门乡
是 49.49%，前店乡是 49.42%）。这与郑宅地区宗族势力总体强大的特征是
相吻合的，也与区域内部宗族势力的差异相一致（郑宅以郑氏为主，宗族势
力强大；孝门以张氏为主、前店以王氏为主，次之）。（2）尽管区域内部的
土地占有存在一定的差异性，但总体表现出明显的集中特征。孝门乡地主户
均占有耕地为贫农的 147 倍，大大超出郑宅、前店二乡地主户均占有耕地
数，这是与民国时期孝门张氏（张若骢兄弟为主）大量兼并土地有直接关
系的。

三　土地改革

对于乡村社会，"新"、"旧"政权更替最重要的环节，应该是土地改革
运动。与政权重构相比，土地改革运动对于乡村社会的意义才是根本性的。
从这个角度理解，乡土中国的"当代史"的真正起点应该是土地改革运动。

《中国人民政治协商会议共同纲领》第三条规定：要"有步骤地将封建
半封建的土地所有制改变为农民的土地所有制"。[①] 1950 年 6 月 6—9 日，中
国共产党召开七届三中全会，明确把土地改革的完成作为国家财政经济情况

---

① 《建国以来重要文献选遍》（第一册），第 2 页。

根本好转的首要条件，把土地改革工作列为八项工作任务的首要任务，强调"有步骤有秩序地进行土地改革工作"。① 在6月14—23日召开的中国人民政治协商会议第一届全国委员会第二次会议上，讨论了中共中央建议的土地改革法草案，通过了刘少奇的《关于土地改革问题的报告》；在闭幕会上，毛泽东进一步指出土地改革的伟大意义，号召各界人士积极支持土地改革，过好土地改革这一关，做一个完全的革命派。1950年6月30日，由中央人民政府毛泽东主席颁布命令，公布施行《中华人民共和国土地改革法》。是年冬天，各个新解放区逐渐开展了轰轰烈烈的土地改革运动。

为什么要开展这样一场土地改革运动？刘少奇的上述报告回答了这个问题，最根本的一条就是中国原来的土地制度极不合理，即占乡村人口总数不到10%的地主和富农，占有约70%—80%的土地，他们借此残酷地剥削农民；而约占乡村人口总数90%的贫农、雇农和中农，则只占有20%—30%的土地，他们终年辛勤劳动，却不得温饱。这就是我们中华民族被侵略、被压迫、陷于贫困和落后的根源，是我们国家民主化、工业化、独立、统一及富强的基本障碍。这种情况如果不加彻底改变，中国人民革命的胜利就不能得到巩固，农村的生产力就不能得到解放，新中国的工业化就没有实现的可能，人民就不能得到革命胜利的基本果实。因此，土地改革的基本理由和基本目的就是：废除地主阶级封建剥削的土地所有制，实行农民的土地所有制，解放农村生产力，发展农业生产，为新中国的工业化开辟道路。②

新解放区的土地改革是从1950年冬开始的，但从当年的2月甚至更早，各地就进入准备阶段。从浙江全省看，准备工作主要包括：（1）调查研究。1950年1月29日，中共浙江省委发出《为准备土地改革加强调查研究工作的指示》，到9月份，对农村土地的租佃、阶级关系、生产内容和生产水平都有了一个比较系统的了解。对一些特殊的土地问题，如村地、园地、棉田、桑地、盐田、鱼塘及公堂田、典当地、田底田面等，都做了专门研究。（2）划乡建乡。1950年1月，中共浙江省委发出《关于划乡建乡工作指示》，至9月底，全省共建立5367个乡人民政府，基本完成划乡建乡工作。（3）训练干部。1950年7月，中共浙江省委作出《关于抽调机关土地改革骨干的决定》和《关于抽调配与招收知识青年参加土地改革工作的决定》，共组成1300个土地改革工作队，并对3.6万余土地改革干部做了训练。（4）典型试验。1950年8月初，在杭县义桥乡、山桥乡，嘉兴县高照乡、新塘乡，

---

① 《建国以来重要文献选遍》（第一册），第254页。

② 同上书，第290—292页。

金华县乾溪乡等8个乡进行土改典型试验。(5) 整理土地。1950年6月,省人民政府颁布《浙江省整理土地暂行办法》,为土地改革提供正确的土地数据。(6) 制定政策。主要有《关于执行中华人民共和国土地改革法实施补充办法（草案）》（1950年11月）、《浙江省关于划分农村阶级成分的补充规定》、《浙江省土地改革中山林处理办法（草案）》（1951年4月）；(7) 建立领导机构。1950年11月,华东军政委员会批准成立以谭启龙为主任的浙江省人民政府土地改革委员会,负责指导全省土地改革工作。[①]

1950年3月,中共浦江县委在大溪乡进行土地改革调查试点工作。10月下旬,全县各地在县、区土改工作队的配合下,分三批开展土地改革。至次年3月底,浦江县土地改革基本结束。全县共没收地主土地38812亩,没收地主多余房屋5563间、耕牛766头、主要农具26395件；征收祠堂、庙会等公田145918亩,征收富农的出租土地2162亩。分得土地的雇农、贫农、中农和其他农民共有52029户、208993人（占总农户的83%,占总农业人口的79.70%）,总计分得土地186323亩,他们占有土地的比例从土改前的37.72%上升到90.48%。其中雇农和贫农分得土地130319亩,土地占有比重从土改前的13.34%上升到50.94%。同时,有31948户农民（其中贫雇农25468户）,分别分得房屋、粮食、耕牛和主要农具,占总农户的55%。[②]

具体进行土地改革的过程,作为一个乡或一个村的做法,一般分宣传动员、划分阶级、没收征收、分配土地财产和检查总结五个步骤进行。郑宅、孝门、前店三乡的土地改革经过大致如下:

(一) 宣传动员

主要包括宣传教育、整理组织、调查研究三个环节。宣传教育着重宣传土地改革的总路线和总政策,讲明农村土地制度的不合理,力求使土改成为农民自己的、主动的要求。在郑宅、孝门、前店三乡,由于长期形成的牢固的宗族血缘纽带,地主与农民之间的关系比较微妙,经过土改工作队的发动,才使土改工作逐步开展起来。整理组织的重点是充实农会组织,同时整顿土改工作队干部的作风。调查研究,着重是调查掌握各阶层的土地、人口、租佃关系和阶级关系等情况。

(二) 划分阶级

一般经过讲阶级、评阶级、通过阶级、批准阶级四个程序。先划地主,

① 参见《中国农业全书·浙江卷》,中国农业出版社1997年版,第369—373页。

② 中共浦江县委调研组：《土地调研总结》（1951年5月）,资料来源：浦江县档案馆,档案号PJ—1—42。

以达到划清敌我界线，分化孤立地主。然后划分其他成分，团结广大农民群众。发动群众对一般有劣迹的地主进行面对面的斗争，对反动不法地主与恶霸地主，普遍运用人民法庭坚决予以法办，支持群众运动。通过阶级和批准阶级，一般是三榜定案，村农会公布第一榜，乡农民协会核准后公布第二榜，区人民政府批准后公布第三榜。划分阶级是土改最重要的步骤，这在第四章将专门论述。

（三）没收征收

首先在干部和群众中进行政策教育，规定没收征收范围、纪律、时间和手续，保证有秩序地进行。再在农民协会领导下建立没收征收委员会，列出后没收的地主的土地、农具、耕牛、多余的粮食，及其在农村多余的房屋；列出应征收的富农出租的土地和寺院庙宇、教堂、学校或团体在农村的土地。然后以命令方式通知地主，在全村群众大会上依法宣布没收地主的土地及其他应该没收的财产。规定没收征收的土地一律经过清点登记、妥善保管，防止分散、打埋伏和肥私的行为发生。对于抗缴田契、隐瞒土地财产的不法地主进行说理斗争。

（四）分配土地财产

即对没收征收的土地、财产，除了必须收归国家所有的以外，统一由农民协会接收，按政策规定分配给无地少地及缺乏房屋和其他生产资料的贫苦农民。对地主也同样分给一份，使他们能够依靠自己的劳动生产，并在劳动中改造自己。土地按人口统一分配，不采取打乱平分的做法。分配程序采取先由农民代表与没收征收委员会讨论出分配方案，再召开各农民小组会议进行自报公议，然后由村民协会审核修正，报乡人民政府批准公布。

（五）检查总结

首先教育干部和积极分子克服麻痹思想和松懈情绪，明确检查总结的目的要求，然后由他们带领群众开展检查总结，达到进一步发动群众，弥补土地改革中的不足之处。在郑宅、孝门、前店三乡，通过检查，重新调整（降低）了一些人的成分，并变更所分土地。据统计，郑宅乡有 5 户富农、1 户中农、2 户贫农共计 8 户降低为地主（中农和贫农户主个人原均为政治地主）；孝门乡有 2 户富农、5 户贫农共计 7 户降低为政治地主，1 户富农降低为地主；前店乡 1 户政治地主、5 户富农、4 户中农、3 户贫农共计 13 户降低为地主，2 户个人政治地主降低为全家政治地主。同时，对他们的"五大

财产"——土地、房屋、耕畜、农具、粮食——进行变更或没收。① 在此基
础上，最后，端正政策，填发土地证，举行庆祝大会，有领导的转入组织生
产高潮。

土地所有证的发放，实际承认了农民对土地的所有权。下面特举一
例：②

浙江省浦江县土地房产所有证（浦字第 23662 号）

浦江县玄鹿区孝门乡居民黄志贤、于梅、黄尚大、杨金钗、黄小
大、黄尚海：

依据中国人民政治协商会议共同纲领第二十七条"保护农民已得土
地所有权"之规定，确定本户全家本人所有土地共计可耕地拾壹段陆亩
柒要零厘零毫，非耕地壹段肆亩伍分零厘零毫，房产共计房屋贰间，地
基叁段零亩贰分零厘零毫，均作为本户全家本人私有产业，有耕种、居
住、典卖、转让、赠与等完全自由，任何人不得侵犯。特给此证。

县长颜寿山

壹玖伍壹年　月　日发

四　"损有余而补不足"

《中华人民共和国土地改革法》明确规定："分配土地，以乡或等于乡的
行政村为单位，在原耕地基础上，按土地数量、质量及其位置远近，用抽补
调整方法按人口统一分配之。"③ 尽管国家的土改政策要求一般以乡为单位
重新分配土地，但与新解放区的许多地方一样，郑宅地区土改是以村为单位
进行的。④ 试以郑宅乡第十一行政村土地改革的内定方案为例：

新解放区的土改实行的是"中间不动两头平"的政策，即不动中农的土
地、不动或少动富农的土地，而将地主的土地没收后分配给贫农和雇农等，
这就是所谓的"损有余而补不足"的办法。从下表看，郑宅乡第十一行政村
土地改革的内定方案不仅"损"了富农的土地，还"动"了中农的土地。那

---

① 《玄鹿区检查结束土改后成分土地变更（降低成分）情况统计》，资料来源：浦江县档案馆，
档案号 31—1—4。另，政治地主问题少见提及，有专题讨论的必要。

② 资料来源：浦江县档案馆，档案号 43—1—2—1。

③ 《建国以来重要文献选遍》（第一册），第 338 页。

④ 参见毛丹《一个村落共同体的变迁——关于尖山下村的单位化的观察与阐释》，第 46—47
页；曹锦清：《当代浙北乡村的社会文化变迁》，第 39—43 页。

么，这是否与土改的政策不一致了？进一步，整个郑宅地区的情况会是一样吗？

表 4-9　　　　　　郑宅乡第十一行政村土地改革内定方案

成分	户数	原有人口	分地人口		原有土地（亩）	抽补原数（亩）	需重新分配土地		分进土地（亩）	土改后占有土地（亩）
			不分	实分			项目	数量（亩）		
地主	16	74	10	64	237.325	159.7625	没收	159.7625	80	80
富农	10	63	2.5	60.5	163.8625	163.1125	抽	59.24375	—	103.86875
佃富农	1	5	—	5	12.625	12.625	抽	5.75		6.875
小土地出租	3	7	—	7	27.5	15.625	抽	2		13.625
富裕中农	28	97	1	96	240.9	234.65	抽	56.575		178.075
中农	66	275.5	7.5	268	458.937	454.025	抽	77.0125	0.025	397.0375
佃中农	10	37	3	34	58.1275	57.1275	抽	10.7125	—	46.415
贫农	140	576.5	11.5	565	390.86	387.2975	抽	2.6125	321.6025	706.2875
佃贫农	8	35		35	17.575	17.575		—	26.175	43.75
赤贫	12	29		29	0.1125	0.1125		—	36.1375	36.25
雇农	9	25		25	12.60	12.60		—	18.65	31.25
手工业	3	10	2	8	2.4675	2.35875		—	7.64125	10
自由职业	2	6	4	2	—	—		—	2.5	2.5
职员	2	9	9	0	7.3125	7.3125	抽	1.25	—	6.0625
公户	—	—			137.025	137.025		137.025		
总计	310	1249	50.5	1198.5	1770.005	1661.20875	—	511.94375	492.73125	1641.99625

资料来源：浦江县档案馆，档案号 43—1—2。

如果从土改前后各阶级、阶层土地占有变化情况入手，是不难找到答案的。

表 4-10　　　　　　郑宅乡土改前后土地占有变化情况统计表

阶级成分	土改前占有土地		土改后占有土地		土地增减
	田亩	%	田亩	%	
地主	524.1425	10.85	316.875	6.10	−207.2675
半地主式富农	82.55	1.70	32.6125	0.63	−49.9375
富农	199.25	4.13	279.92625	5.39	+80.67625
中农	866.6175	17.94	1819.8925	35.03	+953.275

续表

阶级成分	土改前占有土地		土改后占有土地		土地增减
	田亩	%	田亩	%	
贫农	388.3995	8.04	2361.45975	45.46	+ 1973.06025
雇农	5.175	0.11	72.125	1.39	+ 66.25
小土地出租者	84.125	1.74	63.5125	1.22	− 20.6125
大佃农	0.375	0.01	6.875	0.13	+ 6.50
其他	34.0925	0.71	138.84625	2.67	+ 104.75375
公地	2617.8575	54.20	90.1445	1.74	− 2527.713
工商业兼地主	27.475	0.57	12.50	0.24	− 14.975
合计	4830.0595		5194.76925		364.70975

表 4 – 11　　　　　　孝门乡土改前后土地占有变化情况统计表

阶级成分	土改前占有土地		土改后占有土地		土地增减
	田亩	%	田亩	%	
地主	2017.8755	26.6	300.2825	4.82	− 1777.593
半地主式富农	42.625	0.62	18.65	0.3	− 23.975
富农	64.225	0.87	76.80	1.23	+ 12.575
中农	962.6165	11.53	2222.008	35.66	+ 1259.3915
贫农	529.013	7.14	3015.4495	48.39	+ 2486.4365
雇农	20.125	0.3	176.618	2.83	+ 156.493
小土地出租	174.8875	2.54	150.55	2.41	− 24.3375
大佃农	39.375	0.66	78.932	1.27	+ 39.557
其他	10.745	0.16	78.955	1.27	+ 68.21
公地	3714.597	49.49	113.55	1.82	− 3601.047
合计	7576.0845		6231.7947		− 1344.2898

表 4 – 12　　　　　　前店乡土改前后土地占有变化情况统计表

阶级成分	土改前占有土地		土改后占有土地		土地增减
	田亩	%	田亩	%	
地主	483.9122	10.17	362.09375	6.5	− 131.81845
富农	262.7864	5.41	312.7272	5.81	+ 49.408
中农	816.2057	16.80	1610.2734	28.9	+ 794.0677
贫农	808.9905	16.65	3015.24665	54.19	+ 2206.25613
雇农	20.7	0.43	138.5525	2.49	+ 117.8525
小土地出租	54.3125	1.12	60.8625	1.08	+ 6.65
其他	0.75	0.02	1.375	0.01	+ 0.625
公地	2401.182	49.42	72.525	1.30	− 2360.902
合计	4858.8392		5573.756		
备考	由外乡没收入的土地 1526.998 亩，被外乡没收出 812.0812 亩				

资料来源：浦江县档案馆，档案号 31—1—4。

从上面三表可见，郑宅乡第十一行政村土地改革的内定方案并不能反映郑宅地区的一般情况。由于资料的原因，我们难以查知最后的没收分配方案。或许，这仅仅是内定方案而不是没收分配方案。土改后，郑宅、孝门、前店三乡中农的土地分别增加了 953.275 亩、1259.3915 亩和 794.0677 亩。不仅中农分得土地，富农的土地也分别增加了 80.67625 亩、12.575 亩和 49.408 亩。不难发现，土地改革后，地主失去了绝大部分土地，半地主式富农和工商业兼业地主的土地也有部分的损失；而得益最多的当然是贫农、雇农，中农、大佃农和其他阶层，甚至富农和小土地出租者也略有所获。土地改革后，郑宅乡 52 户地主占有 316 亩耕地，占耕地总面积的 6.01%；305 户中农占有 1819 亩耕地，占耕地总面积的 35.5%；474 户贫农占有 2361 亩耕地，占耕地总面积的 45.5%。孝门乡 46 户地主占有 414 亩耕地，占耕地总面积的 6.64%；399 户中农占有 2222 亩耕地，占耕地总面积的 35.66%；626户贫农占有 3015 亩耕地，占有耕地总面积 48.39%。前店乡 53 户地主占有 362 亩耕地，占耕地总面积的 6.5%；192 户中农占有 1610 亩耕地，占耕地总面积的 29.9%；457 户贫农占有 3015 亩耕地，占耕地总面积的 54.19%。这从另一个侧面反映出郑宅地区公地的比重以及相应的土地集中情况。

实际上，"损有余而补不足"中"损"、"补"的内容除了土地以外，还包括耕畜、农具、房屋和粮食，也就是通称的"五大财产"（包括土地）。我们可以看到，在土地改革中，郑宅地区除了"没收"地主的土地（也"征收"富农一部分出租的土地）分配给贫农和雇农外，还对地主的农具、牲畜、粮食和房屋（包括家具）等物资进行了没收和重新分配。

表 4-13　　　　　　　郑宅乡主要家具没收分配情况统计表

类别	单位	没收	雇农得益数	贫农得益数	中农得益数	其他阶层得益数	收归公用
桌	张	83	8	67	1		7
凳	条	77	4	65			8
椅	把	98	8	77	2		11
床	张	41	3	35			3
柜	个	16	1	15			
橱	个	186	11	168	2		5
其他	件	406	46	328	11		21
合计		907	81	755	16		55

表 4 – 14　　　　孝门乡主要家具没收分配情况统计表

类别	单位	没收	雇农得益数	贫农得益数	中农得益数	其他阶层得益数	收归公用
桌	张	87	18	50	4		15
凳	条	92	12	68			12
椅	把	91	10	57	4		20
床	张	42	6	26	5	3	2
柜	个	19	3	13	3		
橱	个	151	8	131	7		5
其他	件	133		118	3		
合计		615	57	463	26	3	54

表 4 – 15　　　　前店乡主要家具没收分配情况统计表

类别	单位	没收	雇农得益数	贫农得益数	中农得益数	其他阶层得益数	收归公用
桌	张	33	7	22			4
凳	条	46	12	30			4
椅	把	61	17	44			
床	张	22	4	17			1
橱	个	64	11	28			5
茶几	个	12		8			4
香	只	6	1	5			
其他	件	22		22			
合计		266	52	196			18

表 4 – 16　　　　郑宅乡农具耕畜房屋粮食没收分配情况统计表

类别		单位	没收	雇农得益数量	贫农得益数量	中农得益数量	收归公用	其他阶级得益数量	地主得益数量
主要农具	耙	张	51		46	1	2		2
	犁	张	62		55	5	1		1
	水车	部	75	1	71	3			
	锄	把	249	17	186	11	5	10	20
	稻桶	个	36	1	33	1		1	
	箩筐	把	381	24	275	24	4	4	50
	皮条		82	6	66	7		1	2
	其他	件	2784	265	1924	170	11	72	342
耕牛		头	15.67		15	0.37			
房屋		间	149	6.5	101.5	10.5			
粮食		斤	112075	3935	88771.5	14164.5	2504	2241	459

表 4 – 17　　　　　孝门乡农具耕畜房屋粮食没收分配情况统计表

类别		单位	没收	雇农得益数量	贫农得益数量	中农得益数量	收归公用	其他阶级得益数量	地主得益数量
主要农具	耙	张	51	11	33	6		1	
	犁	张	64	15	42	6			
	水车	部	49	13	75	3		2	1
	锄	把	200	27	123	9			35
	稻桶	个	41	9	28	3			1
	篾垫	块	132	14	108	6	3	1	
	其他	件	99	11	54		23		11
耕牛		头	24	9	14				
房屋		间	247	30	122	11			
粮食		斤	104684	9354.5	81171	7997	88	5971	

表 4 – 18　　　　　前店乡农具耕畜房屋粮食没收分配情况统计表

类别	单位	没收	雇农得益数量	贫农得益数量	中农得益数量	收归公用	其他阶级得益数量	地主得益数量
犁	张	50	7	37	5			1
水车	部	58	7	47	3		1	
锄	把	229	19	130	4		9	67
稻桶	个	31	3	25	1		1	1
笋筐	只	372	32	250	18	4	12	53
皮条	块	68	7	52				9

表 4 – 19　　　　郑宅乡农具耕畜房屋粮食分配得益情况统计表

阶级成分		雇农	贫农	中农	其他	合计
得益户数	户数	23	459	177	76	735
	人口	61	1852.5	664	260	2837.5
各阶层原有户口人口	户数	23	474	305	137	939
	人口	61	1934.5	1228.5	640	3864

表 4 – 20　　　　　孝门乡农具耕畜房屋粮食分配得益情况统计表

阶级成分		雇农	贫农	中农	其他	合计
得益户数	户数	47	555	117	41	760
	人口	141	2135	436	227	2939
各阶层原有户口人口	户数	48	626	402	120	1196
	人口	142	2534	1647	526	4849

表 4 - 21　　　　　前店乡农具耕畜房屋粮食分配得益情况统计表

阶级成分		雇农	贫农	中农	其他	合计
得益户数	户数	21	451	77	22	571
	人口	95	1807	333	79	2314
各阶层原有户口人口	户数	21	457	192	82	752
	人口	95	1812	780	380	3061

资料来源：浦江县档案馆，档案号 31—1—4。

第五章　烙印：阶级意识

土地改革的意义是广泛而深远的。土地改革消灭了地主阶级的封建土地所有制，实现了农民的土地所有制；满足了农民对土地的要求，一定程度上促进了农村生产力的发展；摧毁了封建势力在农村的长期的统治，农民翻身做了主人；重构了中国农村的社会结构，对传统农民的社会心理产生多重影响；打破了封建地主阶级对文化的垄断，农村出现了学习科学文化的热潮。

但历史地看，土地改革的影响从根本上说主要的不是经济的，而是政治的和社会的。这集中表现为阶级观念、阶级意识的沉淀。随后的 30 年时间，极端的阶级意识深深地烙在乡村社会每一个人的心里，冲击甚至取代了乡土性与血缘性背后的温情脉脉；"成分"成为一种特殊的符号，决定着人们政治的、经济的、社会的和文化的地位，也就决定了人们的生存状态。

一　土地改革的绩效

毫无疑问，就运动本身而言，新解放区的土地改革是顺利的和成功的。关于这场历史性变革胜利的原因，时任中央人民政府政务院副秘书长的廖鲁言在《三年来土地改革运动的伟大胜利》一文中总结：第一，坚决执行中共中央所规定的关于土地改革的总路线和总政策；第二，认真贯彻了有领导地放手发动群众的方针，做到领导骨干与广大群众相结合；第三，建立了城乡最广泛的反封建统一战线。[①] 此外，特别值得注意的是在土改的总路线和总政策上，解决了一个关键性的问题——富农问题，采取同以往土改有显著区别的政策，即由征收富农多余土地财产的政策转变为实行保存富农经济的政策。薄一波认为："这次土改进展比较顺利，主要是由于党中央在总结历次土改经验的基础上，根据建国后的新形势、新情况，制定和执行了一系列新的政策，其中最重要

---

① 中国国际贸易促进委员会编：《三年来新中国经济的成就》，人民出版社 1952 年版，第 111—128 页。

的一项就是保存富农经济，相应地在政治上实行中立富农的政策。"[①]

土地改革的意义是广泛而深远的。如前所述，土地改革的目的是要"有步骤地将封建半封建的土地所有制改变为农民的土地所有制"，废除地主阶级封建剥削的土地所有制，实行农民的土地所有制，解放农村生产力，发展农业生产，为新中国的工业化开辟道路。因此，土地改革的意义应该既是经济的也是社会和政治的，而且主要的应是经济的。一般认为：（1）土改废除了封建土地所有制，实现了"耕者有其田"，从根本上改变了不合理的土地占有关系。土地改革的完成，使近3亿无地少地农民分到了约7亿亩土地，以及大批的生产资料，而且不必每年再向地主交纳3000万吨以上粮食的苛重地租。（2）土改激发了农民的生产积极性，解放了农村生产力。一方面，农村耕地面积迅速恢复和扩大，另一方面，主要农产品产量大幅度上升。（3）土改改善了农民的生活，提高了农村的购买力。（4）土改摧毁了地主阶级的反动统治，巩固了革命政权，农民真正成了农村的主人。（5）土改后掀起的学习文化的热潮，促进了农村的教育和文化卫生事业。[②]

就土改本身以及土改后的一个时期（可惜这个时期短了些）看，土改的影响确实主要的是经济的——实现了"耕者有其田"，解放了农村生产力，也改善了城乡人民的生活，这在郑宅地区同样能够得到反映。

首先，实现了"耕者有其田"。土地改革改变了农村的土地占有关系，实现了千百年来"耕者有其田"的理想，土改之前农村成员间土地占有关系的悬殊差距被彻底打破了。[③]

表 5-1　　　　　　　　土地人口户数及分得土地数统计表

阶级成分	各阶层人口户数		分得土地人口户数		分得土地亩数
	户数	人口	户数	人口	
雇农	23	61	23	58.5	66.95
贫农	474	1934.5	473	1898	1973.06025
中农	305	1228.5	299	1189.5	953.275
大佃农	1	5	1	5	6.50
富农	28	161	28	158.5	80.67625

---

① 薄一波：《若干重大决策与事件的回顾》（上卷），中共中央党校出版社1991年版，第111页。
② 杜润生主编：《中国的土地改革》，第559—578页。
③ 农村成员间土地占有关系的差距在不同区域本身也是有差异的，郑宅地区的情况就没有我们想像的那么大。

续表

阶级成分	各阶层人口户数		分得土地人口户数		分得土地亩数
	户数	人口	户数	人口	
地主	55	298	54	263.5	329.375
其他	53	176	38	116.5	106.25375
合计	939	3864	916	3689.5	3516.09025

注：表中地主从原来的52户增加至55户。初步分析，似在统计时，将《郑宅乡各阶层户数人口统计表》中"其他"部分计入地主栏。

表5－2　　　孝门乡分得土地人口户数及分得土地数统计表

阶级成分	各阶层人口户数		分得土地人口户数		分得土地亩数
	户数	人口	户数	人口	
雇农	48	142	47	141	156.473
贫农	626	2534	622	2454	2486.4365
中农	402	1647	375	1587	1259.5165
大佃农	7	43	6	38	39.557
其他	113	483	75	395	508.0175
合计	1196	4849	1129	4615	4450.0005

注："其他"包括地主富农半地主式富农和小土地出租者。

表5－3　　　前店乡分得土地人口户数及分得土地统计表

阶级成分	各阶层人口户数		分得土地人口户数		分得土地亩数
	户数	人口	户数	人口	
雇农	21	95	21	95	117.8525
贫农	451	1812	449	1783	2206.25615
中农	192	780	175	742	794.0677
富农	20	111	13	63	49.408
小土地出租	6	25	4	23	6.65
地主	53	240	53	240	362.09375
其他	3	4	1	2	0.6
合计	752	3067	716	2950	3536.9581

资料来源：浦江县档案馆，档案号31—1—4。

进一步，根据《各阶层户数人口统计表》和《土改前后土地占有变化情

况统计表》,① 可得出土改前后郑宅、孝门、前店三乡户均和人均占有耕地的情况:

表 5-4　郑宅乡土地改革前后各阶层户均和人均占有耕地情况统计表

阶级成分	户均占有耕地数（亩）		每人平均占有耕地数（亩）	
	土改前	土改后	土改前	土改后
地主	10.08	6.09	1.90	1.15
半地主式富农	27.52	10.87	5.50	2.17
富农	7.12	10.00	1.24	1.74
中农	2.84	5.97	0.71	1.48
贫农	0.82	4.98	0.20	1.22
雇农	0.23	3.14	0.08	1.18
小土地出租者	5.61	4.23	2.90	2.19
大佃农	0.38	6.88	0.38	1.38

表 5-5　孝门乡土地改革前后各阶层户均和人均占有耕地情况统计表

阶级成分	户均占有耕地数（亩）		每人平均占有耕地数（亩）	
	土改前	土改后	土改前	土改后
地主	43.87	6.53	7.47	1.11
半地主式富农	14.21	6.22	3.04	1.33
富农	6.42	7.68	1.15	1.37
中农	2.41	5.67	0.59	1.36
贫农	0.86	4.82	0.21	1.19
雇农	0.42	3.68	0.14	1.24
小土地出租者	4.86	4.18	0.54	1.60
大佃农	5.63	11.28	0.92	1.84

---

① 资料来源:浦江县档案馆,档案号 31-1-4。

表 5-6 前店乡土地改革前后各阶层户均和人均占有耕地情况统计表

阶级成分	户均占有耕地数（亩）		每人平均占有耕地数（亩）	
	土改前	土改后	土改前	土改后
地主	9.32	6.83	2.06	1.51
半地主式富农	—		—	
富农	13.14	15.64	2.37	2.82
中农	4.25	8.37	1.05	2.06
贫农	1.77	6.98	0.45	1.66
雇农	0.99	6.58	0.22	1.49
小土地出租者	9.05	10.14	2.17	2.43
大佃农	—		—	

资料来源：浦江县档案馆，档案号 31-1-4。

显然，土地改革完成后，乡村社会各成员的土地占有关系趋于平衡。郑宅乡人均耕地基本在 1.15—2.19 亩之间，孝门乡人均耕地基本在 1.11—1.84 亩之间，前店乡人均耕地基本在 1.49—2.82 亩之间。如果综合考虑田地的等级，则人均耕地大致保持在同一水平线上。不过，由于采取一般不动富农和保护中农的政策，加上如前面所揭示的，郑宅、孝门、前店三乡中农和富农的土地，就总量上看，不仅没有减少，反而有一定的增加，因此，贫农和雇农所希望达到的绝对的平均主义仍然是不可能做到的。上表进一步显示，土改后，富农和中农的户均和人均占有耕地数明显高于贫农和雇农，这或许预示着土改后农村两极分化对贫农地位威胁的问题。于是，在一定程度上，关于"土改中由于未能彻底满足普通农民绝对平分土地的小农心理，使他们在一定的程度上把合作化当成了'合伙平产'的途径，当成了实现绝对平均主义理想的第二次土改"的分析和估计，[①] 也是可以成立的了。

其次，解放了农村生产力。就浦江县而言，1950 年土地改革之前，全县粮食作物耕种面积 57.13 万亩，亩产（以粮食与大豆合计）224 斤，粮食总产量 12797 万斤；1951 年土改完成后，全县粮食作物耕种面积 64.13 万亩，亩产（以粮食与大豆合计）228 斤，粮食总产量 14619 万斤。1951 年与1950 年相比，粮食作物耕种面积增加 7 万亩，提高 12.25%；亩产增加 4 斤，提高 0.18%；粮食总产量增加 14.24%。[②]

---

① 周晓虹：《传统与变迁：江浙农民的社会心理及其近代以来的嬗变》，第 154 页。
② 《浦江县志》，第 135 页。

以郑宅乡为例。1950 年,大小麦平均亩产 57.2 斤（田 65.33 斤,地 45 斤）,大小麦总产量为 110569.6 斤（其中大麦 46632 斤,小麦 63937.6 斤）;1951 年大小麦平均亩产 63.6 斤（田 71.67 斤,地 51.5 斤）,大小麦总产量为 153060.98 斤（其中大麦 59490.2 斤,小麦 93570.7 斤）。1951 年与 1950 年相比,大小麦平均亩产增产 6.4 斤,增加 11.19%;大小麦总产量增产 42491.38 斤,增加 38.43%。

表 5－7　　　　　　　　　　郑宅乡农业副产物增产统计表

土地	等级	总田亩	1950 年麦田产量						1951 年麦田产量					
			大麦			小表			大麦			小表		
			田亩	亩产	总产	田亩	亩产	总产	田亩	亩产	总产	田亩	亩产	总产
田	甲	387	143	77	11011	136	77	10472	132.9	83	11012.2	265	83	22075
	乙	706	225	62	13950	335	62	20770	259	69	17948.7	421.6	69	29217
	丙	1776	146	57	8238.5	212.7	57	12125.6	215.3	63	13633.1	434.4	63	27497
地	甲	205	37.5	50	1872.5	101	50	5050	70.2	60	4209.3	127	60	7620
	乙	887	289	40	11560	388	40	1552	293	43	12686.9	165.4	43	7162

资料来源:浦江县档案馆,档案号 31—1—4。

必须指出,在分析 1949—1952 年农业的持续稳定增长状态时,就全国而言,除了强调生产关系变革所带来的积极作用外,还需要考虑:（1）恢复性增长因素。1949 年新政权建立时所面临的是长期全国性战争破坏后的、濒临崩溃边缘的国民经济,尔后国内相对稳定的政治环境、经济环境和社会环境,对于整个国家的经济,尤其是农村经济的恢复性发展有着十分重要的作用。（2）农业生产条件的变化。一是耕地面积逐年大幅度增加。1949 年全国耕地 146822 万亩,1950 年增至 150534 万亩,1951 年增至 155507 万亩,1952 年增至 161878 万亩,三年中平均每年增加 5000 万亩。二是农田水利基本建设也有很大的发展。三年中,兴建了大小渠道万条,塘、堰、坝 120 万处,水井 140 万眼,安置抽水机 20000 马力,对全国 42000 余公里的主要河流堤防的绝大部分进行了培修。灌溉面积由 1949 年的 2.4 亿亩,增加到 1951 年的 3.2 亿亩,三年增加 8000 万亩。三是农业技术条件有相当的改善。农用拖拉机由 1949 年的 401 台增加到 1952 年的 1307 台,农业技术推广站由 1950 年的 10 个增加到 1952 年的 232 个,牲畜配种站由 1950 年的 148 个增加到 1952 年的 389 个,畜牧兽医站由 1950 年的 251 个增加到 1952 年的 1005 个,气象台站由 1949 年的 101 个增加到 1952 年的 317 个。总之,由于农业生产条件一定程度的改善，农业经济也会有相应的增长。[①]

当然，土改完成后，农民依靠得到的土地来发展生产，还需要经过较长的从恢复性发展到真正意义上的发展的周期。本来，土地改革的经济意义可以得到充分的发挥。[②] 但是，随着农业互助合作的提倡和推广，土改造成的小土地所有者遍布的经济局面很快为大规模的集体化所代替。更严重的是，从此以后的 30 年时间，阶级意识深深地烙在乡村社会每一个人的心里，成分成为一种符号，决定着人们政治的、经济的、社会的和文化的地位，也就决定了人们的生存状态。直到中共十一届三中全会以后，各项政策的落实，尤其是农村联产承包责任制的推行，农民的生产积极性才得到释放，土地改革的经济意义才得以充分地体现出来。

二　阶级观点：乡村社会分层取向

不管是人与人之间，还是组织与组织之间，社会内部的差别与不平等是绝对的。社会分层理论将社会中的"人"按一定的标准，划分成高低有序的不同等级和层次，其意义也就在于为政府行为、社会行为乃至个人行为提供重要的分析和决策尺度。

传统的社会分层理论分为马克思主义学派和韦伯学派两大派。马克思主要是根据人们在生产关系中所处的地位，即对生产资料的占有关系来划分社会阶层；韦伯提出划分社会层次结构的三重标准，即财富——经济标准，威望——社会标准，权力——政治标准。韦伯之所以确定这三个指标，是因为他认为人们在追求社会地位时，不同的职业阶层有不同标准。马克思强调社会存在决定社会意识，社会结构决定人们的社会行为；韦伯的出发点则是个人主义，强调个人行为是构成社会结构的一种主动的生成力量。

20 世纪六七十年代以来，西方社会分层理论的视野有了很大的拓展。财富不平等、收入不平等、基本必需品的不平等、医疗卫生条件的不平等、政治输出的不平等、税收和政府服务的不平等、教育机会的不平等、权力和权威的不平等、性别不平等、宗教不平等、年龄不平等、种族不平等，这些都被列入当代社会分层理论研究的视野。同时，为适应战后社会结构的变

---

①　马洪、刘国光、杨坚白主编：《当代中国经济》，中国社会科学出版社 1987 年版，第 294—297 页。

②　土地改革对农村经济发展的影响之所以不显著，没有产生应有的深远作用，或许不是它本身的问题，而是土地改革之后政策变化太快，以致使它对农村经济发展的推动力没有能够发挥出来。

化，分层理论家不得不对既存的社会分层理论和实践进行重新审视。从理论派别上看，20世纪80年代的分层理论演变成为三块：一是以郭德索泊和怀特为代表，他们发展了理论和关系研究法，以大量资料为基础，对社会阶级进行微观层次的分析；二是以拉西和犹里为代表，他们着重对阶级的形成进行历史的描述；三是布尔德为代表，他们的兴趣主要集中在阶级的文化建构和再生上。①

　　毫无疑问，近代以前，关于社会的分层，普遍存在的是等级的划分。②正如马克思、恩格斯所认为的："在过去的各个历史时代，我们几乎到处都可以看到社会完全划分为各个不同的等级，看到由各种社会地位构成的多级的阶梯。在古罗马，有贵族、骑士、平民、奴隶，在中世纪，有封建领主、陪臣、行会师傅、帮工、农奴。"③具体到中国，在20世纪初中国革命兴起以前，乡村内部的社会关系，更多的体现为"有权有势的人"与"无权无势的人"（政治身份），"大房"与"小房"、"大辈"与"小辈"（宗族房分、辈分），"富人"与"穷人"（经济状况）之分，"农村的居民是按照群落和亲族关系（如宗族成员、邻居和村落），而不是按被剥削阶级和剥削阶级来看待他们自己的"。④费孝通则以其著名的"差序格局说"来概括乡土中国的社会结构："我们的格局不是一捆一捆扎清楚的柴，而是好像把一块石头丢在水面上所发生的一圈圈推出去的波纹。每个人都是他社会影响所推出去的圈子的中心。被圈子的波纹所推及的就发生联系。每个人在某一时间某一地点所动用的圈子是不一定相同的。"⑤而当阶级斗争的学说成为分析阶级社会历史的最基本的观点——甚至曾经是唯一的观点后，一切似乎变得既简单又明了了。按照生产资料（主要是土地和生产工具）占有情况的多少，我们把农村社会的全部成员划分为两大对立的阶级，即地主阶级与农民阶级。地主阶级可以划分为不同的阶层，如大地主和中小地主；农民阶级则分为富农、中农、贫农和雇农（或者自耕农、半自耕农、佃农和雇农）。⑥

---

　　①　黄颂：《当代西方社会分层理论的基本特征述评》，《教学与研究》2002年第8期。近年来，有关社会分层的理论研究正受到国内学术界的重视并在不断深化。

　　②　冯尔康等关于社会结构主体的等级与阶级关系的认识是很有价值的。参见冯尔康主编的《中国社会结构的演变》，河南人民出版社1994年版。

　　③　《共产党宣言》（中译本），人民出版社1971年版，第24页。

　　④　[美]弗里曼、毕克伟、赛尔登著，陶鹤山译：《中国乡村，社会主义国家》，第124页。

　　⑤　费孝通：《乡土中国　生育制度》，第26页。

　　⑥　关于划分阶级问题，可以参考董志凯《关于我国土地斗争中的划阶级问题》，《近代史研究》1984年第3期；刘培平：《论中国共产党关于划分农村阶级标准的形成》，《山东大学学报》（哲社版）1992年第3期。

　　1950 年 8 月 4 日，中央人民政府政务院第四十四次政务会议通过了《关于划分农村阶级成分的决定》，为当时的土地改革提供了划分阶级、分配土地的标准和依据。按此规定，农村社会的基本成员包括地主、富农、中农、贫农和雇农等：（1）地主。占有土地、自己不劳动或只有附带的劳动而靠剥削为生。地主主要以地租方式剥削农民，此外或兼放债、或兼雇工、或兼营工商业，但地租是地主剥削的主要形式。（2）富农。一般占有土地；也有自己占有一部分土地，另租入一部分土地的；也有自己全无土地，全部土地都是租入的。富农一般都占有比较优良的生产工具及活动资本，自己参加劳动但经常依靠剥削为其生活来源之一部或大部。富农主要是剥削雇佣劳动（请长工），此外或兼以一部分土地出租剥削、或兼放债、或兼营工商业，富农多半还管公堂。富农中出租土地超过其自耕和雇人耕种的土地数量者，称为半地主式富农。（3）中农。许多都占有土地；有些只占有一部分土地，另租入一部分土地；有些并无土地，全部土地都是租入的。中农自己都有相当的工具，生活来源全靠自己劳动，或主要靠自己劳动。中农一般不剥削人，许多还要受别人小部分地租和债利等剥削，一般也不出卖劳动力。中农中也有一部分对别人有轻微的剥削，但不是主要的和经常的。（4）贫农。有些占有一部分土地与不完全的工具；有些全无土地，只有一些不完全的工具。一般都须租入土地来耕作，受人地租、债利与小部分雇佣劳动的剥削。（5）雇农。一般全无土地与工具，有些有极小部分的土地与工具，完全地或主要地以出卖劳动力为生。[①]

　　进一步细化，则可以分为 13 个阶级和阶层：（1）地主：恶霸、军阀、官僚、土豪、劣绅、破产地主、管公堂；（2）资本家：手工业资本家、商业资本家；（3）开明绅士；（4）富农：反动富农；（5）中农：富裕中农；（6）知识分子；（7）自由职业者；（8）宗教职业者；（9）小手工业者；（10）小商小贩；（11）贫农；（12）工人、手工工人；（13）贫民、游民。[②]

　　在土地改革中，划分阶级是最重要的阶段，因为这是分配土地和财产的基本依据。在土改的准备阶段，区乡政府就着重对土地、人口、租佃关系等进行调查，并掌握了乡村社会成员（主要是以户为单位）占有土地和使用土地的基本情况。从郑宅地区的土改内定方案看，土改中是以村为单位来核准田地情况的，初步方案公开张榜公布，允许农户提出意见。

---

　　① 《建国以来重要文献选遍》（第一册），第 383—386 页。
　　② 陆学艺主编：《当代中国社会阶层研究报告》，社会科学文献出版社 2002 年版，第 161 页。

　　即便有充分的准备，划分阶级的过程仍然是艰难的。[①]尽管有中共中央《关于划分农村阶级成分的决定》以及《浙江省关于划分农村阶级成分的补充规定》等文件作为依据，但在实际的操作中，这些文件所能起到的作用只能是原则意义上，它提供了划分阶级的基本精神，而不能作为现实的尺度。何况，各地的土地规模、土地形态、人地关系、租佃关系、剥削关系等存在显著的差异；加之，阶级划分不仅要根据占有土地的数量，还要考虑乡村社会成员的收入来源（是否属于剥削）、是否参与劳动（参与程度）以及一贯的表现等。因此，如何把文件的原则、精神和当地的实际相结合，妥善地开展划分阶级、分配土地和财产，就成为困扰人们的一个大问题。从周庄和虹桥的经验看，不仅基层干部、普通群众对划分阶级标准的掌握有偏差的可能，就是一些小地主、富农对自己究竟属于哪个阶级也是心中无数。不过，"无论人们对阶级斗争及其理论如何陌生，无论人们对成分划定的标准如何模糊，有一点却是确定的，即每个人都知道应该将自己的阶级地位说得尽可能的低"。[②]

　　在我看来，很多时候，我们关于农村阶级阶层构成比例的总的估计，或者上级部门作出的关于本区域内阶级阶层构成比例的估计，实际也就成为一般的规律。甚至，"确切地说，这种想像中的有关阶级的科学分析，充满了主观性和政治色彩"。[③]　当然，就结果而言，划分阶级的过程还是顺利的，郑宅、孝门、前店三乡都在短短的一个多月时间内划定了阶级。

表5-8　　　　　　　　　　郑宅乡各阶层户数、人口统计表

阶级成分		地主	半地主式富农	富农	中农	贫农	小土地出租	大佃农	雇农	工商业地主	其他	合计
户口	数	52	3	28	305	474	15	1	23	35	3	939
	%	5.5	0.32	2.9	32.5	51	1.6	0.1	2.4	3.36	0.32	
人口	数	276	15	161	1228.5	1934.5	29	5	61	132	22	3864
	%	7.01	0.39	4.14	31.8	50.1	0.75	0.13	1.58	3.53	0.57	
备考												

---

　　①　参见理查德·麦德森《共产党领导下的农村》，载罗德里克·麦克法夸尔、费正清主编，金光耀译：《剑桥中华人民共和国史（1966—1982）》（下），上海人民出版社1992年版，第708—713页。

　　②　周晓虹：《传统与变迁：江浙农民的社会心理及其近代以来的嬗变》，第154页。

　　③　[美] 弗里曼、毕克伟、赛尔登著，陶鹤山译：《中国乡村，社会主义国家》，第147页。

表 5 – 9 　　　　　　　　孝门乡各阶层户数、人口统计表

阶级成分		地主	半地主式富农	富农	中农	贫农	小土地出租	大佃农	雇农	工商业地主	其他	合计
户口	数	46	3	10	399	626	36	7	48	—	21	1196
	%	3.85	0.25	0.84	33.36	52.42	3	0.59	3.93	—	1.76	
人口	数	270	14	56	1639	2534	94	43	142	—	57	4849
	%	5.57	0.29	1.15	33.81	52.26	1.94	0.88	2.93	—	1.17	
备考		其他栏内系工人8户、手工业工人3户、自由职业5户、宗教职业2户、小贩1户、游民2户										

表 5 – 10 　　　　　　　　前店乡各阶层户数、人口统计表

阶级成分		地主	半地主式富农	富农	中农	贫农	小土地出租	大佃农	雇农	工商业地主	其他	合计
户口	数	53	—	20	192	457	6	—	21	—	3	752
	%	7.049		2.66	25.531	60.77	0.798		2.793		0.399	
人口	数	240	—	111	780	1812	25	—	95	—	4	3067
	%	7.824		3.619	25.428	59.087	0.815		3.097		0.13	
备考		1. 依照现在原有的分户计算不包括政治地主 2. 贫农包括无产 3. 所有的户口人口俱依土改的情况填写 4. 中农内有包括政治地主二人 5. 贫农内有包括政治地主一人 6. 地主栏内包括政治地主六户二十二人 7. 其他栏内包括工商业二户二人手工业一户二人										

资料来源：浦江县档案馆，档案号 31—1—4。

三 成分：新的权力级序

　　如前所述，身处历史性变动中的乡村社会的成员对阶级斗争及其理论虽然相当陌生，但对于划分阶级的直接意义和后果却是清楚的——要么失去土地，要么得到土地。然而，事情并非如此简单，历史的演进真正出乎人们的意料。对于得到土地的农民，当他们握着土地所有权证，沉浸在获得土地的欢欣之中，还来不及充分享受拥有土地所带来的喜悦的时候，他们赖以获得一切的土地就又失去或即将失去了；而对于失去或部分失去土地（被没收和被征收）的地主和富农，等待他们的更是未知的将来。确实，从影响的延续性上说，由于土改所造成的小土地所有者遍布的经济局面很快为大规模的集体化所代替，因此，土改的社会和政治影响实际上超过了

其所造成的经济后果。①

　　不难发现，土改后，每一个乡村社会成员不仅是得到或者失去土地，同时得到或失去的还有权力、地位和声望等等。土改后，乡村权力级序从原来的第一级序（地主）——第二级序（富农、中农）——第三级序（贫农、雇农），逆转为第一级序（贫农、雇农）——第二级序（富农、中农）——第三级序（地主）。昔日生活在乡村社会底层的、毫无社会和政治地位可言的贫农和雇农，现在不仅摆脱了对地主士绅的依附，而且成为乡村社会的主人；中农作为团结的对象，其经济地位不仅没有受到冲击，而且因为其生产资料较为充足，有继续上升的趋势；富农的经济地位呈现出扩张和限制双重并存的状况；含乡绅在内的地主阶级作为一个阶级被消灭了，其成员骤然成为新制度下乡村社会中处于不利地位的分子②。其间的变化，足可以用"翻天覆地"来概括。③

　　我们在第二章中已经分析到，乡村社会存在一个"自有系统"，做为地方权威的地主士绅，他们凭借宗族资源、经济资源和文化资源，控制地方区域内部事务。但在土改中，他们"权威失落、土地被分、声望扫地"，他们成了"批斗的对象、控诉的对象、管制的对象、镇压的对象"。郑宅、孝门、前店三乡在土改结束时，786 名地主中有 72 名被斗争，其中被判处死刑的有 28 名，被判处无期徒刑的 1 名，被判处有期徒刑的 23 名，经群众斗争（交群众管制）的 9 名，未处理的有 11 名。

表 5–11　　　　郑宅乡对地主及不法分子判处及斗争情况统计表

	人民法庭判刑者				经群众斗争者	未处理者
	判处死刑者	无期徒刑者	有期徒刑者	合计		
地主	8	2		10	1	1
中农	1			1		
恶霸					1	
反动富农			1	1		
合计	9		3	12	2	1

---

①　周晓虹：《传统与变迁：江浙农民的社会心理及其近代以来的嬗变》，第 155 页。
②　徐勇：《非均衡的中国政治：城市与乡村比较》，中国广播电视出版社 1992 年版，第 403 页。
③　更有学者认为，"在充满阶级斗争的土改中产生的不是解放和平等，而是一种类似于种姓等级制的东西"。[美] 弗里曼、毕克伟、赛尔登著，陶鹤山译：《中国乡村，社会主义国家》，第 147 页。

表 5 – 12　　　　孝门乡对地主及不法分子判处及斗争情况统计表

	人民法庭判刑者				经群众斗争者	未处理者
	判处死刑者	无期徒刑者	有期徒刑者	合计		
地主	4		5	9	1	1
半地主富农			1	1		
中农			2	2		
贫农	3	1	1	5		2
自由职业			1	1		
富农						1
合计	7	1	10	18	1	4

表 5 – 13　　　　前店乡对地主及不法分子判处及斗争情况统计表

	人民法庭判刑者				经群众斗争者	未处理者
	判处死刑者	无期徒刑者	有期徒刑者	合计		
地主	5		5	10		3
恶霸地主	3		2	5	6	
政治地主	2		2	4		2
中农	1			1		
贫农	1		1	2		1
合计	12		10	22	6	6

资料来源：浦江县档案馆，档案号 31—1—4。

　　1951 年 12 月 8 日，浦江县人民政府公安局函令郑宅乡武装治安委员会对郑宅乡 56 名地主实行管制，要求"只准他们老老实实，不准乱说乱动，并强迫他们在劳动中改造自己，成为新人"。[1] 1966 年 10 月 27 日《三个大队的检查情况》中提到，三郑大队监察主任贪污 17.25 元，被批判，其妻说：现在，"全家人抬不起头来，有的人天天骂我是贪污分子的老婆，训地主一样"。[2] 他们甚至自觉地把自己归类为"无口牲蹄"（浦江方言，意为"畜生"），[3] 从中可以体会到地主所处的境地。

　　① 资料来源：浦江县档案馆，档案号 43—1—1—1。
　　② 资料来源：浦江县档案馆，档案号 43—2—58。
　　③ 《关于学习省委党内通讯简报》（1960 年 7 月 29 日）。资料来源：浦江县档案馆，档案号 31—1—143。

　　毫无疑问，土地改革运动摧毁了地主阶级的反动统治，巩固了人民政权，农民站起来了，成为乡村的主人了。

　　不过，划分阶级的初衷是为土改中分配土地和财产提供依据。阶级成分作为一种特定的符号，只在土地改革中起作用。随着土改的完成，如果仍以占有土地和生产资料等标准在衡量阶级，则情况已经发生变化了。对此，老解放区曾经作出过土改后一定时期内改变地主、富农身份的规定："老解放区的地主、富农，在民主政权下因合理负担，减租减息，清算斗争，或其他原因而下降，凡地主自己从事农业劳动，不再剥削别人，连续有五年者，应改变其成份，评定为农民（按实际情况定为中农、贫农或雇农）。富农已连续三年取消剥削者，亦应改为农民成份"。① 但是，这一政策实际并没有得到执行，相反，阶级观念以及以此为基础的意识形态被不断强化，甚至制度化了。

　　此后，地主富农的一切行为都与阶级斗争形成必然的联系。1956年9月10日《浦江县公安局关于郑宅乡开展政治攻势的报告》指出：郑宅地区封建势力浓厚，反动党团组织基础强，地主富农的破坏活动严重（如把水车、稻桶拿回家等），需要开展政治攻势。② 尤其在社会主义教育运动和"文化大革命"中，阶级斗争形势被严重夸大。据1963年统计，郑宅公社有四类分子375人，其中地主216人，富农95人，反革命26人，坏分子38人；另外还有伪军政警宪特工人员31人，海外关系13人，国民党员71人，三青团员7人。1964年，郑宅公社对四类分子进行了重新评审，有四类分子361人，其中地主215人，富农92人，反革命26人，坏分子28人。③ 1964年的一份统计资料表明：郑宅公社的"阶级斗争"情况十分严重，地富反坏反攻倒算伺机复辟4次，打贫下中农和干部的6次，用酒肉收买干部12次，用美人计腐蚀干部3人，送礼收买干部4人，钻入基层组织篡夺领导权9人，与干部结亲拜友的16人，联合祭祖2次，记变天账1人，利用宗族关系煽动械斗3次，职业迷信分子3人，伺机进行阶级报复1次，投机倒把12次，雇工剥削1次，放高利贷13次，出租、买卖自留地、开荒地屋基地6次，破坏森林3次。④ 1970年郑宅公社有3334户、14480人，被认定为叛徒、特务、地、富、反、坏、右分子的有

---

　　① 任弼时：《土地改革中的几个问题》，中央档案馆编：《解放战争时期土地改革文件选编（1945—1949）》，中共中央党校出版社1981年版，第108页。转引自周晓虹《传统与变迁：江浙农民的社会心理及其近代以来的嬗变》，第159页。

　　② 资料来源：浦江县档案馆，档案号31—1—33。

　　③ 资料来源：浦江县档案馆，档案号31—1—143。

　　④ 同上。

299 人，其中特务 2 人，地主分子 149 人，富农分子 70 人，反革命分子 66 人，坏分子 11 人，右派分子 1 人；能认罪服法的 53 人，一般的 152 人，不好的 85 人，有破坏活动的 9 人。[①]

在相当长时期内，阶级成分成为衡量一切的标准，并创设了一种全新的价值评判体系。关于好坏、善恶的区分，不再以传统的道德伦理观为标准，代之以阶级的立场和观点。确实，阶级不是一个日常生活的或者纯理论的概念，而是一个政治和实践的概念；阶级概念的背后有一整套革命的意识形态，以及与此相适应的新式的社会关系。[②] 这个人为什么是好的，或这个人本来就应该是好的，因为他的出身好，思想红、根子正；这个人为什么是坏的，或这个人本来就应该是坏的，因为他的出身不好，是地主富农的后代。这种意识深入人心，即便是少年儿童，从小就充满了朴素的阶级感情、阶级觉悟和阶级仇恨，他们积极、热心地做好事，"给五保户、烈军属挑水、砍柴、扫地"，他们也组织起来，"到地富反坏家，到路旁巷口，打听牛鬼蛇神的反党反社会主义的黑话"，然后报告给红卫兵、贫农协会。[③]

于是，农村基层干部必须也只能由贫下中农担任，中农也是很少的，遑论地主、富农及其子女。据 1966 年 1 月《郑宅公社大队级干部基本情况》统计显示，在全部 20 个大队中，17 名支部书记（有三个大队无支部书记）除 1 名雇农、2 名中农外，其他 14 名均为贫农成分；20 名大队长中，除 1 名雇农、4 名中农、1 名下中农外，其他 14 名均为贫农成分；20 名会计中，除 5 名中农、2 名下中农外，其他 14 名均为贫农成分；20 名贫协主席中，除 1 名中农外，其他全部为贫农。[④] 至于参军（民兵）、参干等，地主、富农及其子女也是不可能的，从 1963 年 4 月 16 日统计的《浦东区郑宅公社基干民兵（武装班排）名册》中可以看出，全排 40 人，贫农 35 人、中农 5 人。[⑤]

地主、富农的子弟即便表现积极、有能力，而被群众选为生产队干部，也会被认为是"地富反坏活动猖狂，企图钻到我们革命队伍的内部来"。1963 年 6 月 1 日，中共浦东区委工作组在《东明大队进行阶级教育、组织阶级队伍的情况》中指出：富农子弟郑某某，假装积极，占取了 13 队的队长

---

① 资料来源：浦江县档案馆，档案号 31—1—179。

② 张乐天：《告别理想：人民公社制度研究》，第 120 页。

③ 郑宅工作队办公室：《情况交流（第 10 期）》（1966 年 9 月 29 日）。资料来源：浦江县档案馆，档案号 43—2—58。

④ 资料来源：浦江县档案馆，档案号 43—2—55。

⑤ 资料来源：浦江县档案馆，档案号 31—1—161。

的领导权，这是"敌人乘机破坏"的表现。因此，"必须组织一支强大的阶级队伍，作为依靠力量，以便更好地团结中农，这样才能彻底孤立和打击胆敢破坏的地富反坏分子，取得无产阶级革命的胜利，才能取得社会主义革命和建设的胜利"。并"在此基础上进行全面的一户一户的、一个一个人的审查，以生产队为单位建立贫下中农小组，组成一支强大的阶级队伍"。①

　　当然，从巩固基层人民政权的角度出发，这一切似乎是可以理解的，甚至是理所当然的。问题在于，阶级意识漫无边际地渗透开来了。比如，国家统一招工或社员从事副业劳动等，对于成分也有特殊的要求，这方面的例子很多。比如招工，1971 年，浦江县革命委员会生产指挥组分配郑宅公社 3个招工名额，对招工对象要求的第一条就是："农村贫下中农子女"。② 再如从事副业劳动，1975 年郑宅公社革委会在一份关于加强劳动管理的材料中提及，"生产队劳力确系有余要外出搞副业的社员，由本人申请，队委研究，社员大会讨论同意，订立合同，可以外出。四类分子不能外出，其子女表现不好的不能外出，四类分子的子女当学徒工，也要根据表现，经大队批准，不按以上手续和不符合条件的工程队、建筑队等单位不能接受"。③

　　而在生活待遇和劳动待遇上，成分间的差别也是显而易见的。如 1966年在处理 1961 年以前农村人民公社、生产大队、生产队和社员个人的"四类欠款"（即欠国家的赊销款、预付款、预购定金、银行的贷款）时就规定，"社员个人的这些欠款，凡是贫农、下中农社员欠的，全部免掉，不再归还。其他中农社员欠的，如果归还有困难的，可以根据情况，免掉一部分；生活富裕有力归还的，原则上不免。地主、富农、投机倒把分子、贪污分子欠的，一律不免"。④ 又如基本建设中的义务工任务，也体现出成分间的差别，"社员一年为五工，后补（候补）社员和还在改造重新做人的四类分子十工"。

　　甚至日常的亲友往来，也蒙上阶级色彩。1966 年 6 月的一份材料指出，"近几年部分干部对地主富农是叔叔伯伯相称，在一起喝酒吃肉，热心替地主富农办事，而贫下中农仍然受打击"，工作组抓住这些活材料，进行活教

---

　　① 　资料来源：浦江县档案馆，档案号 31—1—143。
　　② 　《关于从农村招用 120 名固定职工的通知》。资料来源：浦江县档案馆，档案号 43—3—1。
　　③ 　《郑宅公社关于农村人民公社经营管理座谈会上的一份记录稿》（1975 年 3 月 26 日）。资料来源：浦江县档案馆，档案号 43—3—35。
　　④ 　《处理农村四项欠款讲话要点（草稿）》。资料来源：浦江县档案馆，档案号 43—2—58。

育，"使干部认识到阶级斗争的严重性"。[①] 即便自己是贫农出身，但交上地主富农朋友或属地主富农子弟的朋友，关系密切、送礼往来等，也会被认为是"敌我不分，丧失立场"、"与阶级敌人亲如一家"。[②]

---

① 郑宅工作队办公室：《情况交流（第 6 期）》（1966 年 6 月 27 日）。资料来源：浦江县档案馆，档案号 43—2—58。

② 《关于郑可登开除党籍处分的决定》（1966 年 12 月 11 日）。资料来源：浦江县档案馆，档案号 43—2—58。

第六章　制度安排：集体化及其困境

土地改革后，获得土地的农民还沉浸在欢欣和喜悦之中，他们赖以获得一切的土地就又失去或即将失去了。简单的逻辑推论和迫切的目标选择导致了中国农村又一场翻天覆地的变化：农村两极分化对贫农地位的威胁，使开展农业生产互助合作成为一项迫切的任务；为保证国家有计划的经济建设（工业化），必须把农民组织起来，走集体化道路，以阻止农村自发的资本主义趋势。结果却从这个房间，走进了另一个房间。

作为一种制度安排，集体化是中国历史上一次最大规模的、自觉的"改造农村社会"的尝试。然而，农业生产互助组——初级社——高级社——人民公社，环环紧扣、急速铰进的集体化之链无法承受历史和现实的张力，在多种因素的同时作用下，[①] 终于导致国民经济和人民生活的严重困难。

一　农民的两种积极性

在中国这样一个小农经济有着最广泛基础的国家，如何把亿万的个体农民引上社会主义道路，改造农民个体所有制，发展农业生产，建设先进的社会主义农业经济？中共七届二中全会明确指出，在建立了人民民主专政的政权后，党和国家必须将分散的小农经济改造成为社会主义的合作经济。[②]

---

① 这里的多种因素，主要指"经济上不合理的教条主义政策和可怕的政策推行手段"。参见〔美〕弗里曼、毕克伟、赛尔登著，陶鹤山译：《中国乡村，社会主义国家》，第386页。对此，本章也有所分析。

② 关于"农业集体化"理论和实践的讨论，确实需要明确"合作制"与"集体化"的不同内涵。程漱兰认为这是截然不同的两种制度，并将农业集体化模式定义为："传统农业为主的落后的社会主义国家，在工业化原始积累阶段，为保证工占农利，而将全体农民组织起来集体生产、集体供奉的农业经营方式。"这种集体化"区别于一般意义上的、国际合作社运动的为社员直接利益服务的农民合作；也区别于社会主义各国发展起来之后，进入工农并举、以工支农阶段的农村集体经济或曰合作经济。这中农业集体化，与主要农产品统购统销一起，是落后社会主义国家工业化资本原始积累同一过程的两个方面"。程漱兰：《中国农村发展：理论与实践》，中国人民大学出版社1999年版，第144—149页。

　　上述把小农经济改造成为社会主义的合作经济的理论依据，就是马克思列宁主义的农业合作制学说。马克思、恩格斯主张无产阶级在夺取政权以后，应该引导农民走合作化的道路，肯定合作制是对农业进行社会主义改造的主要形式。列宁在领导苏联的社会主义实践中，发展了合作制的理论，进一步完善了马克思主义关于改造小农经济的思想。他把合作制看成是过渡到社会主义的一个重要步骤和条件，创造了在落后的小农国家里引导农民走向社会主义的主要途径；他明确提出了在商品交换的基础上促成社会主义工业和广大小农经济的结合，把农业经济逐步纳入社会主义建设的轨道，并认为这是小农国家实现社会主义过渡的基本条件；他提出合作化的最重要的原则是自愿，指出在合作化的集体利益前提下，应以农民的个体利益为杠杆，调动农民的积极性，稳妥地解决发展生产力和变革生产关系的问题。斯大林作为苏联农业集体化运动的发动者和领导者，坚持和发展了马列主义关于改造小农经济的理论，论述了苏联实行农业集体化的必要性，指明了苏联农业集体化的主要形式是农业劳动组合。但众所周知，其集体化思想与实践存在严重的偏差：第一，在指导思想上犯了"左"的错误，违背生产关系的变革必须和生产力水平相适应的原则；第二，在所有制变革上急于求成，片面地强调集体农庄发展越快越好，办得越大越好，公有化程度越高越好；第三，在工作方法上违背自愿互利原则，采取强迫命令等行政办法。这些偏差对苏联的农业集体化和以后的农业生产造成严重的影响，留下了深刻的历史教训。①

　　土地改革运动结束后，是直接引导农民走社会主义道路，还是"巩固新民主主义秩序"？在老的解放区，特别是东北，由于土改开展比较早，这个问题很快就提上工作日程。到1951年，争论的结果是否定私有制而向集体化过渡，即所谓的"趁热打铁"，②就是趁土地改革后农民对共产党的充分信任——"热"，把广大农民组织起来、走互助合作的道路——"打铁"。"热"是没问题的，"那时候，共产党在贫苦农民中的威信如日中天。党无论

――――――――

　　①　参见翟作君、邹正洪主编《中国社会主义革命和建设史研究荟萃》，华东师范大学出版社1989年版，第114—118页。

　　②　薄一波在《围绕山西发展农业生产合作问题的争论》中已做了详细的介绍。他认为在农村土改后要不要立即向社会主义过渡的问题上，刘少奇主张"巩固新民主主义制度"，毛泽东主张趁热打铁，改变私有制，向社会主义过渡；刘少奇在认识和工作方法上有缺点，但他的意见"在主导方面是正确的"，"他提出不能过早地采取否定私有制的步骤，符合二中全会决议和《共同纲领》，符合当时我国的实际情况"。薄一波：《若干重大决策与事件的回顾》（上卷），第184—211页。

采取怎样的步骤引导农民走向社会主义，开始往往都是一呼百应"。① 但"打铁"的时机是否成熟，打什么样的铁，这是需要慎重抉择的。从农业合作化的理论和苏联农业集体化的实践看，除了把握生产力与生产关系相适应的原则外，关键的也是基本的问题，是如何准确认识和评价农民的两种积极性——发展个体经济的积极性和劳动互助合作的积极性。从理论上讲，当时的认识是清晰的。

1951年9月，中共中央召开第一次互助合作会议（中共中央小白楼会议），毛泽东主持起草了《关于农业生产互助合作的决议（草案）》。12月15日，中共中央通过这个文件并发给各级党委试行。这个决议草案主要包括三方面的内容：第一，估计了土地改革后农民的两种积极性：一方面是发展个体经济的积极性，另一方面是劳动互助合作的积极性。农民的这些生产积极性，是迅速恢复和发展国民经济、促进国家工业化的基本因素之一。应特别注意发挥农民的这两个积极性，一方面不能忽视和粗暴地挫伤农民个体经济的积极性，另一方面要在农民中提倡组织起来，按照自愿和互利的原则，发展农民互助合作的积极性。第二，总结了农业互助合作的三种主要形式：临时性的或季节性的互助组，常年互助组和以土地入股为特点的农业生产合作社。在全国，特别在新解放区和互助运动薄弱的地区，应该有领导地大量发展广大农民最容易接受的第一种形式；在有初步互助运动基础的地区，必须有领导地推广第二种形式，使农民获得更多的利益；在群众有较丰富的互助经验，而又有较坚强的领导骨干的地区，应当有重点地发展第三种形式。要根据生产发展的需要与可能的条件而稳步前进，要贯彻自愿和互利的原则，采取典型示范逐步推广由小到大，由少到多，由低级到高级，逐步引导农民走集体化道路。第三，要求在互助合作运动过程中防止两种错误倾向：一种倾向是对农村经济的发展采取放任自流的态度，其结果是有利于富农经济的发展而不利于贫农经济地位的上升。这是右倾。另一种倾向是用强迫命令的方法组织互助合作，违反自愿和互利的原则，从而伤害了中农。这是"左"倾。我们必须随时注意防止和纠正这两种错误的倾向。② 老实说，后来互助合作和集体化的实践，如果严格按照《关于农业生产互助合作的决议（草案）》的要求去实施，情况就会完全两样了，那样的话，"四个过"（即要求

---

① 高化民：《农业合作化运动始末》，中国青年出版社1999年版，第3页。
② 《中共中央关于农业生产互助合作的决议（草案）》（1951年12月）。见国家农业委员会办公厅编：《农业集体化重要文件汇编（1949—1957）》（上册），中共中央党校出版社1981年版，第37—44页。

过急、工作过粗、改变过快、形式也过于简单划一）的问题也应该是不会出现了。

我们进一步探讨一下"两种积极性"问题。

发展个体经济的积极性。实际上，当时这方面的经验材料是非常丰富的。就是在中共中央第一次互助合作会议上，熟谙农村情况的农民作家赵树理对《关于农业生产互助合作的决议（草案）》初稿中只强调土改后农民互助合作的积极性，明确表示不同意见，他以农村实例说明土改后农民最热心的是个体生产的积极性。他认为，"现在的农民没有互助合作的积极性，只有个体生产的积极性"。[①] 薄一波在回顾农业社会主义改造时，也分析了土改后农民的两种积极性，他指出，农民"既有互助合作的积极性，又有个体经营的积极性，但真正具有互助合作积极性的人为数当时并不很多，而相当多的农民都愿意先把自己的一份地种好"，即便到 1955 年，在"个体经营的积极性还远没有发挥完毕"时，"就把增产希望完全寄托在发挥合作经营一种积极性方面"，也是"不太现实的"。[②] 从逻辑上分析，作为土地的主人，得到土地的农民应该非常迫切地希望从土地中得到真正属于他们自己的回报。当然，出于对政治的陌生感，面对土改后的收获，农民表现出的兴奋是被压抑的，表面上看却是紧张、不安甚至惶恐。1952 年 12 月 28 日，中共玄鹿区委在《玄鹿区农业生产全面总结》中提到，在农业增产后，农民怕露富、暴富而"盲目叫苦"：前陈乡反映全乡只有两户半有的吃，一户是乡政府，一户是学校，半户是合作社，其他都叫苦；干部郑隆中家庭成分是富裕中农，吃穿有余，也跟着叫穷；孝门乡某组组长讲只有三户有饭吃，经过检查，相反只有三户比较困难。[③]

劳动互助合作的积极性。在传统农业社会，劳动互助实际上是农民的普遍要求。根据中共浙江省委农村工作委员会的调查，浙江解放以前就有劳动互助的习惯，一般称为"换工"、"调工"、"匀工"、"打拌工"以及山区的"集体开山"等方式，与革命根据地的"变工"性质相似，实际是乡村社会成员间在农忙季节为了解决人力、畜力、农具等的不足而采取的一种"穷帮穷"的办法。其特征是：（1）互助的成员一般为贫农和中农；（2）互助的农民，一般都是亲友，农民叫做"田头隔壁邻居"、"靠近的人"；（3）互助的

---

① 薄一波：《若干重大决策与事件的回顾》（上卷），第 192 页。

② 同上书，第 365 页。

③ 《玄鹿区农业生产全面总结》。资料来源：浦江县档案馆，档案号 31—1—9。

农民一般都是青壮年。① 这种意义上的劳动互助在解放初仍然得到提倡。1949 年 9 月 22 日，中共浙江省委书记谭震林在浙江省第一届农民代表会议上的讲话中提出，要"实行农村互助，以加强劳动力，解决生产困难"。② 即便在合作化的初级阶段，农民自愿建立的临时性或季节性的互助组，甚至常年互助组，仍然是传统劳动互助的延伸，是农业生产和日常生活中的一种简单合作。但在后来，这种简单合作的趋势被肆意地夸大了。

但在实践上，关于"两种积极性"、"三种主要形式"和"两种错误倾向"的正确认识都被放弃了。出于引导农民走社会主义道路、尽快建成社会主义的考虑，简单地认为：第一，我国农民确实有互助合作的要求。第二，社会主义工业发展和人民生活的改善，都要求通过合作化的途径来加速农业的发展。第三，农村两极分化对贫农地位的威胁，使开展农业生产互助合作成为一项迫切的任务。第四，农村自发的资本主义趋势，将破坏国家有计划的经济建设。因此，迅速地开展了合作化运动。

二　集体化之路

土地改革运动结束后，农村中普遍存在的是以个体农民土地所有制为基础的小农经济。受我国农业生产力总体水平的制约，尽管土改中对土地和生产资料实行"抽有余而补不足"的办法，但作为普通农民，他们所占有的土地和生产资料终究是有限的。土改后，浦江全县只有耕牛 12496 头，平均每 5 户农户才拥有 1 头耕牛。③ 如果农户间完全不发生协作关系，完全独立地以户为单位从事农业生产，那么劳动力、畜力和劳动工具必然是紧张的。这时候，我们应该相信农民的自我调适能力，传统的劳动互助肯定会适时地开始发挥作用。仅此而言，每户农户都拥有足够的劳动力、畜力和劳动工具，是不可能的，似乎也是没有必要的。

为了实现"由个体逐步走向集体"的"必由之路"，④ 新政权在农民的自我调适能力还来不及发挥作用的情况下，就主动地引导农民走互助合作的道路。1951 年 4 月，在浙江全省土改工作基本完成的情况下，为了帮助农民克服农业生产上的困难、实现爱国增产计划，各级领导干部深入基层，帮

---

① 浙江省农业合作化史编委会：《浙江省农业合作化史资料》（第一册），第 4—9 页。
② 浙江省档案馆、中共浙江省委党史资料征集研究委员会征研二室编：《中共浙江省委文件选编》（1949 年 5 月—1952 年 12 月），第 136 页。
③ 《浦江县志》，第 112 页。
④ 《浙江省农业合作化史资料》（第一册），第 5 页。

助部分劳动模范和积极分子带头组织互助组，树立典型，借此推动各地的劳动互助。[①] 互助组由政府倡导，农户在一定的自然便利条件下，按生产需要并综合考虑农户间的关系，自愿结合而成。正是在这样的背景下，作为政府农村工作的一部分，浦江县的劳动互助也逐步开展起来了。同月，马剑区潘周家村的省劳动模范潘大标、横溪区前吴乡的吴沂苟，根据"土地私有，自愿结合，等价交换，民主管理"的原则成立互助组。[②] 吴沂苟组有 13 户、43 人、51 亩土地，互助一年，粮食增长 14%；节余劳力 420 工经营副业，从而增加了收入。至年底，全县建立临时互助组 445 个、常年互助组 227 个，参加互助组的农户有 5297 户，占总农户数的 8%。[③]

郑宅地区的集体化发轫于 1951 年底开始组织的互助组。12 月，前店乡二村中农、劳动模范洪兆钧建立本地区第一个农业生产互助组。这是一个常年农业生产互助组，由 5 户贫农和 2 户中农组成，参加互助组的总人口有 36 人，其中参加农业生产的整劳动力 6 人，半劳动力 2 人，[④] 使用土地包括田 47.125 亩、地 25.50 亩。与过去"换工"、"调工"等简单的互助劳动不同，这是一个正式的生产与分配单位——"组"，由组长统一调度劳动力、安排生产和进行分配。

洪兆钧常年农业生产互助组的示范作用显然是成功的。1952 年春，郑宅、孝门、前店三乡迅速掀起建立互助组的热潮。以前店乡为例，1952 年 2 月，新建常年互助组 1 个；3 月，新建常年互助组 10 个，临时互助组 1 个；4 月，新建常年互助组 4 个，临时互助组 1 个；5 月，新建常年互助组 15 个，临时互助组 12 个；6 月，新建常年互助组 1 个，临时互助组 2 个；7 月，新建常年互助组 3 个，临时互助组 3 个。根据前店乡 1952 年 8 月 14 日的统计，全乡有 35 个常年互助组，有 276 户 1175 人参加，平均每组 7.89 户，其中全劳动力 318 人，半劳动力 113 人，使用土地包括田 1232 亩、地 920 亩。有 19 个临时互助组，有 115 户 421 人参加，平均每组 6.05 户，其中全劳动力 119 人，半劳动力 42 人，使用土地包括田 370 亩、地 317 亩。参加互助组的农户占中农户数的 61%，参加互助组的人口占总人口的 60.2%，

---

① 参见金延锋主编《当代浙江简史》，当代中国出版社 2000 年版，第 116 页。

② 互助合作组织往往以领头人的名字命名，这是一个值得注意的现象。参见［美］弗里曼、毕克伟、赛尔登著，陶鹤山译：《中国乡村，社会主义国家》，第 169—170 页。

③ 《浦江县志》，第 122—123 页。

④ "整劳动力"或"全劳动力"，是指 18—55 岁的男性劳动力和 18—50 岁的女性劳动力。半劳动力，是指 15—17 岁或 56—60 岁的男性劳动力，以及 15—17 岁或 51—55 岁的女性劳动力。

参加互助组的劳动力占总劳动力的 50.1%。①

　　为进一步推动农业生产互助合作，玄鹿区和郑宅、孝门、前店三乡政府还分别举办互助合作训练班，成立互助合作代表会。据 1953 年 5 月统计，三乡共有 9 名干部、32 名互助组员参加区级互助合作训练班，有 10 名干部、223 名互助组员参加乡级互助合作训练班。② 之后，在互助组数量大致稳定的情况下，参加的农户不断增加。据 1953 年 8 月 14 日《前店乡农业生产组织定期报告表》统计，全乡有 31 个常年互助组，有 273 户 1280 人参加，平均每组 8.81 户，其中男全劳动力 309 人，半劳动力 62 人，女全劳动力 241 人，半劳动力 43 人，包括 1210.6 亩水田和 940.9 亩旱地，55 头牛和 1 只羊。有 22 个临时互助组，有 238 户 989 人参加，平均每组 10.82 户，其中男全劳动力 224 人，半劳动力 49 人，女全劳动力 194 人，半劳动力 49 人，包括 997.66 亩水田和 1309.5 亩旱地，44 头牛和 1 只羊。据 8 月 27 日《孝门乡农业生产组织定期报告表》统计，全乡有 68 个农业常年性互助组，有 506 户 2494 人参加，平均每组 7.44 户，其中男全劳动力 605 人，半劳动力 319 人，女全劳动力 462 人，半劳动力 364 人，包括 1861.4 亩水田和 710.0 亩旱地，47.5 头牛和 12 只羊。有 36 个临时互助组，有 411 户 1595 人参加，平均每组 11.42 户，其中男全劳动力 439 人，半劳动力 156 人，女全劳动力 253 人，半劳动力 138 人，包括 1788.7 亩水田和 699.4 亩旱地，56.5 头牛和 7 只羊。据 9 月 7 日《郑宅乡农业生产组织定期报告表》统计，全乡有 31 个农业常年性互助组，有 318 户 1396 人参加，平均每组 10.26 户，其中男全劳动力 336 人，半劳动力 96 人，女全劳动力 260 人，半劳动力 92 人，包括 1430.0 亩水田和 360.5 亩旱地，57.5 头牛和 1 只羊。有 25 个临时互助组，有 216 户 1034 人参加，平均每组 8.64 户，其中男全劳动力 248 人，半劳动力 53 人，女全劳动力 199 人，半劳动力 62 人，包括 979 亩水田和 270 亩旱地，43.5 头牛。③ 从全县情况看，至 1953 年底，共有互助组 4088 个（其中常年互助组 2023 个），有 37037 户农户参加，占总农户的 58.60%。④

　　互助组仅仅是集体化的起点，在发展互助组的同时，也开始初级农业生产合作社的试点工作。1952 年 1 月底，浙江省第一个初级农业生产合作社——许桂荣农业生产合作社在新登县新堰村成立。它的前身是农副业结合

----

① 《前店乡互助合作情况月报表》。资料来源：浦江县档案馆，档案号 31—1—9。
② 《玄鹿区互助合作骨干训练统计表》。资料来源：浦江县档案馆，档案号 31—1—19。
③ 《农业生产组织定期报告表》。资料来源：浦江县档案馆，档案号 31—1—19。
④ 《浦江县志》，第 123 页。

的许桂荣常年互助组。全社 20 户、91 人，旱地和山林不入社，水田评定产量入股，入社水田 154.2 亩，占全村水田总数的 91.3%（社员自留田 14.6 亩，占水田总数的 8.7%），共评定产量 32581 公斤。2 月 5 日，正式开始统一经营。① 初级农业生产合作社的土地主要采取评定入股的方式，土地的评产原则上按照社员入社前土地的 3 年平均产量，土地分红比例一般按定产值扣除成本、公积金、公益金后，占 40%—50% 为宜。自留地以全村每人平均土地的 3%—5% 为限。山林、菜园、茶山、桑园、藕池等，零星的可归社员私有，一般不入社。这种土地所有制形式在本质上仍然是属于农民个体所有。

1952 年春，浙江全省逐步扩大试点，全省有 44 个县试办了 63 个初级社，金华地区试办了 12 个初级社。② 3 月 22 日，浦江县第一个初级农业生产合作社——黄有塘农业生产合作社在浦阳镇成立。入社农户 14 户，入社土地 65.75 亩，实行"土地私有，交社使用；集体劳动，评工记分；全年收入扣除提留后，按土地、劳动工分四六分红"。③ 到年底，浙江全省保有 62 个初级社，平均每社 20 户左右。④

从 1953 年冬到 1955 年冬，浙江全省主要是大力发展初级化，同时进行高级社的试点。1953 年 12 月 5 日，中共浙江省委召开全省第二次互助合作代表会议，贯彻落实全国第三次互助合作会议《关于发展农业生产合作社的决议》，提出必须坚持"自愿互利"的办社原则和"增加生产，增加收入"的办社方针，稳步发展初级化。到 1954 年 6 月，全省建立初级社 3270 个，社平均规模为 27 户，入社农户 9.1 万户，占农户总数的 1.8%。随后全省的合作社迅猛发展，到 1955 年 4 月份，初级社增加到 5.09 万个，加上 4800 个自发社，共达 5.5 万个社，入社农户上升到占总农户数的 30%。并产生了一系列问题：（1）一些地方强迫农民入社；（2）在经济政策处理上比较普遍的存在侵犯中农利益的情况；（3）不少新建社一哄而起，只挂了块牌子，搭了个架子。加上粮食征购任务过重等原因，有约 10% 的合作社无法维持，30% 的合作社无法发展，到 1955 年 3 月底已垮掉 264 个合作社。1955 年 4 月，省委采取"全力巩固、坚决收缩"的方针，对合作社进行收缩巩固，到 7 月份，全省初级社由 5.3 万个收缩为 3.7 万个，减少 1.6 万个；入社农户

---

① 《浙江省农业合作化史资料》（第一册），第 363 页。

② 全省初级社和高级社发展情况的数据见《浙江省农业生产互助合作组织发展情况表》。《浙江省农业合作化史资料》（第一册），第 497 页。

③ 浦江全县集体化发展情况的数据见《浦江县志》，第 123—124 页。

④ 《1952 年试办农业生产合作社情况表》。《浙江省农业合作化史资料》（第一册），第 497 页。

由 131.2 万户减少到 87.9 万户，减少到 43.3 万户，比例由 30％下降到 17.8％。7 月 31 日，毛泽东严厉批评农业合作化过程中"小脚女人"的右倾错误，指出浙江省的"坚持收缩"方针很不妥，是犯了右的错误，并预言"合作化的社会改革的高潮全国也即将到来"。为贯彻毛泽东指示的精神，中共浙江省委批判了"坚决收缩"的错误，拟定全省合作化发展的规划。9 月份之后，全省各地普遍掀起农业合作化高潮。到年底，初级社发展到 10.5 万个。至此，浙江省基本上实现了半社会主义的农业合作化。

　　1955 年 12 月以后，浙江的合作化运动由办初级社为中心进入以办高级社为中心的阶段。高级农业生产合作社的土地和主要生产资料归集体所有，取消土地分红，全部实行按劳分配的原则。浙江省的高级农业合作社是从 1952 年开始试办的。1952 年 4 月，浙江省第一个高级社——五洞闸集体农庄，在慈溪县岐山乡成立。农庄共 14 户，88 人，耕地 149.9 亩（其中乡机动土地 49.8 亩，占 33.2％）。[1] 1953 年春，慈溪、镇海、嘉兴、金华、开化、瑞安、新登等 7 县建立了 11 个高级社，计 626 户，平均每社 56.90 户。1954 年，全省试办了 104 个高级社。由于批判"右倾保守"和"坚决收缩"，从 1955 年冬季开始，在大办初级社的同时，出现了办高级社的高潮。到 1956 年 12 月，全省高级社已发展到 24809 个，入社农户 493.7 万多户，占总农户的 98.85％。随着高级农业生产合作社的全面实行，我省农村土地集体所有制基本建立。[2]

　　我们还是回过头来看看郑宅地区集体化推进的情况。与建立互助组相比，郑宅地区农民对于初级社和高级社的积极性显然大打折扣，反应似乎要"迟钝"许多。到 1954 年春，浦江全县有 21 个初级社，入社农户 338 户，这个数字是低于全省水平的。6 月 7—11 日，浦江县互助合作代表会议召开。会后，各区均试办初级农业生产合作社。4 个多月后，整个郑宅地区才出现第一个初级社。10 月 20 日，郑宅乡第一农业生产合作社建立，入社农户 20 户、93 人，全社劳动力男 22 人、女 23 人，耕地面积水田 85.988 亩、旱地 20.726 亩，社员自留地 0.84 亩，农具有犁 10 部、水车 16 部、稻桶 5 只，土地和耕畜全部归集体所有，农具部分归集体所有。11 月，孝门乡第一农业生产合作社建立，入社农户 31 户、107 人，全社劳动力男 23 人、女 28 人，耕地面积水田 115.826 亩、旱地 41.625 亩，无社员自留地，农具有犁 13 部、水车 4 部、稻桶 11 只。而前店乡第一农业生产合作社直到 1955 年 1 月才建

---

①　《浙江省农业合作化史资料》（第一册），第 364 页。
②　参见《中国农业全书·浙江卷》，第 374—388 页。

立，入社农户 35 户、132 人，全社劳动力男 33 人、女 34 人，耕地面积水田 150.725 亩、旱地 174.305 亩，社员自留地 3.785 亩，农具有犁 12 部、水车 10 部、稻桶 8 只、河泥船 1 只。① 至 1955 年春，全县初级农业生产合作社发展到 537 个，有社员 14128 人，占总农户的 21.5%。但是，部分社的生产管理出现混乱。3 月，浦江县贯彻中共浙江省委"全力巩固，坚决收缩"的整顿合作社方针，整顿巩固一批农业生产合作社。整顿后，全县有初级农业生产合作社 431 个，社员 10039 人，占总农户的 15.40%，初级社趋向巩固。7 月，郑宅乡有 3 个初级农业生产合作社，共 51 户、241 人；孝门乡有 4 个初级农业生产合作社，共 72 户、263 人；前店乡有 6 个初级农业生产合作社，共 151 户、671 人。②

但是，集体化的滚滚车轮牵引着亿万农民向着"理想的彼岸"飞奔。10 月，浦江县贯彻中共中央《关于农业合作化问题的决议》，批判"坚决收缩"，全县初级社恢复到 1011 个，参加农户 24220 户，占总农户的 37.40%。1955 年冬，农业合作化趋向高潮。到 1956 年 7 月，郑宅、孝门、前店三乡合并为新的郑宅乡，共有初级农业生产合作社 17 个，有 557 户、2240 人，其中男 1116 人，女 1124 人；参加户劳动力 992 人，实际参加社的劳动力 462 人；农具包括双轮双铧犁 10 件、旧式水车 400 部、打稻机 1 架、喷雾器 2 架、手拉车 7 辆。③

与全省的情况一样，1955 年底以后，浦江县一边批判"坚决收缩"，一边采取"初级升高级，小社并大社"和"全面规划"的办法，把初级社成批地转办为高级社。1956 年 7 月，合并后的郑宅乡有高级农业生产合作社 26 个，参加社的农户有 2186 户、8751 人，其中男 4312 人、女 4439 人；参加户劳动力 3957 人，实际参加社的劳动力 1912 人；农具包括双轮双铧犁 72 件、旧式水车 713 部、打稻机 8 架、玉米脱粒机 4 架、喷雾器 13 架、手拉车 59 辆。④ 年底，全县有高级社 388 个，初级社 25 个，入社农户占总农户的 90% 以上，基本完成了对农业的社会主义改造。到 1957 年 9 月，郑宅乡有深溪、广明、新三郑、三郑、麟溪、孝门、东明、丰产、鞍山、前店、山头店、水阁、西店、石渠口、芦溪，相连宅 16 个高级农业生产合作社，入社户数人数达到 11211 人，其中男 5431 人、女 5780 人，集体经营的耕地面积有

---

① 《农业生产合作社基本情况定期报告表》。资料来源：浦江县档案馆，档案号 31—1—31。
② 同上。
③ 《郑宅乡农业生产合作社户数、人口、大型农具、运输工具及房屋统计报告表》。资料来源：浦江县档案馆，档案号 31—1—40。
④ 同上。

14927.34 亩，其中水田 10540.976 亩，旱地 4386.36 亩，社员自留地水田 3 亩、旱地 32 亩。①1957 年底，浦江全县高级社发展到 454 个，有社员 63814 户，占总农户的 95.20%，平均每社 141 户。

集体化继续往前高速推进，广大农民又被卷入另一场新的、波澜壮阔的运动中去。1958 年 8 月，中共中央作出《关于在农村建立人民公社问题的决议》。9 月底，浦江全县实现"人民公社化"，全县分为 7 个人民公社，42 个管理区。郑宅乡改为浦东人民公社郑宅管理区，下设生产队。人民公社内部无偿调用土地、农具和物资；生产瞎指挥，"大兵团作战"、"大办食堂"，搞"供给制"分配，取消自留地，农民的生产积极性受到严重挫伤。1959 年 8 月，浦江全县农村办有公共食堂 1296 个，就膳人数 21.5 万人（至 1962 年全部停办）。

三　困境之一：政治分析

把农民组织起来、走集体化道路，这既有经济考虑，也有政治考虑，而实践证明更多的是基于政治的考虑。无论是出于对社会主义大农业的热忱向往，出于对当时已经出现的农村社会的"两极分化"的担忧，还是出于为了使"统购统销"政策顺利执行，以便从农村获得更高的农业剩余去支持更加亟待发展的城市重工业的考虑，②从根本上讲，是出于政治的考虑：放弃"巩固新民主主义"理论，否定私有制——农村个体农民的土地所有制和城市资本主义工商业的私有制，尽快确立社会主义制度。而且，无论上述考虑在当时有多么充分的理由，历史地分析，这些理由如果不是不切实际的或违背客观规律的，也是片面的或被误读的。

如果是出于对社会主义大农业的热忱向往，那么这只能是领袖诗人气质的体现，只能是一种向往而已。在当时的生产力条件下，短时间内是不可能具备实现社会主义大农业的条件的。

如果是出于对当时已经出现的农村社会的"两极分化"的担忧，那么这种担忧实际上是没有必要的。土改后农民生活状况的改善和生活水平的提高，这应该被看成是农村生产力发展的结果，是土改对农村生产力促进的表

---

① 《郑宅乡 1957 年农业生产合作社基本情况综合表》。资料来源：浦江县档案馆，档案号 31—1—48。

② 周晓虹：《传统与变迁：江浙农民的社会心理及其近代以来的嬗变》，第 164 页。

现，而不应该被认为是阶级分化的表现。至于农民生产和生活出现严重困难的，那是事实，但也只是少数事实。在浦江，开始出卖房屋或出租土地的，仅仅是少数或患病或受灾的农户。① 甚至，一部分农户出卖土地并不是由于贫困所致，而是为了扩大再生产的需要；或者，这种土地关系的局部微调对于发展生产，倒反而是有好处的。②

如果是出于为了使"统购统销"政策顺利执行，以便从农村获得更高的农业剩余去支持更加亟待发展的城市重工业的考虑，那么我们除了表示某种程度的理解外，更多的是为新政权在"农村包围城市"、实现革命胜利后放弃农村的冷酷而感到深深遗憾。

而互助合作初期农民自愿建立临时性或季节性的互助组，甚至常年互助组所表现出来的高涨的积极性，这仍然是传统劳动互助的延伸，是农业生产和日常生活中的一种简单合作。但是，这种简单合作的趋势被肆意地夸大了。那么，又如何理解后来在初级社特别是高级社阶段从农民身上表现出的令人困惑的"个体生产的积极性的烟消云散"（心甘情愿地把土地证交了出来）和"互助合作的积极性的如日中天"（哭哭啼啼要求加入合作社）的两种极端，周晓虹认为，经济动机是农民群众争先恐后地进入集体化的主观原因，政治压力是导致农民选择集体化的客观动力，而合作化时期自上而下的行政强制、盲目攀比和宣传鼓动是迫使农民参与集体化的外部因素。③ 在我看来，这种分析无疑是精辟的。不过，需要补充一点，上述三种因素的作用应该是过程性的，也就是说，经济动机主要在互助组阶段起作用，而进入初级社（更遑论高级社、人民公社），政治压力、行政强制、盲目攀比和宣传鼓动等如强力催化剂和黏合剂，把亿万农民送进历史的搅拌器，任意折腾农民。

确实，在集体化运动中，农民不由自主地放弃了"农民的理性"；在集体化运动中，千百年来严重缺乏政治意识和政治参与能力的农民，竟然很快（被迫）懂得了政治，懂得了政治背后的实惠——我们可以称之为"异化的经济动机"。进入初级社后，农民不再如互助组那样关心集体化的经济价值和意义，相反，去追求既现实，但最终又是超现实的政治价值和意义。在郑宅地区，我们没有找到这样的材料，但前面提到的许桂荣农业生产合作社，却是一个典型的例子，很能说明问题。在互助组阶段，许桂荣互助组成员团

① 《浦江县志》，第122页。

② 参见董国强《对五十年代农村改造运动的再探讨》，《中共党史研究》1997年第4期。

③ 周晓虹：《传统与变迁：江浙农民的社会心理及其近代以来的嬗变》，第167—173页。

结一致、克服困难、战胜灾害，农副业获得增收，1951 年全组水稻亩产 523
斤，增产 4 成，土纸增产 3 成，还积累了少量资金，添置了公共财产。①
1952 年 1 月成立初级社，年终上报材料表明成绩十分喜人。1953 年 1 月 6
日，中共浙江省委作出《关于给予新登县城岭区以"农业生产互助合作模范
区"奖励的决定》，这项奖励的对象包括许桂荣农业生产合作社。但是，不
久就发现了问题。据 3 月 7 日中共浙江省委《关于处理新登县城岭区作假报
告问题的报告》称：1 月中旬，省委农村工作委员会派工作组到该区调查，
发现许桂荣农业生产合作社虚报产量，同时，省纪律检查委员会、《浙江日
报》连续收到该区一些干部揭发和批评区委书记错误的检举信。干部浮夸
了，农民跟着也接受浮夸了。显然，在集体化成绩背后隐藏着太多的问题。
当时被树为合作化的典型，多少都存在诸如此类的问题。1953 年 4 月 3 日，
中共浙江省委农村工作委员会印发的《关于对新昌县杨德喜农业生产合作社
初步检查报告》，就指出该社存在没有掌握按劳分配原则、财务管理不健全、
社员不安心农业生产、政策不兑现、放松冬季生产等问题。8 月 30 日，省
农林厅报请省人民政府批准发出《关于撤销许桂荣模范农业生产合作社奖励
的通报》。

　　浮夸还有另外的表现形式。为了最大限度地提高农业产量，除了强调人
的主观能动作用外，还强调生产方式的变革。20 世纪 50 年代，农业生产方
式变革有成功的经验，但更多的是教训。比如，深耕、密植这样的一些词
汇，我们一直以为是"大跃进运动"的产物，但在 1953 年，"深耕"、"密
植"已经是很时髦的提法和农业丰产的经验。在 1953 年 1 月 20—30 日召开
的浙江省第三届农业劳动模范代表大会上，杨德喜等 20 多位代表介绍了互
助合作和农业丰产的经验，深耕、密植就是丰产的重要经验。会上，农业科
研所除了讲解选用良种、合理施肥、防治虫害等外，也讲解了深耕密耕、小
株方形密植技术。②

　　那么，为什么会出现浮夸。干部浮夸的动机比较容易理解，当然是出于
"政绩"需要。农民浮夸的动机是什么？可以说，这是基于现实的、小农生
存意识或所谓的"小农式狡诈"意义上的一种"理解"。简单讲，他们懂得
"搞政治"的好处。③ 这种"异化的经济动机"是现实政治驱使的结果——

---

　　① 《新登县许桂荣模范互助组的成长》（1951 年 12 月）。《浙江省农业合作化史资料》（第一
册），第 271—274 页。

　　② 《浙江省农业合作化史资料》（第一册），第 371—373 页。

　　③ 迄今，"搞政治"的效应仍在发挥作用，由此可以获得政策支持、政治待遇、经济扶持等体
制性资源。比如，所谓的"南街村现象"。

在劳模、典型、经验背后，是实际的经济利益。① 比如杨德喜初级农业生产合作社，1952、1953 年连续两年被评为省模范合作社，得到的奖励是：水车1 部，耕牛 1 头，打稻机 1 部，喷雾器 1 部，土棉布 1 匹，毛巾 1 打。对于45 户农民，这是多么的实惠啊！而杨德喜本人更是风光，1952 年冬作为农民代表，参加省各界人民代表会议；1953 年 1 月，出席省第三届农业劳动模范代表大会，并出席华东爱国增产劳模代表会议，还获得锦旗；1954 年，光荣地加入中国共产党，并被选为省首届人民代表大会的代表。② 又如，1952 年 2 月，海宁县许村区提出"去年互助组，今年合作社，明年集体农庄"的口号，号召"啥人觉悟高，先到社会主义"，批判单干是"资本主义"、"前途危险"，并以优待奖励的办法刺激农民办合作社。于是，农民为了争光荣、争贷款、争奖励，就在互助组基础上办起了合作社。③ 结果可想而知。相关的例子并不难寻找，比如河北省饶阳县五公村的情况，也很能说明问题。在耿长锁那里，他关注的是一些模范村在获得国家资源方面已经超过了五公村，而利用改革促进家庭、市场和副业的活力，则是无足轻重的。④

何况，在集体化运动过程中，阶级划分后的政治成分发挥了特殊的作用。在互助组阶段，先进入互助组的主要是贫农、部分中农，还有少数雇农，这部分是因为贫农的条件决定他们有更强烈、更迫切的互助合作的要求；同时，能否进入互助组、先入还是后入，成为政治、身份、地位的一种评价，"成分"与"先进"、"落后"直接等同。根据前店乡 1952 年 8 月 14日的统计，54 个互助组的 391 户农户中，贫农 240 户，中农 134 户，雇农 11户。⑤ 当然，地主和富农是不被允许进入的。这种情况在建立初级社的过程中更加清楚地表现出来。⑥

---

① 借用罗吉斯等人的提法，这些互助合作组织的领导，已经从感召型领袖转变成为科层型领袖。参见［美］M. 罗吉斯、J. 伯德格著，王晓毅、王地宁译：《乡村社会变迁》，浙江人民出版社1988 年版，第 215—218 页。另外，张静也有相关的论述，她认为，"劳模是晋升的台梯，而村子紧紧地站在劳模背后，希望劳模得到晋升，村子得到名声，以争取得到大量贷款、宣传和优惠政策的便利"。张静：《基层政权——乡村制度诸问题》，第 221 页。

② 《农民集体的组织者、农业生产的开拓者——省劳动模范杨德喜》。《浙江省农业合作化史资料》（第一册），第 330—331 页。

③ 《浙江省农业合作化史资料》（第一册），第 336—337 页。

④ ［美］弗里曼、毕克伟、赛尔登著，陶鹤山译：《中国乡村，社会主义国家》，第 366—367页。

⑤ 《前店乡互助合作情况月报表》。资料来源：浦江县档案馆，档案号 31—1—9。

⑥ 周晓虹：《传统与变迁：江浙农民的社会心理及其近代以来的嬗变》，第 171 页。

集体化过程中农民复杂的动机和心态，以及由此而可能导致的大部分农民生产积极性的挫伤和生产效率的下降，[①] 不是已经埋下乡村社会和农民生活出现困境的伏笔了吗？

四　困境之二：经济分析

对集体化时期农村经济进行定性分析是比较容易的。在整个集体化时代的近 30 年时间里，农村经济的产业结构单一，农业占绝对大的比例；在农业中，又以粮食生产为主，林、牧、副、渔各业比重较小；农业总体呈现出"没有发展的增长"特征。[②] 人民公社化之前，农业基本上处于稳定增长状态，人民生活有明显的带恢复性质的改善；人民公社化运动期间，农业生产呈明显下降趋势，国民经济和人民生活出现严重的困难和极度的恶化；人民公社体制时期，农业则处于迟滞的增长状态，只能维持人民的生活口粮。但要进行定量分析，就要困难得多了。尽管我们已经掌握了农村经济发展态势的一些基本数据，比如，1952 年全国农业总产值比 1949 年增长了 48.5%，年均增长 14.1%，1957 年全国农业总产值比 1952 年增长了 25%，年均增长 4.5%，粮食年均增长速度为 3.7%，棉花年均增长速度为 4.7%，1958—1978 年，粮食年均增长速度为 2%，[③] 但与历史演变的复杂性相比，仅靠这些数据去反映、揭示乡村社会变迁的机理，显然是远远不够的，区域研究尤其如此。

作为总体判断，上述定性分析的基本结论也是符合郑宅的实际的。在集体化时期，郑宅地区同样走过了一段"没有发展的增长"的历程，区域经济和人民生活处于"困境"之中。国民经济调整后的经济情况将在下面一章专题研究，这里仅就 1952—1961 年间的情况作一点分析。通常，我们把 1952—1961 年的 10 年，分成 1952—1957 年和 1958—1961 年两段。

第一阶段，1952—1957 年。

1949—1952 年，郑宅地区的农业迅速地发展起来。以水稻为例，据 1952 年统计，玄鹿区水稻平均亩产 376.1 斤，比解放以前的 339 斤增加了 37.1

---

① 另外，在家庭经济中，农民曾充分发挥过自己的才智和力气，现在却要等领导来发布命令。由此而产生的对立、消极和无责任感，也就可想而知了。参见 [美] 弗里曼、毕克伟、赛尔登著，陶鹤山译：《中国乡村，社会主义国家》，第 274 页。

② [美] 黄宗智：《长江三角洲小年家庭与乡村发展》，中华书局 2000 年 6 月版，第 238 页。

③ 柳随年等：《中国社会主义经济简史》，黑龙江人民出版社 1985 年 5 月版，第 72、183—184 页。

斤，全区水稻种植面积为 39285 亩，总计增产 1457473.5 斤。发展的原因，一是土改的经济效应，土改后的农民普遍提高了生产积极性；二是互助组（主要是临时性或季节性的互助组）的建立，这在一定程度上解决了贫苦农民生产上的困难；三是农业投入的增加，根据春季的统计，全区肥料平均比前一年增加 35%—45%，光油饼一项，就增加 10014 斤，占 1951 年总数 20%，土肥尤其惊人，塘泥挖了 157 多万担，比 1951 年增加 4 倍，焦泥灰多了 90 多万担、增加 3 倍左右。[①] 当然，从根本上讲，这种发展还是属于前述的恢复性发展的范畴。正常情况下，如果生产关系不作激烈的变革，农业应该还有很大的发展空间，特别是随着耕作制度的变革（改间作稻为连作稻）、农业生产技术的改进、农作物优良品种和新式农具的推广，以及修好水利、多积土肥等工作的开展，农业的相应发展也是没有问题的。但是，集体化的大力推进显然并没有带来预期的农业的大发展。非常遗憾，我们没有找到 1952—1957 年郑宅地区可资此项讨论完整的农业发展的基本统计资料，但依据浦江县的相关统计资料应该也是可行的。

表 6-1　1949—1961 年浦江县主要粮食作物耕种面积与产量统计表

面积：万亩；亩产：斤；总产量：万斤

年份	粮食及大豆合计			早中稻			大麦		
	面积	亩产	总产量	面积	亩产	总产量	面积	亩产	总产量
1949	57.71	206	11896	26.45	324	8558	5.49	80	439
1950	57.13	224	12797	26.44	351	9270	4.82	90	434
1951	64.13	228	14619	25.07	389	9758	7.24	104	753
1952	60.43	239	14460	25.28	398	10058	5.33	109	583
1953	64.00	230	14692	25.39	372	9449	6.09	136	825
1954	68.23	229	15625	26.60	381	10135	6.36	124	787
1955	68.03	243	16499	26.47	382	10111	5.85	128	751
1956	68.25	244	16667	24.97	328	8189	4.97	141	700
1957	64.39	264	17029	23.84	366	8733	4.57	127	581
1958	63.19	345	21783	21.22	439	9318	4.87	160	780
1959	55.50	341	18942	21.36	352	7525	3.48	123	427
1960	35.48	264	9351	13.79	376	5185	2.1	207	434
1961	36.07	252	9077	12.95	341	4417	3.03	146	444

资料来源：根据《浦江县志》综合而成。

---

① 《浦江县玄鹿区农业生产全面总结》（1952 年 12 月 28 日）。资料来源：浦江县档案馆，档案号 31--1--9。

根据上表计算，1952 年与 1949 年相比，浦江全县粮食和大豆合计平均亩产增加 16.02%，年均增长 5.34%；早中稻平均亩产增加 22.84%，年均增加 7.61%；小麦平均亩产增加 36.25%，年均增加 12.08%。但 1957 年与 1952 年相比，粮食亩产增产幅度明显减小，全县粮食和大豆合计平均亩产增加 10.46%，年均增长 2.09%；小麦平均亩产增加 16.51%，年均增加 3.30%。而早中稻平均亩产却出现下降趋势，减产 8.04%，年均减产 1.61%。平心而论，在农业技术水平和条件有所改善的情况下，集体化的大力推进不仅没有给浦江带来预期的农业的大发展，农业生产反而出现迟滞状态，这不能不令人深思。

而且，粮食供需也出现紧张局面。[①] 从这一时期农业种植结构的变化，可以看出粮食供应和农业生产的实际情况。1953 年起，全县减少荞麦、马料豆等低产作物面积，扩大玉米、番薯等高产秋杂粮的种植。1954 年，继续推广扩大玉米、番薯等高产秋粮作物种植，减少荞麦、马料豆等低产作物的种植面积。显然，农业种植结构的调整和粮食供应的紧张是有直接联系的。即便如此，粮食的紧张局面并没有根本改变。1957 年 7 月 1—8 日，全县甚至发生农民要求供应粮食事件 21 起，有 2 个区公所和 6 个乡政府的工作受到干扰。[②] 粮食供应和农业生产的这种情况从另外的渠道也凸显出来，郑宅地区（时为郑宅乡）的各个农业生产合作社不得已地采取了集体偷产、瞒产、漏产等形式，多少保障农民自身的利益、特别是粮食的需求。据 1957 年的一份材料显示，偷产、瞒产、漏产的花样有 20 多种，比如，湿谷折燥谷以提高含湿率、降低成头，好谷当瘪谷、次谷分掉，小队集体瞒报、编造两个方案，小队集体"偷窃"，按人口、劳力、劳动底分私分不记账、田头偷窃、黑市出卖，多分少记账，饲料、超产粮分掉不记账，田头地角种出来的什粮分掉不算粮食，妇女在晒场上偷、风车头偷，等等。而这也从另一个侧面反映出集体化的问题。[③]

第二阶段，1958—1961 年。

1958 年 8 月，"大跃进"、人民公社化运动掀起。浦江县也提出了不少不切实际的指标，竞相放"高产卫星"，还进行双季稻、玉米的"移苗并丘"，造成减产。9 月，"全民大炼钢铁运动"开始。至年底，全县共建有炼铁厂 8 个，小高炉 2552 只，有 78311 人参加炼铁，中小学校也停课炼铁 2 个

---

① 我们一直认为，这一时期的粮食是不应该出现紧张局面的。

② 《浦江县志》，第 31 页。

③ 《郑宅乡各农业社开始实报产量》。资料来源：浦江县档案馆，档案号 31—1—44。

多月；另建有炭窑 1350 余座，有的无窑堆烧，各地森林遭到严重破坏。9 月，农村开始大办公共食堂。同时大办民兵师，全县组建起 8 个团、49 个营，有民兵 11 万余人。[①]

浦东人民公社《1959 年粮食规划表》显示，1959 年，全社粮食种植面积计划达到 32000 亩，粮食平均亩产计划实现 4631 斤，总产量比 1958 年翻两番。[②] 从 1959 年 2 月 28 日中共浦东人民公社委员会《向省委检查团关于当前工作的汇报》中还可以发现，全社 1959 年农业生产计划要求确保亩产 2300 斤、力争 2600 斤（有趣的是，汇报时又修改为确保亩产 3000 斤、力争 4000 斤），要求苦战一年达到："粮食堆如山，猪牛羊满栏，到处办工厂，农村大变样。"不过，这份材料也透露出吹牛同时的重重顾虑——"思想上的阻力和客观上的困难"，当然主要是"客观上的困难"，比如，农具的严重缺乏问题。由于前一年大办钢铁过程中，不少农具如锄头等当作废铁卖掉了，加上铁匠也被调作他用（比如兴修水利等），打制新的工具都来不及。[③]与此同时，全社 1959 年准备组织钢铁大军 1 万人，计划日产生铁 12 吨、铁砂矿石 40 吨、木炭 45 吨等。[④]

郑宅管理区（公社）的农业生产同样出现了很不正常的现象。东明生产队是大跃进时期的一个典型，据称，该生产队 1958 年粮食平均亩产 624 斤，1959 年平均亩产增加到 824.4 斤，比 1958 年增加 35%；1958 年有 1.875 亩玉米，平均亩产 1824 斤，居全县第一；有 0.875 亩（春花）小麦，平均亩产达到 985 斤。1959 年，出现草籽亩产 24000 斤。1960 年，1.05 亩草籽支部试验田亩产 55000 斤。青年试验场共 29.25 亩，粮食平均亩产 2003.6 斤。[⑤]另据 1959 年 3 月 3 日《浦东报》第 6 号报道："东明生产队 639 亩花草，大部分生得比尺高，社员决心亩产 2 万斤，争 3 万斤，主要经验四条：插种早，种子多，品种好，肥料施得足。现在每亩花草已经施上人粪、草木灰等 300 担以上，所以丘丘花草一类苗，亩亩生得都很好。"[⑥] 总之，浮夸是何其严重啊！

① 《浦江县志》，第 31—32 页。

② 《1959 年粮食规划表》（1958 年 12 月 14 日）。资料来源：浦江县档案馆，档案号 31—1—56。

③ 《向省委检查组关于当前工作的汇报》（1959 年 2 月 28 日）。资料来源：浦江县档案馆，档案号 31—1—67。

④ 《浦东人民公社关于劳力安排初步意见》（1958 年 10 月 22 日）。资料来源：浦江县档案馆，档案号 31—1—56。

⑤ 《模范地执行党的政策》。资料来源：浦江县档案馆，档案号 31—1—83。

⑥ 《浦东报》。资料来源：浦江县档案馆，档案号 31—1—68。

与"口号增产"相反，1958年后，浦江粮食总产量连续下降。1960年，农业总产值比1958年下降44％。至1961年，浦江县的粮食产量仅9077万斤，比1957年下降45％，全县人均收入下降到33.20元，口粮仅330斤。1960年，浦江出现饿、病、流、荒，全县有数千人患浮肿病。11月，要求小学超龄学生回家参加农业生产。浦江全县共裁减小学108所，学生1万余人。[①]郑宅管理区各大队的情况同样严重，从粮食总产量看，尤以1960年的形势最为严峻。根据1961年的统计，广明大队的粮食总产量，1958年为238517斤，1959年为283396.5斤，1960年为256785斤；三郑大队的粮食总产量，1958年为580431斤，1959年为574518斤，1960年为500517斤；安山大队的粮食总产量，1958年为584312斤，1959年为706976斤，1960年为613083斤；深溪大队的粮食总产量，1958年为321552斤，1959年为353520斤，1960年为336573斤；下方大队的粮食总产量，1959年为225586斤，1960年为223824斤；芦溪大队的粮食总产量，1958年为637513斤（包括下方大队在内），1959年为531335斤，1960年为507504斤；深二大队的粮食总产量，1958年为295176斤，1959年为350992斤，1960年为322393.5斤；山头店大队的粮食总产量，1958年为79928斤，1959年为77731.5斤，1960年为64278斤。[②]

1961年后，贯彻中共中央关于纠正农村人民公社平调分和"共产风"的指示和《农村人民公社条例（修正草案）》，先后退赔平调款633万余元；将7个人民公社划小为24个公社，下分420个生产大队、3022个生产队；恢复自留地，允许发展家庭副业；改进劳动管理和收益分配，实行评工记分；有些公社还划分自留山。[③]同时，国家也调拨粮食，部分地解决农民的生活问题。1962年初，郑宅公社20个大队中的16个大队由国家解决了11万斤粮食，其中预借粮21905斤，供应粮88095斤，解决了1505户、5676人粮食问题。[④]这样，农业生产才逐步得到恢复，农民生活逐步得到改善。

五　困境之三：人口分析

1959—1961年，这是集体化时代乡村社会和农民生活处于极度困难的一

---

① 《浦江县志》，第32页。

② 《郑宅管理区各大队三年来基本情况调查表》（1961年6月23日）。资料来源：浦江县档案馆，档案号43—2—1。

③ 《浦江县志》，第133页。

④ 《生活安排情况》（1962年3月21日）。资料来源：浦江县档案馆，档案号43—2—5。

个时期，我们通常称之为"三年困难时期"。这种"极度困境"是片面地追求"极端的集体化"（公有化）所造成的最严重的后果。在"大跃进"、人民公社化运动中，由于忽视客观经济规律，以高指标、浮夸风和"共产风"为主要标志的"左"倾错误严重泛滥，"加上当时的自然灾害和苏联政府背信弃义地撕毁合同，我国国民经济在 1959 年到 1961 年发生严重困难，国家和人民遭到重大损失"。[①] 当时的"三分天灾，七分人祸"提法，已经对此做了很好的归纳。但是，随着历史的推移，越来越多的经验材料表明，为了更准确地表达和归纳产生困难的原因，天灾人祸的比例关系似乎有调整的必要。我们曾经把"什么东西都长不大"、"种什么不长什么"的原因归之于自然灾害，现在看来，还是"人祸"。农业有严格的自然规律的要求，"在 5 月 25 日前必须完成上年冬小麦、大麦收割和早稻插秧，在 8 月 10 日前必须完成早稻收割和晚稻插秧，在 11 月 10 日前必须完成晚稻收割和小麦、大麦播种，一步脱节就会影响到所有其他步骤"，[②] 这就是自然规律、农业生产的规律。在生产力水平低下的情况下，打破这一规律所导致的恶性循环，带来的只能是灾难。

毫无疑问，"极度困境"通过人口的非正常变动暴露无遗。就全国而言，许多地区遭受了前所未有的严重的饥馑，生活困苦，体质减弱，生育兴趣与生育能力下降，自然地，人口出生率大幅度降低，死亡率大幅度上升。那么，全国非正常死亡人口有多少？一种简单的估计认为，1959 年，中国人口总数是 6.72 亿人，1960 年为 6.62 亿人，即减少了 1000 万人，1961 年比 1959 年又减少了 1300 万人；按照当时出生与死亡相抵后 20‰的人口净增长率推算，正常情况下 1961 年总人口应比 1959 年增加 2700 万人，两者相加，1959 年至 1961 年的非正常死亡和减少出生人口数，在 4000 万人左右。[③] 人口学意义上的研究则得出了其他的结论，美国人口学家科尔在 1984 年出版了《从 1952 年到 1982 年中国人口的急剧变化》一书，其中对我国 1958—1963 年超线性死亡（非正常死亡）人口的估算数字约为 2680 万；我国人口学家蒋正华在 1986 年发表的《中国人口动态估计的方法与结果》一文中，估算出 1958—1963 年我国非正常死亡人口约为 1697 万；国家统计局原局长李成瑞在 1997 年发表的《"大跃进"引起的人口变动》一文中，在科尔研究

---

①　中共中央文献研究室：《〈关于建国以来党的若干历史问题的决议〉注释本》，人民出版社 1985 年版，第 24 页。

②　［美］黄宗智：《长江三角洲小年家庭与乡村发展》，第 225 页。

③　丛进：《曲折发展的岁月》，河南人民出版社 1989 年版，第 255—256 页。

方法的基础上修正了他的结论，认为 1958—1963 年非正常死亡人口的估算数字约为 2158 万，他同时肯定了蒋正华研究方法和结论的科学性。①

虽然，这一时期人口非正常死亡的准确数据还有待进一步的统计和研究，但就事实而言，经济相对落后的中西部地区，其严重程度是大大超过东部地区的。无论是浙江省，还是浦江县，还是郑宅区域内，情况显然要"好一些"。在档案材料和田野访谈中，我们发现郑宅区域饿死人的情况似乎是不存在的。即便如此，人口非正常减员仍然是真实的。由于缺少 1957 和 1958 年的详细数据，我们暂时只能对郑宅地区 1957—1961 年的人口变动情况作简单的分析。1959—1961 年，郑宅地区人口出生率较低，人口总数有所下降。1959 年，郑宅地区有 11228 人；1960 年，有 11124 人；1961 年，有 10853 人。如果不考虑人口出生率、死亡率，特别是自然增长率，仅就总人口数，1960 年比 1959 年减少 104 人，1961 年比 1959 年减少 375 人、比 1960 年减少 271 人。如果考虑自然增长率，那么人口减少的数字会更大。1962 年，经过国民经济调整，人口才逐步恢复到原来较为正常的增长状态。1962 年比 1961 年增加了 707 人，1963 年比 1961 年增加了 1071 人、比 1962 年增加了 364 人，1964 年比 1963 年增加了 409 人。不过，需要注意的是，1962 年人口的迅速增加部分地是国民经济调整过程中，精简城镇人口、减少职工队伍的结果。1962 年 5—8 月，郑宅地区精简回乡的城镇人口有 304 人，其中从浦江以外回到郑宅的有 177 人。② 顺便提一句，20 世纪 60 年代初国民经济调整过程中的精简城镇人口、减少职工队伍问题，对于考察当代中国乡村社会变迁和农民生存有着特殊的价值和意义。"一五"计划时期，为了支持国家工业化建设，数以千万计的农民响应号召，进入城市；国民经济调整中，精简城镇人口、减少职工队伍，同样是数以千万计的农民，同样是响应号召，无条件地回到农村。尽管我们迄今仍一如当年那样声称，精简城镇人口、减少职工队伍是"为了贯彻执行国民经济以农业为基础和大办农业、大办粮食的方针"，是为了"加强农业战线的劳动力"，职工也是"自愿回乡参加农业生产"，③ 但到底是为了支持和加强农业生产，还是国家把压力转移到农村（实际是农民的身上）？答案应该是不难寻找的。

---

① 参见李成瑞《"大跃进"引起的人口变动》，《中共党史研究》1997 年第 2 期。
② 《郑宅公社回乡人员人数与安置情况统计表》，资料来源：浦江县档案馆，档案号 43—2—5。
③ 我所查阅到的所有当年郑宅公社职工回乡时所带的介绍信，在格式与措辞上似乎有统一的规定，都提到为了响应"大办农业、大办粮食"的号召，都是为了"加强农业战线的劳动力"，都是"坚决要求"或"自愿要求"回乡的。资料来源：浦江县档案馆，档案号 43—2—1、43—2—5。

表6-2　　　郑宅地区1951—1964年历年户数、人口数统计表

年份	总户数（户）				总人口（人）			
	合计	郑宅	孝门	前店	合计	郑宅	孝门	前店
1951	2887	939	1196	752	11780	3864	4849	3067
1952	—	—	—	—	11704	3793	4847	3064
1956	2908				11084			
1959	—				11228			
1960	2940				11124			
1961	2879				10853			
1962	2972				11560			
1963	2948				11924			
1964	2968				12333			

资料来源：浦江县档案馆，档案号：31—1—4、31—1—9—68、31—1—90。

上述关于郑宅地区人口变动情况的分析，只能说是一种基本的、发展趋势的估计，要得出准确的变动数据，是需要材料前提和人口学的人口分析方法的介入，这个问题留待以后专题解决。另外，如果从浦江全县看，或许会更清晰一些。下表直观地反映了浦江县1957年以后人口急剧变动的情况。

表6-3　　浦江县1957—1964年历年户数、人口、出生率、死亡率、
自然增长率统计表

年份	总户数（万户）	总人口（万人）	出生率（‰）	死亡率（‰）	自然增长率（‰）
1955	6.96	26.65	33.9	9.6	24.3
1956	6.62	27.08			
1957	6.70	27.90			
1958	6.68	27.08			
1959	6.91	27.25			
1960	5.59	22.90			
1961	5.87	22.60	7.5	7.8	-0.3
1962	5.89	23.00			
1963	5.93	24.10	40.7	7.7	33.0
1964	5.92	24.87			

资料来源：据《浦江县志》"建国后历年户数人口表"和"建国后人口自然增长概况表"综合而成。

　　与此可以互相验证的，还有一些基本的事实。比如，1959—1960年，浦江县有部分人口外流江西等地，后多数返回本县；1961年1月，义乌县人民委员会派出浮肿病防治小组到浦江地区巡回治疗，并进行妇女病、小儿营养不良普查；1962年，城镇居民下放支农，浦江地区减少非农业人口3950人。

第七章　有限增长：农业的贡献

"三级所有，队为基础"体制的确立，对于"政社合一"总体制下的农村经济起到了积极的稳定作用。但是，从 20 世纪 50 年代逐步建立起来的户籍制度、分配制度、保障制度、就学制度和婚姻制度等，却固化了城乡的严重分割，并进一步加剧城乡间的落差。在劳动生产率水平低下的情况下，随后出现的人口增长、耕地减少、人均耕地严重下降的局势，无疑使封闭的乡村社会，乃至整个国家经历了 20 年的严峻考验。

尽管"过密化"背景下的农村经济是属于"没有发展的增长"，[①] 也无所谓"农业经济效益"，[②] 但就是这种维持"餬口水平"的增长，保证了曾经处于"动乱"中的中国没有出现"三年困难时期"的悲剧——农村没"乱"。确实，"三年困难时期饿不死的，以后再也不会被饿死了"。[③] 从根本上说，这是中国"农"字当头国情的深刻体现；而就农业生产本身而言，则应归之于农产品单位面积产量的提高——结构性因素和农业的技术贡献。因此，与其说农产品的"有限增长"的很大一部分被新增人口吃掉了，[④] 还不如说，由于结构性因素和技术贡献下农业"有限增长"的低水平保障，而使短时期内人口的急剧增长没有酿成灾难。或者，两者之间本来就是互为关系。

---

① 黄宗智认为，"过密化"是"以单位劳动日边际报酬递减为代价换取单位面积劳动力投入的增加"，即"伴随着单位劳动生产率降低的生产增长"，"这是一种应付人口压力下的维持生计的策略"。"过密化"解释了"没有发展的增长"这一悖论现象。参见黄宗智《长江三角洲小农家庭与乡村发展》；《中国经济史中的悖论现象与当前的规范认识危机》，载《史学理论研究》1993 年第 1 期。

② 1962—1982 年，农业生产的有限增长是一方面，但与投入，特别是劳动力投入相比，农业生产效率以及对应的农业经济效益是很难谈得上的。

③ 20 世纪 80 年代初，曾经流传这样的话："三年困难时期饿不死的，以后再也不会被饿死了；'文化大革命'没有被整死的，以后再也不会被整死了；现在不发财，以后再也没有机会发财了。"这段俗语反映了某种历史和社会的真实。当然，发财的机会却是越来越多了！

④ 肖冬连：《崛起与徘徊：十年农村的回顾与前瞻》，河南人民出版社 1994 年版，第 4 页。

一 人口增长与耕地减少

呈现在我们面前的第一个事实是，从国民经济调整到取消公社体制之间的 20 年（1962—1982 年），郑宅公社的人口出现急遽的变动，同一时段的人口增长超过了历史上任何一个时期。从北宋元符二年（1099 年）郑氏迁浦始祖迁居浦江东乡承恩里开始，经过 857 年的积累，到 1956 年郑宅、孝门、前店三乡合并为郑宅乡时，郑宅地区有 11084 人。如前所述，1959—1961 年，人口出现非正常减员，一直到 1962 年，经过国民经济的调整，人口才逐步恢复到原来较正常的增长状态，但随后就出现增长高峰。从 1962—1982 年，郑宅公社平均每年出生 379 人，历年出生人数呈小幅波动，生育高峰出现在 60 年代后期，出生人口最多的一年是 1967 年达 453 人，出生率为 3.4%。在 1962 年以后的 20 年里，人口增加了 6356 人，1982 年比 1962 年增长 54.97%。[①]

表 7 - 1　　　　　　　　1962—1982 年郑宅公社人口增长情况统计表

年份	总户数	总人口	年份	总户数	总人口
1962	2972	11560	1973	3662	15598
1963	2948	11924	1974	3729	15855
1964	2968	12333	1975	3862	16102
1965	3031	12787	1976	3921	16472
1967	3078	13220	1977	4068	16723
1968	—	13971	1978	4193	16962
1969	3362	14283	1979	4277	17122
1970	3407	14772	1980	4375	17377
1971	3523	14993	1981	4440	17607
1972	3606	15377	1982	4541	17916

---

① 本章各类数据，除特别注明外，均见 1962—1982 年各年度郑宅公社农业统计年报表。资料来源：浦江县档案馆，档案号：43—2—11、43—2—44、43—2—50、43—2—55、43—2—67、43—2—73、43—2—78、43—2—79、43—3—2、43—3—14、43—3—32、43—3—30、43—3—39、43—3—47、43—3—54、43—3—60、43—3—70、43—3—97、43—4—11。

表 7 - 2　　　　　　1962—1982 年郑宅公社人口变动情况统计表

年份	出生	死亡	迁入	迁出	年份	出生	死亡	迁入	迁出
1962	379	122	495	111	1973	353	75	57	73
1963	379	55	116	48	1974	313	76	113	93
1964	325	106	76	79	1975	315	92	148	124
1965	451	83	133	170	1976	416	100	—	—
1967	453	61	132	91	1977	316	96	141	110
1968	440	72	—	—	1978	341	72	—	—
1969	416	72	—	—	1979	296	98	—	—
1970	441	91	—	—	1980	—	—	—	—
1971	425	75	114	113	1981	367	109	—	—
1972	410	63	112	167	1982	361	122	157	116

与人口迅速增长同时并存的另一个事实，则是耕地的下降。集体化时期，尽管强调开垦新的耕地，但在实际上，耕地不仅没有增加，反而不断减少。1962 年，郑宅公社有耕地 11318 亩。以后逐年减少，到 1982 年，耕地面积为 10891 亩，减少了 3.77%，平均每年减少 0.19%，即平均每年减少 21.35 亩。

耕地总量的逐年减少只是一方面，更严峻的是随着人口迅速增长所带来的人均耕地的大幅度减少。1962 年，郑宅公社人均耕地面积 0.98 亩，到 1982 年为 0.61 亩，减少了 37.76%，平均每年减少 1.89%。

表 7 - 3　　　　1962—1982 年郑宅公社耕地总面积与人均面积统计表

年份	耕地面积（亩）	人均耕地（亩）	年份	耕地面积（亩）	人均耕地（亩）
1962	11318	0.98	1974	11069	0.70
1965	11382	0.89	1975	10977	0.68
1967	11325	0.86	1976	10972	0.67
1968	—	—	1977	10947	0.65
1969	11264	0.79	1978	10908	0.64
1970	11259	0.76	1979	10910	0.64
1971	11204	0.75	1980	10888	—
1972	11084	0.72	1981	10888	0.63
1973	11104	0.71	1982	10891	0.61

表 7－4 　　　　1962—1982 年郑宅公社水田与旱地面积统计表

年份	合计（亩）	水田（亩）	旱地（亩）	年份	合计（亩）	水田（亩）	旱地（亩）
1962	11318	7978	3340	1974	11069	—	—
1965	11382	—	—	1975	10977	8336	2641
1967	11325	—	—	1976	10972	8284	2688
1968	—	—	—	1977	10947	8217	2730
1969	11264	—	—	1978	10908	8222	2684
1970	11259	—	—	1979	10910	7818	3092
1971	11204	8102	3102	1980	10888	7940	2948
1972	11084	—	—	1981	10888		
1973	11104	7987	3117	1982	10891	8401	2490

表 7－5 　　　　1962—1982 年郑宅公社集体水田、旱地面积统计表

年份	集体（亩）	水田（亩）	旱地（亩）	年份	集体（亩）	水田（亩）	旱地（亩）
1962	10455	—	—	1973	10400	7949	2451
1963	10375	7893	2551	1974	10374	8025	2349
1964	10351	7862	2489	1975	10311	8286	2025
1965	10605	7940	2665	1976	10323	8234	2089
1967	10602	7896	2706	1977	10338	8192	2146
1968	10649	7915	2734	1978	10283	8208	2075
1969	10636	7915	2721	1979	10287	7803	2484
1970	10477	8026	2680	1980	10285	7803	2482
1971	10420	—	—	1982	10215	8372	1843
1972	10379	—	—				

　　国民经济调整过程中，允许农户保留一块自留地，但一般数量较小。如自留地最多的一年是 1971 年，也仅有 784 亩，只占当年耕地总量的 7.00%。

表 7 – 6　　　1965—1982 年郑宅公社自留地面积变化情况统计表

年份	自留（亩）	水田（亩）	旱地（亩）	年份	自留（亩）	水田（亩）	旱地（亩）
1965	777	—	—	1974	695	—	—
1967	723	—	—	1975	666	50	616
1968	—	—	—	1976	649	50	599
1969	628	—	—	1977	609	25	584
1970	782	—	—	1978	625	14	609
1971	784	—	—	1979	623	15	608
1972	704	—	—	1980	603	137	466
1973	704	38	666	1982	676	29	647

二　粮食作物：种植面积与产量

1962—1982 年，郑宅公社粮食作物及大豆种植总面积 44.4547 万亩，共生产粮食 208.9046 万担。其中早中稻种植面积为 15.4546 万亩，总产量为 99.0905 万担；晚稻种植面积为 12.3078 万亩，总产量为 63.6059 万担；小麦种植面积为 7.7146 万亩，总产量为 20.6766 万担；大麦种植面积为 2.7162万亩，总产量为 7.9185 万担；番薯种植面积为 1.6049 万亩，总产量为6.5849 万担；玉米种植面积为 2.0335 万亩，总产量为 5.8753 万担；大豆种植面积为 1.9234 万亩，总产量为 3.8967 万担；其他粮食作物，包括小米、荞麦和蚕豌豆，三者相加的种植面积为 0.6994 万亩，总产量为 1.2562 万担。

1962—1982 年，郑宅公社各种粮食作物的种植结构为：早中稻最多，占34.76%；晚稻次之，占 27.69%；小麦第三，占 17.35%；大麦第四，占6.11%；番薯、玉米、大豆各占 4% 左右（玉米 4.57%，大豆 4.32%，番薯3.61%）；其他小米、荞麦和蚕豌豆等共占 1.59%。各种粮食作物的总产量结构为：早中稻最多，占 47.43%；晚稻其次，占 30.45%；小麦第三，占9.90%；大麦第四，占 3.79%；番薯和玉米各占 3% 左右（番薯 3.15%，玉米 2.81%）；大豆占 1.87%；其他小米、荞麦和蚕豌豆等共占 0.6%。

在这 20 年里，郑宅公社历年的粮食种植面积虽有小幅波动，但总体变化不大，而粮食总产量整体却呈明显上升趋势。在各类粮食作物种植面积与总产量中，变化最大的是晚稻，种植面积与总产量一直呈上升之势。

分析农业经济的演变情况，从单位面积农产品的产出进行观察是很有意义的。1962—1982 年，郑宅公社各种粮食作物的平均亩产量分别为：早中稻

637.33 斤，晚稻 485.05 斤，小麦 261.43 斤，大麦 278 斤，番薯 422.52 斤，玉米 310.48 斤，大豆 253.05 斤。四种主要粮食作物——早中稻、晚稻、小麦、大麦（占全部粮食作物种植面积的 85.91%，占全部粮食作物总产量的 91.57%）——的亩产量，总体呈明显的逐年上升趋势。1982 年与 1962 年相比，早中稻亩产量从 466 斤提高到 902 斤，增幅为 93.56%；晚稻亩产量从 278 斤提高到 850 斤，增幅为 205.76%；小麦亩产量从 144 斤提高到 451 斤，增幅为 213.19%；大麦亩产量从 178 斤提高到 489 斤，增幅为 174.72%。

如果说上述以 1982 年为限的估计有高估的嫌疑，那么，以农村经济体制改革开始之前的 1978 年为限，结果又会是如何呢？结果仍清楚出反映出明显的逐年上升趋势：1978 年与 1962 年相比，早中稻亩产量从 466 斤提高到 735 斤，增幅也达 57.73%；晚稻亩产量从 278 斤提高到 609 斤，增幅为 119.06%；小麦亩产量从 144 斤提高到 378 斤，增幅为 162.50%；大麦亩产量从 178 斤提高到 352 斤，增幅为 97.75%。

在 1962—1982 年的 20 年里，正是有早中稻、晚稻、小麦、大麦四种主要粮食作物平均 171.81% 的亩产量的增产速度，才既满足了国家的"统购"任务——城镇居民的粮食供应，又解决了农村人口自身的吃饭问题，最终保证了城乡人民的基本的或最低的生存需求。

表 7 – 7　　1962—1982 年郑宅公社粮食作物种植面积和产量统计表

年份	粮食及大豆合计			年份	粮食及大豆合计		
	种植面积（亩）	亩产（斤）	总产量（担）		种植面积（亩）	亩产（斤）	总产量（担）
1962	20800	300	62552	1973	21794	495	108015
1963	21112	326	68936	1974	21421	508	108957
1964	20833	317	66125	1975	21093	473	101927
1965	20573	355	73019	1976	21394	502	107441
1966	21382	366	78236	1977	21308	539	114907
1967	20561	323	66639	1978	21190	584	124216
1968	21639	345	73630	1979	21076	644	136098
1969	21410	406	89092	1980	20328	651	133011
1970	21391	415	89670	1981	19843	648	128300
1971	21990	415	91346	1982	21298	740	157634
1972	22111	414	109295				

在我看来，追溯和记录各种粮食作物的实际变化过程，是非常必要的。

（一）早中稻

水稻是郑宅地区最主要的粮食作物。综合分析，1962—1982 年，郑宅公社的早中稻生产情况，（1）总产量在所有粮食作物中居首位，是全部粮食作物总产量的 47.43%；（2）早中稻的种植面积是所有粮食作物中最稳定的，一般保持在 7000—8000 亩的水平上；（3）早中稻的总产量稳步上升，1962年总产 31529 担，到 1982 年达到 65461 担，增长 107.62%，平均每年增长5.38%；（4）如前所述，早中稻的亩产量也呈整体上升态势，平均每年增长4.68%。

表 7-8　　　　　　1962—1982 年郑宅公社早中稻生产情况统计表

年份	种植面积（亩）	亩产（斤）	总产量（担）	年份	种植面积（亩）	亩产（斤）	总产量（担）
1962	6762	466	31529	1973	7697	685	52747
1963	6959	505	35321	1974	7702	713	54946
1964	7116	495	35461	1975	7780	697	54283
1965	7033	545	38339	1976	7893	719	56782
1966	7203	526	37902	1977	7944	670	53255
1967	7106	531	37745	1978	7739	735	56933
1968	6916	474	32779	1979	7696	801	61681
1969	7115	538	38320	1980	7211	797	57495
1970	7083	532	37773	1981	7084	824	58400
1971	7630	579	44232	1982	7260	902	65461
1972	7617	650	49521				

（二）晚稻

综合分析，1962—1982 年，郑宅公社晚稻的生产情况，（1）种植面积、总产量，均呈稳步加速上升态势，1962 年晚稻的种植面积、总产量分别为2081 亩、5791 担，到 1982 年达到 7098 亩、60320 担，增幅分别为 241.08%、941.62%，年增长率可分别为 12.05%、47.08%；（2）种植面积和总产量存在超过早中稻的可能性；（3）亩产量提高迅速，从 278 斤提高到 850 斤，增幅为 205.76%，平均每年增长 10.29%。

表 7 - 9　　　　　　　1962—1982 年郑宅公社晚稻生产情况统计表

年份	种植面积（亩）	亩产（斤）	总产量（担）	年份	种植面积（亩）	亩产（斤）	总产量（担）
1962	2081	278	5791	1973	6371	556	35484
1963	2731	409	11189	1974	6695	469	31401
1964	3666	343	12594	1975	6822	457	31197
1965	4804	319	15355	1976	6616	477	31630
1966	5328	432	23039	1977	6766	633	42868
1967	5774	264	15347	1978	6881	609	41955
1968	5738	251	20150	1979	6886	689	47506
1969	6261	481	30167	1980	7136	735	52430
1970	6420	472	30322	1981	7053	672	47500
1971	6220	300	21680	1982	7098	850	60320
1972	5731	490	28134				

（三）小麦

　　小麦是郑宅公社主要的春花作物。1962—1982 年，郑宅公社小麦的生产情况，（1）历年种植面积从 1965 年开始趋于下降，1973 年降到谷底，之后有所回升；（2）总产量整体仍呈上升趋势，1962 年为 5881 担，1982 年为 25626 担，其中最低一年是 1973 年，为 4940 担。（3）亩产量则呈逐年明显上升之势，从 144 斤提高到 378 斤，增幅为 162.50%，每年平均增幅 8.13%。

表 7 - 10　　　　　　1962—1982 年郑宅公社小麦生产情况统计表

年份	种植面积（亩）	亩产（斤）	总产量（担）	年份	种植面积（亩）	亩产（斤）	总产量（担）
1962	4062	144	5881	1973	2786	177	4940
1963	4155	140	5842	1974	2852	316	9032
1964	4254	192	8200	1975	2828	205	5824
1965	4125	190	7832	1976	2789	263	7355
1966	3992	154	6148	1977	3022	217	6560
1967	3511	190	6670	1978	3575	378	13529
1968	3539	269	9537	1979	3950	405	15986
1969	3691	191	7063	1980	4561	374	17052
1970	3442	243	8362	1981	4668	394	18400
1971	2863	296	8493	1982	5679.5	451	25626
1972	2802	301	8434				

（四）大麦

1962—1982 年，郑宅公社小麦的生产情况，（1）大麦种植面积并不稳定，总体呈逐年下降趋势；（2）亩产量则呈整体上升之势，从 178 斤提高到 352 斤，增幅为 97.75%，平均每年增幅为 4.89%。

表 7 – 11　　　　　1962—1982 年郑宅公社大麦生产情况统计表

年份	种植面积（亩）	亩产（斤）	总产量（担）	年份	种植面积（亩）	亩产（斤）	总产量（担）
1962	1198	178	2140	1973	2189	215	4710
1963	1121	153	1726	1974	1812	320	5801
1964	1037	173	1801	1975	1734	214	3713
1965	992	224	2224	1976	1541	213	3291
1966	1171	178	7080	1977	1295	199	2584
1967	1245	222	2757	1978	1078	352	3796
1968	1322	240	3179	1979	982	424	4161
1969	1122	213	2394	1980	717	417	2904
1970	1176	298	3918	1981	557	366	2000
1971	1823	403	7360	1982	745.5	489	3646
1972	2304	347	8000				

（五）番薯

番薯的种植面积与亩产量均不稳定。1968 年种植面积达 1191 亩，1982 年仅 183 亩；亩产最低的 1967 年仅 125 斤，而 1977 年亩产达 570 斤。

表 7 – 12　　　　　1962—1982 年郑宅公社番薯生产情况统计表

年份	种植面积（亩）	亩产（斤）	总产量（担）	年份	种植面积（亩）	亩产（斤）	总产量（担）
1962	1325	407	5403	1973	701	568	3985
1963	838	398	3337	1974	666	559	3726
1964	574	304	1751	1975	702	494	3475
1965	850	489	4187	1976	873	301	2636
1966	1092	342	3736	1977	689	570	3933
1967	996	125	1248	1978	509	399	2034
1968	1191	266	3200	1979	423	470	1986
1969	1012	343	3840	1980	272	513	1394
1970	953	453	4324	1981	166	439	700
1971	976	349	3530	1982	183	463	848
1972	1058	621	6576				

（六）玉米

玉米不是郑宅公社主要的粮食作物。总体情况，（1）玉米生产整体呈下降趋势，1963 年玉米的种植面积与年总产量达到 2792 亩、7809 担，到 1982 年，玉米的种植面积与总产量仅为 111 亩、510 担；（2）但玉米的亩产量仍呈整体上升之势，1962 年亩产为 244 斤，1982 年达到 460 斤，增幅为 88.52%，平均每年增长 4.43%。

表 7 - 13　　　　　　　1962—1982 年郑宅公社玉米生产情况统计表

年份	种植面积（亩）	亩产（斤）	总产量（担）	年份	种植面积（亩）	亩产（斤）	总产量（担）
1962	2720	244	6645	1973	1109	336	3737
1963	2792	278	7809	1974	878	240	2111
1964	1902	193	3678	1975	533.5	336	1783
1965	972	156	1517	1976	1000	368	3686
1966	894	299	2676	1977	882	379	3347
1967	548	120	661	1978	794	430	3689
1968	1093	143	1580	1979	694	440	3150
1969	353	335	1185	1980	132	390	515
1970	480	280	1348	1981	125	358	500
1971	1014	338	3430	1982	111	460	510
1972	1308	397	5196				

（七）大豆

郑宅公社大豆历年种植面积与总产量在稳中有降，亩产量在 60 年代很不稳定，70 年代中期开始平稳中有所上升。

表 7 - 14　　　　　　　1962—1982 年郑宅公社大豆生产情况统计表

年份	种植面积（亩）	亩产（斤）	总产量（担）	年份	种植面积（亩）	亩产（斤）	总产量（担）
1962	1638	182	2983	1973	722	229	1654
1963	1580	72	1149	1974	679	211	1437
1964	1429	127	1816	1975	522	266	1392
1965	1247	210	2635	1976	555	304	1689
1966	1287	159	2053	1977	633	330	2094
1967	1185	173	2109	1978	548	339	1987
1968	1388	178	2470	1979	369	347	1290
1969	1477	184	2724	1980	282	413	1166
1970	1344	206	2731	1981	187	495	900
1971	1019	143	1467	1982	231	527	1217
1972	912	219	2004				

（八）小米、荞麦、蚕豌豆

郑宅公社还种植小米、荞麦和蚕豌豆，三者相加的总产量仅为全部粮食总产量的 1.59%，在粮食作物中不占据重要地位，但丰富了郑宅人民主食的品种。

表 7-15　1962—1982 年郑宅公社小米、荞麦、蚕豌豆生产情况统计表

年份	小米			荞麦			蚕豌豆		
	面积（亩）	亩产（斤）	总产量（担）	面积（亩）	亩产（斤）	总产量（担）	面积（亩）	亩产（斤）	总产量（担）
1962	571	199	1139	194	89	173	72	98	71
1963	484	235	1140	221	57	188	20	101	20
1964	634	133	846	187	60	112	33	138	46
1965	—	—	—				6		
1966	—	—	—				7		9
1967	177	38	73	11		31			
1968	422	198	614	26		50			
1969	354	258	1015						
1970	299	319	955	15		29	9	344	31
1971	112	242	272	231	282	653	18	355	64
1972	223	408	911	53	190	101	4	150	6
1973	178	376	670	3	533	16	5	140	7
1974	100	252	250	10	320	32			
1975	44	350	154	87.5	85	66			
1976	30	496	149	75	224	168			
1977	56	403	226	13	192	25	1	172	2
1978	57	470	268	8	287	23			
1979	22	305	67	27	221	60			
1980	9	456	41	1	135	1			
1982	—			2		4			

三　结构性因素与技术贡献

上述虽嫌繁琐但十分翔实的数据明白无误地表明，农业（各类粮食作物）综合生产能力有了全面的提高。然而，正如黄宗智所指出的，集体化时

期"农作物产出确实上升很快，但劳动生产率和单位工作日报酬是停滞的。农村人口的大多数停留在仅敷餬口的生活水准"。这种"以单位劳动日边际报酬递减为代价换取单位面积劳动力投入的增加"，或者说伴随着单位劳动生产率降低的生产增长——"过密化"，只能是"一种应付人口压力下的维持生计的策略"。① 确实，"没有乡村发展的城市工业化"，就成为了当代中国在改革开放开始以前的真实经历和写照。②

不管如何，"没有发展的增长"也是一种增长，这一点我们是必须要承认的。那么，"增长"的动力或源泉来自哪里？

一般认为，传统农业增长的源泉是来自传统生产要素即劳动和土地的增加。在传统农业中，所有的投入都是从农业部门内部和大自然中获得的：农业生产工具（如锄头、犁、箩筐、扁担、水车等）是由农民自己制造或由农村手艺人制造的；农作物生长所需要的水分来自雨水和洪水；种子是由农民自己选的；农作物生长所需要的养分来自河塘的淤泥、庄稼茬、青草、秸秆和人畜粪便等有机肥；农业生产所需的资金主要来自自己的积蓄和农村的高利贷。而现代农业增长的源泉则来自具有现代性的新生产要素投入的增加，这些新要素不是在农业部门内部生产出来的，而是由非农业部门提供的：农业生产工具和设备大多是由机械工业部门生产的；农业排灌机械和设备也主要来自机械和电力工业部门；农作物生长所需的营养物、杀虫剂、除草剂等基本上都是由农用化学工业部门提供的；农民所需的资金主要依靠商业银行和政府金融机构的贷款，等等。③

实际上，传统和现代、传统农业和现代农业之间本来就是相对的。在我们所考察的这一时期，我国的农业正处于由传统向现代转变的过程中，影响农业增长的要素自然是交错，而不是截然不同的。黄宗智是否有同样的考虑，我们不得而知，但他在分析 70 年代后期松江地区的农业变化时指出，变化的根本动力来自 4 个结构性因素——这些因素既有传统也有现代的：（1）农业劳动力来源的增加；（2）国家政权协调下的水利；（3）现代农业投

① 黄宗智：《中国经济史中的悖论现象与当前的规范认识危机》，《史学理论研究》1993 年第 1 期。

② 黄宗智就认为，"没有乡村发展的城市工业化正是 19 世纪后期以来中国的经历"。参见《中国经济史中的悖论现象与当前的规范认识危机》，《史学理论研究》1993 年第 1 期。

③ 郭熙保：《农业发展论》，武汉大学出版社 1995 年版，第 196—198 页。有关农业技术进步问题，还可参考 [日] 速水佑次郎、[美] 弗农·拉坦著，郭熙保、张进铭译《农业发展的国际比较》，中国社会科学出版社 2000 年版；顾焕章等：《农业技术进步贡献率测定及其方法研究》，载《江苏社会科学》1994 年第 6 期；罗发友：《中国农业技术进步水平的区域特征及其成因分析》，载《中国经济问题》2001 年第 6 期。

入；(4) 集体化效应。① 这些结论不光是对 70 年代松江地区的一种抽象，或局限于 70 年代的松江地区，实际也是适合或至少是部分适合于 1962—1982 年集体化时期的其他地区的，是具有普遍意义的。

据此，我们可以对所观察的郑宅公社的农业经济"有限增长"的动力问题，进一步作出如下的估计。

(一) 农业劳动力来源的增加。

黄宗智认为，集体化时期，单位面积农产品的产出，是通过增加劳动投入，或者说是依靠"劳动密集化"得以实现的。如松江地区的某些生产队，"劳动投入从 50 年代早期的每亩耕地 30 工增加到 60 年代后期的每亩 100 工"。② 有"人民公社"生活经历的人们都清楚，这是一个简单的事实，是普遍性的。1963—1980 年，浙江全省农村劳动力以年均 2.9% 的速度平稳增长，1980 年总量达到 1496 万人，比 1962 年的 921.1 万人增长了 62.46%。年增长量为 33.8 万人。③ 尽管我们没有郑宅公社每亩劳动投入的数据，但通过田野调查得到的信息证明，郑宅公社绝对不是例外。但是，只要稍加分析，我们又可以发现，"工"的增加只是数量的简单累计，而"工"的质量却是有太大的差别。50 年代早期，也就是集体化之前，个体农民在农业生产中"工"的投入有明显的"效益"考虑——所谓"出工出力"；而在整个集体化时期，农业生产中"工"的投入实际是"非效益"的劳动投入，是假性"劳动密集化"——所谓"出工不出力"。因此，即使"动员妇女成为全劳动力"也是农业劳动力来源增加的一个渠道，但是，总的来说，"农业劳动力来源的增加"对于农业经济的增长没有根本的意义，作用也是有限的。另外，在人口流动、劳动力流动被严格控制的情况下，农村人口的急剧增长与"非效益"的劳动投入或假性"劳动密集化"，实际上是"没有选择的选择"，其中透露出农民的"无奈"。

(二) 国家政权协调下的水利。

在中国的南方地区，如何协调、维护、保障土地细碎、精耕细作条件下的农田水利，对农业生产意义重大。解放后，在农田水利建设中，"组织"的作用得到充分体现。④ 从 1957 年冬季开始，浙江全省出现了水利建设高潮。水利建设由单一治理发展到综合治理开发，逐步实现以蓄为主，蓄、

---

① 黄宗智：《长江三角洲小农家庭与乡村发展》，第 233—236 页。
② 同上书，第 233 页。
③ 《中国农业全书·浙江卷》，第 70 页。
④ 这里的"组织"具有双重意义，既有部门的意思，又有组织起来的意思。

引、提结合，旱、洪、涝兼治；以小型为主，大中小结合，治山治水结合。[①]

据 1964 年统计，郑宅公社有水库 9 座，蓄水 36.58 万方；山塘 587 处，蓄水 70.63 万方；圳 32 座，井泉 32 眼，引水 17.22 万方，提水 13.64 万方，水库、水塘水面积 47.78 万平方米。水库情况如下：（1）丰产大队鱼鳞塘水库。1952 年 10 月开工，1953 年 6 月竣工，受益面积 240 亩，坝高 6.5 米，坝顶宽 2.3 米，竖井式启闭机，库容 7.9 万方，水面积 1.32 万平方米，本大队灌田 200 亩，抗旱能力 60 天。（2）丰产大队松鱼鳞水库。1958 年 9 月开工，12 月竣工，受益面积 100 亩，坝高 6.4 米，坝顶宽 2 米，分级卧管，库容 3.96 万方，水面积 0.99 万平方米，本大队灌田 100 亩，跑道式溢洪道，溢洪道底至坝顶高 1.8 米，溢洪道进口宽 1.5 米，抗旱能力 60 天。（3）丰产大队荷花塘水库。1957 年 9 月开工，1958 年 12 月竣工，受益面积 80 亩，坝高 4.6 米，坝顶宽 1 米，分级卧管，库容 1.5 万方，水面积 0.6 万平方米，本大队灌田 80 亩，无溢洪道，抗旱能力 30 天。（4）枣园大队陵富塘水库。1955 年 9 月开工，1958 年 12 月竣工，受益面积 300 亩，坝高 6.3 米，坝顶宽 3 米，竖井式启闭机，库容 7.3 万方，水面积 1.45 万平方米，本大队灌田 240 亩，侧流式溢洪道，至坝顶高 1 米，进口宽 0.5 米，抗旱能力 40 天。（5）三郑大队中央塘水库。1955 年冬开工，1956 年春竣工，受益面积 200 亩，坝高 3.5 米，坝顶宽 2.8 米，分级卧管，库容 4.32 万方，水面积 1.08 万平方米，本大队灌田 200 亩，无溢洪道，抗旱能力 38 天。（6）前店大队黄梅岭水库。1959 年冬开工，1960 年春竣工，受益面积 340 亩，坝高 4 米，坝顶宽 6.8 米，分级卧管，库容 3 万方，水面积 1 万平方米，本大队灌田 280 亩，抗旱能力 12 天。（7）深溪大队三陵塘水库。1957 年冬开工，1958 年春竣工，受益面积 128 亩，坝高 6.72 米，坝顶宽 3.2 米，竖井式启闭机，库容 8.6 万方，水面积 5.4 万平方米，本大队灌田 128 亩。（8）枣圆后虎塘水库。1958 年 12 月建成，坝高 11.40 米，坝长 100.0 米，正常库容 14.0 万立方米，受益农田 240 亩。（9）郑宅石姆岭水库。1959 年 4 月建成，坝高 23.70 米，坝长 120.4 米，正常库容 159.0 万立方米，受益农田 7541 亩。[②]

这 9 座水库中的 6 座是 1957—1959 年间兴修的，其中石姆岭水库作用最大。这些水利设施建设，基本保证了郑宅地区的农业生产能够实现旱涝保

---

① 《中国农业全书·浙江卷》，第 77 页。

② 义乌市农林水利局：《郑宅公社水利设施现况调查总结》（1964 年 8 月）。资料来源：浦江县档案馆，档案号：31—1—169。

收。水利对于农业生产的重要意义是不言而喻的，因此，在水资源分配问题上出现的纠纷甚至械斗，就成为乡村社会矛盾和冲突的最主要表现形式之一。为了防止由此而引发的矛盾和冲突，在水利工程和设施兴修前，往往会有一些涉及责权利的约定，① 但矛盾和冲突总是不可避免地会发生的，有时甚至激化到不可调和的地步，最后发展成为大队与大队（村与村）之间、公社与公社之间的对抗，直至付出惨痛的血的代价。在郑宅地区，这样的例子实在是太多了。② 比如，郑宅公社三郑大队与前陈公社后江大队关于瓦窑塘的纠纷；③ 枣园大队第二生产队与深二大队第三生产队关于二石泉水塘的纠纷；④ 东明大队与东庄大队关于红殿基下段水利的纠纷；⑤ 五房大队与冷水大队关于四方毛塘的纠纷⑥。这些都属一般纠纷，而更严重的是集体械斗，如 1964 年 6 月 28 日，郑宅公社与白马公社为石姆岭水库使用权问题发生大规模集体械斗；⑦ 1969 年 1 月 1 日，前店大队与三郑大队为洪梅岭水库使用权问题发生集体械斗；⑧ 1971 年初，郑宅公社下方大队蒲塘村与前陈公社前王郑村为瓦窑塘、大蒲塘的使用权问题发生集体械斗，⑨ 等等。

（三）现代农业投入

首先表现为农业生产工具的进步。长期以来，郑宅农民一直沿用两千多年前就有的木犁、水车、镰刀、锄头之类的旧式农具。进入 20 世纪 50 年代中后期特别是 60 年代以来，新式农具逐步得到应用，主要有机引犁、机引耙，人力打稻机、机动打稻机、电动打稻机，机动脱粒机、电动脱粒机，一般喷雾机、机动喷雾机，以及插秧机、水利灌溉设备、农产品加工机械、拖拉机等。

1970 年，郑宅公社仅有 2 台人力插秧机，到 1978 年，有人力插秧机 346

① 比如，1972 年五房大队和上郑大队为兴修樟塘，事前订了《兴修樟塘合约》。资料来源：浦江县档案馆，档案号：43—3—11。

② 浦江民间"好讼"、"好斗"，历代县志等多有记载。

③ 《瓦窑塘水利纠纷调解笔录》（1963 年 6 月 18 日）。资料来源：浦江县档案馆，档案号：31—1—162。

④ 《调解笔录》（1967 年）。资料来源：浦江县档案馆，档案号：43—2—64。

⑤ 《调解协议》（1971 年 6 月 4 日）。资料来源：浦江县档案馆，档案号：43—3—1。

⑥ 《调解笔录》（1978 年 8 月 20 日）。资料来源：浦江县档案馆，档案号：43—3—59。

⑦ 《关于处理浦东区石姆岭水库群众性械斗流血事件的情况通报》（1964 年 7 月 13 日）；《关于白马公社嵩溪械斗事件的总结报告》（1964 年 8 月 3 日）。资料来源：浦江县档案馆，档案号：31—1—168。

⑧ 《关于洪梅岭水库所有权问题的调查报告》（1969 年 8 月 24 日）。资料来源：浦江县档案馆，档案号：43—2—74。

⑨ 《调解书》（1972 年 7 月 12 日）。资料来源：浦江县档案馆，档案号：43—3—11。

台，机动插秧机 1 台。1970 年，郑宅公社仅有一台 10 马力的手扶拖拉机，1973 年，郑宅出现第一台中型拖拉机，到 1980 年，郑宅共有 2 台共 54 马力的中型拖拉机和 51 台共 554 马力的手扶拖拉机。1963 年，郑宅公社仅有一台 1 马力的柴油灌溉动力，1970 年，开始拥有电动的灌溉动力和水泵，到 1980 年，已有 140 台共 524 马力的柴油灌溉动力，16 台共 122.5 马力的电动动力，还有水泵 137 台，等等。

表 7 – 16　　　　**1963—1980 年郑宅公社新式农具统计表**　　　单位：台、部

年份	机引犁	机引耙	机动打稻机	电动打稻机	人力打稻机	机动脱粒机	电动脱粒机	喷雾机	机动喷雾机	胶轮手推车
1963								170	2	499
1965					50			241		906
1967					62					747
1968					115					762
1969					132					
1970					131			310		1090
1971					153			303		1253
1972	2	2			198		4	361		1494
1973	2	2	3		235	1	5	379		
1974	3	2	1		251	14	1	489	3	1566
1975	6	2	12		246	19	4	444	3	1798
1976	5	2	11	1	236	42	6	385	3	1858
1977	2		35	1	214	31	6	335	6	1882
1978	10	2	45	2	206	4	390	6	1891	
1979	4	2	121	3	200	1	3	464	5	2092
1980	3	2	119	9	185	5	16	478	5	2032

表 7 – 17　　　　　　1963—1980 年郑宅公社灌溉工具统计表

年份	灌溉动力				水泵（只）
	柴油（部）	马力（匹）	电动（部）	马力（匹）	
1963	1	1			
1965	8	8			
1967	9	168			
1968	10	174			
1969	11				
1970	15		3		7
1971	15	147	4	45	7
1972	23	180.5	11	87.5	12
1973	24	120	5	64.9	35
1974	23	90.5	6	42	38
1975	53	272.5	7	54.5	52
1976	53	202	3	47	56
1977	56	247	10	75	68
1978	91	288.5	8	89.5	104
1979	132	440	5	72	148
1980	140	524	16	122.5	137

表 7 – 18　　　　　　1970—1980 年郑宅公社农业机械统计表

年份	插秧机（台）		柴油机		电动机	
	人力	机动	台	马力（匹）	台	马力（匹）
1970	2					
1971	2					
1972	7					
1973	19					
1974	156		6	58	14	167
1975	227		8		22	202
1976			16	146	29	263.8
1977			9	128	38	315
1978	346	1	21	154	45	363
1979	174	1	10			118
1980	93	1	9			29

表 7 - 19　　　　　　　1970—1980 年郑宅公社拖拉机统计表

年份	拖拉机			
	中型（台）	马力（匹）	手扶（台）	马力（匹）
1970			1	10
1971			3	30
1972			14	162
1973	1	27	23	246
1974	1	27	30	316
1975	2	54	37	408
1976	1	27	41	458
1977	2	54	44	492
1978	2	54	46	534
1979	2	54	47	532
1980	2	54	51	554

其次是化肥的使用。如第二章所述，旧时肥料全赖农家肥和绿肥。1950年试用氮素化肥，1960 年开始试用化学磷肥（钙镁磷肥、过磷酸钙）。1972年开始施用化学钾肥（硫酸钾、氯化钾）。此后，氮肥品种不断增加，有尿素、石灰氮、氨水、硝酸铵、碳酸氢铵以及二元、三元复合肥料等。1972年前后起，还施用"九二〇"生长素和 5406 菌肥。部分地方曾在油菜、棉花等作物叶面喷施硼肥，在紫云叶面喷施钼等微量元素肥料。[①]

（四）农业耕作制度改革

郑宅地区旧时多为冬作—单季稻（早或中稻）—秋杂粮。冬作以绿肥为主，大小麦次之。秋杂粮以荞麦、马科豆为多，辅以秋菜（如胡萝卜和白萝卜）。1953 年后，扩大玉米、番薯等高产秋杂粮种植面积，减少荞麦、马科豆等低产作物面积。1954 年后，由于双季稻试种成功，普遍改种双季连作稻，逐步形成绿肥—稻—稻为主的耕作制度。旱地旧时以冬小麦—大豆—粟（或番薯）三熟，或冬小麦—棉花（或番薯）两熟为多。20 世纪 70年代末，旱地间作套种增多，有小麦—玉米—番薯、小麦—大豆—番薯间作芝麻（或玉米）等制度。总之，50 年代中期开始，通过改革农田耕作制

---

① 当然，化肥的使用对土壤与环境的负面影响也是不可忽略的。

度，发展连作稻，发展多熟制，提高复种指数，粮食亩产量得到了较大幅度的提高。

（五）推广改良品种和农业种植技术

主要体现在选种和栽培两方面。中华人民共和国成立以来，我国水稻育种有两次重大突破，第一次是 60 年代初矮化育种的成功，水稻产量提高了 20%—30%；第二次是 70 年代中期杂交水稻的研究成功，水稻产量又在矮秆良种的基础上增长了 20% 左右。[①] 由此可见，推广改良品种对于农业经济发展有着十分重要的作用。

1. 选种 （1）水稻。1956 年，郑宅地区种植双季稻后，早稻有红蒲头、早三倍、莲塘早、江南 1224，晚稻有晚灿 9 号、黄光头、猪毛簇、新太湖青等。1964 年后逐步推广耐肥抗倒、高产矮秆品种。1976 年试种单季杂交水稻南优、矮优和汕优三个 2 号组合。1977 年后普遍种连作晚稻。（2）小麦。1953 年繁殖推广梅县赤壳、兰溪白麦和介吉麦、吉利麦等。1970 年以后推广桑泊、扬麦 1 号和苏麦 1 号。1973 年，浙麦 1 号 [908] 以秆矮、耐湿性强，成为当家品种。（3）大麦。1958 年，引进萧山立夏黄。1970 年后，以早熟 3 号种植面积最大。1980 年起，推广浙皮 1 号、76 - 25、农大 2 号和沪麦 4 号。

2. 栽培 （1）水稻育秧。解放初，绿肥田早稻一般在"清明"前 3—5 天播种。晚稻以保证在"秋分"安全齐穗确定播种期。1966 年后改为"半旱秧田"，1970 年后又辅以推行场地育秧、小苗带土移栽。连作晚稻育秧，1956—1969 年多沿用水播旱育燥秧，1970 年起推广"翻秋秧田"（利用早熟早稻做秧田），并改旱育燥秧为半旱秧田。杂交水稻则采用"两段育秧"（即小苗寄秧）。（2）大小麦播种。1959 年后，推广阔幅条播，播幅 1 尺多，行距 1 尺，比点播明显增产。1971 年以后，以"免耕"种植稻板麦（晚稻板田直播）。

当然，改良土壤、施用农药、防治病虫害，以及农业技术推广中心的创办、农民技术员队伍的建设和从业人员素质的提高，[②] 包括气候环境总体的良好状态，也可以成为增长的动因。

就总体而言，集体化时期对传统农业的改造所作出的技术选择——从根

---

① 韩俊：《高产水稻的极限与人口增长的峰值——访杂交水稻之父袁隆平》，《中国人口报》2002 年 3 月 12 日。当前，我国水稻正酝酿着第三次突破，即利用水稻亚种间杂交优势的研究已取得重大进展，具有更强大杂种优势的两系法亚种间杂交水稻已初步培育成功，其产量潜力要比目前生产上应用的杂交水稻高 20% 左右。

② 集体化后期农民技术员队伍的建设以及对农业生产的影响，值得专题研究。

本上讲，这种选择是基于生产力发展演变内在逻辑的——在短时期内起到了明显的作用。① 必须强调指出，这是对"没有发展的增长"悖论的一种解释，丝毫不能证明集体化的"合理"与"贡献"。

---

① 由于有强有力的组织支撑，所谓"传统农民抵制新技术"的现象并没有发生。当然，在有关农业改良问题的研究中，这种"传统农民抵制新技术"的现象是值得研究的。参见〔美〕M. 罗吉斯、J. 伯德格著，王晓毅、王地宁译：《乡村社会变迁》，第2页。

第八章 改革：农民的创举

中国的改革从农村开始，并率先取得突破。事实上，农村改革是到目前为止整个改革最有成效的部分。[①] 以家庭联产承包责任制的成功实践和乡镇企业的异军突起为核心内容的农村改革的伟大成就，对于整个国家的改革具有至为重要的基础和促进作用，它不仅在真正意义上解放了农村生产力，促进了农业生产的大发展，较大幅度地提高了农民的收入，推进了农村城镇化进程，而且给城市经济体制改革带来了新的启示，从而为整个中国经济的腾飞奠定了基础，提供了根本的动力。可以说，是农村改革奏响了中国改革与发展的第一乐章，是农村改革在打破旧体制的同时，孕育了市场经济新体制的诞生。不容否认，我们的改革已经从乡镇企业的市场取向、股份制股份合作制的成功尝试中，获得根本性突破的依据和对建立社会主义市场经济体系的广泛认同。

改革的实践再次证明，作为一个农业大国，"三农"问题始终是关系我国社会稳定与发展的全局性、根本性问题。同时，我们应该坚信，中国农民有着极其可贵的探索精神和创造力。

一 联产承包责任制的推行

如前面各章所揭示的，20世纪50年代初中期，郑宅地区的农业和农村经济有一定的发展，但1958年"大跃进"、人民公社化后的二十多年，农业和农村经济却走上了曲折的历程，其基本特征就是前期的严重困难和总体的迟滞，主要表现为人民生活困难、农民收入低、农业劳动生产效率差，等等。

这种普遍意义上的"总体的迟滞"或"没有发展的增长"局面，除历史

---

① 也是问题最严重的部分。我们必须清醒地认识到，目前存在的"三农"问题的严重性并不是农民自己造成的，而是我们"欠"农民太多——制度安排——的结果。

的、自然的因素外，主要是农村人民公社体制以及与此相联系的政策方面的原因所导致的。以"政社合一"、"三级所有、队为基础"，统一经营、集中劳动、按工分分配为特征的人民公社，通过行政性的经济积累、投资机制和特殊的劳动力动员机制，进行农田水利等基本建设，兴办公用事业，使农民得到某些利益，并在消灭极端贫困方面起到了一定的作用。[1] 但这种政社不分、高度行政化、高度集中、高度计划的体制，存在着不可避免的、严重的缺陷：在生产资料所有制方面，实行清一色的、纯而又纯的制度，只许集体经济存在而不允许其他经济成分存在，甚至连自留地和家庭副业也要过早地消灭，这和农村社会经济状况及生产力水平是不相适应的；在经营管理体制方面，采取的是高度集中、统一经营的体制，用直接管理国有企业的办法来管理农村集体经济，这既不符合农业生产的特点和需要，也不符合中国农业生产的传统，严重妨碍农村商品经济的发展，影响农民生产积极性的充分发挥；在分配制度方面，长期实行的是"大锅饭"式的工分制度，不论活轻活重、干多干少、干好干坏一个样，这种低水平的平均主义的分配制度，严重地挫伤了农民的生产积极性，严重制约了农村经济的发展；在流通体制方面，长期实行的是以国营商业独家经营为基本内容的封闭式的体制，这不仅不能适应商品生产迅速发展和流通日益扩大的要求，而且阻碍货畅其流、物尽其用，限制社会经济效益的提高，也难以满足人民不断增长的生活需求。[2]

事实上，我国农民早在 20 世纪五六十年代就开始尝试突破原有体制，实行包产到户、包产到组等产酬结合的农业生产责任制。

在农业合作化运动过程中，浙江省永嘉县就积极探索试验农业社包产到户生产责任制。1956 年，永嘉县三溪区潘桥基点乡实行个人专管地段责任制，对克服"干活一窝蜂"的混乱状况起到了良好的作用。但是，由于生产责任制不与产量联系，仍然不能从根本上解决问题。后经中共永嘉县委讨论研究，决定在雄溪乡（后改为塘下乡）燎原社进行试点。是年 5 月，中共永嘉县委副书记李云河和该县干部戴洁天到燎原社蹲点。9 月，中共永嘉县委驻燎原工作组向县委报送了《燎原社包产到户总结》的报告，汇报包产到户试点工作初步的成功经验。这些经验受到了农民的广泛欢迎。不仅永嘉全县 200 多个农业生产合作社推行包产到户责任制，而且邻近的乐清、瑞安和平阳等县 1000 多个农业生产合作社也纷纷推行。可是，这引起了一场激烈的

① 何沁：《中华人民共和国史》，高等教育出版社 1999 年版，第 276 页。
② 孙友葵等：《中华人民共和国建设与改革史》，吉林人民出版社 1990 年版，第 164—167 页。

争论。1957 年 7 月，包产到户被明令停止。尽管如此，永嘉县农民进行的包产到户的探索性实践，仍被称为"中国农村改革的源头"。[①] 60 年代初，安徽等省实行过"责任田"、"口粮田"等办法，浙江、陕西、甘肃等省也出现了包产到户，这些努力都取得了好的效果。[②]

尽管农民的想象力和创造力在区域间、个体间会存在一定的差异，但在许多情况下又是一致的，比如当生存成为第一需要的时候。从"四清运动"的有关批判材料中可以看到，在经历了"三年困难"后，郑宅公社的一些农民也开始搞"分田到户"，比如孝门大队，116 亩地"单干了两年时间"（1961—1963），[③] 还有安山大队也尝试过"单干"。[④] 但是，"农民的这种创造，总是搞起来，就被压下去，又搞起来，又被压下去"。[⑤] 1962 年，这一切又被当作"单干风"加以批判。在"文化大革命"中，包产到户被当作刘少奇的"修正主义纲领"加以无情"鞭笞"。此后一个时期，包产到户成为理论和实践的禁区；那种关于社会主义的错误的、僵滞的观念窒息了中国农民的伟大创造。即使如此，郑宅农民仍试图在政策允许的范围内，通过调整队形、规模，多少能够提高生产积极性，拓展自己的生存空间。

品味下面这些历史真实，想象其间的某些过程或细节，我们感叹那种无奈中的精彩。比如，1972 年 8 月 24 日，郑宅公社革委会"根据实践的反映、群众和党支部的要求"，向浦江县革委会生产指挥组呈交了《关于我社部分生产队要求调整规模的请示报告》，要求将三郑大队 312 户、1379 人的 5 个生产队，调整为 10 个生产队；将安山大队 375 户、1576 人的 9 个生产队，调整为 14 个生产队；上郑大队 145 户、618 人的 2 个生产队，调整为 4 个生产队；前店、冷水、东庄、东明 4 个生产大队的生产队的规模不动，适当调整户数、田、地划畈。报告还特别强调，干部、社员"保证搞好当前生产，巩固集体经济、干劲倍增、明年增长，做好机耕路、排灌渠、山水田的建设"。[⑥] 这项请求得到了批准。1973 年，三郑大队调整为 11 个生产队，安山

---

① 参见中共永嘉县委党史研究室、永嘉农业局、永嘉县档案馆合编：《中国农村改革的源头》，当代中国出版社 1994 年版。

② 杜虹：《20 世纪中国农民问题》，中国社会出版社 1998 年版，第 516—522 页。

③ 《郑宅公社孝门大队开展社会主义宣传教育运动情况的总结报告》（1963 年 5 月 3 日）。资料来源：浦江县档案馆，档案号：31—1—143。

④ 《发动群众揭开阶级斗争盖子的几点体会》。资料来源：浦江县档案馆，档案号：43—2—58。

⑤ 廖盖隆：《中国农村合作经济的伟大变革》，《中国农村改革的源头》（序言）。

⑥ 《关于我社部分生产队要求调整规模的请示报告》。资料来源：浦江县档案馆，档案号：43—3—11。

大队调整为 13 个生产队，上郑大队调整为 4 个生产队。① 当然，对于农民的要求与愿望、对于农村经济的发展，这点微调从根本上讲，显然是不能被满足，也是十分不够的。

"文化大革命"结束后，广大社员和干部强烈要求发还自留地，准许搞家庭副业，开放集市贸易。到 1978 年，在关于真理标准问题讨论的带动下，各地干部和群众解放思想，开始在基层恢复和试行农业生产责任制，并直接引发出一浪高过一浪的农业生产管理方式上的变革运动，最终在 80 年代初普遍实现了以包干到户为主要形式的联产承包制。②

一开始搞责任制是不联产的，还是过去多年来已经实行过的小段包工、定额管理等。社员在劳动中只对某一项农活负责，或者对某一块庄稼的一段时间内的管理负责，这种形式包工不包产，农活质量难以保证；管理上繁琐复杂，合理定额不易制定，计酬上的平均主义难以消除，不能充分发挥群众的积极性。联产责任制不仅进行分散劳动，而且在经营上有统有分，对生产的全过程负责。所以，联产与不联产，在生产和分配上，都有实质性的区别。因此，在责任制的发展中，不联产的责任制所占的比重不断下降，各地纷纷实行联产责任制。1978 年，四川、安徽、吉林、北京等省市的农村在较大范围内试行了分组作业、联产计酬的包产到组责任制，小部分地区还出现了包产到户责任制形式。

1978 年 12 月，中共十一届三中全会在作出全党工作重心转移的同时，③也通过了两个有关农业问题的重要文件，即《关于加快农业发展若干问题的决议（草案）》和《农村人民公社工作条例试行草案》。文件强调放宽农村政策，建立农业生产责任制，肯定了包工到组、联产计酬的管理方式，但文件仍规定"不许包产到户"，并将"包产到户"和"分田单干"等同起来。虽然不主张包产到户，但这时没有急于作政治结论。从"不许包产到户"，到尝试"少数地区可以包产到户"，到肯定包产到户，再到全面推行家庭联产承包责任制，农村经济体制改革终于走出了不平常的第一步。④

众所周知，全国农村改革首先在安徽、四川等地兴起。1978 年 12 月，

---

① 《浦江县 1972 年年度农业统计年报表》、《浦江县 1973 年年度农业统计年报表》。资料来源：浦江县档案馆，档案号：43—3—14、43—3—32。

② 杨树标、梁敬明、杨菁：《当代中国史事略述》，浙江人民出版社 2003 年版，第 485—487 页。

③ 实际是恢复中共八大正确的政治路线。

④ 要了解全面推行家庭联产承包责任制的曲折过程，应该读一读傅上伦等撰写的《告别饥饿——一部尘封十八年的书稿》。

安徽省凤阳县梨园公社小岗生产队的 18 位农民，终于迈出艰难甚至悲壮的一步，"偷偷"将集体耕地承包到户，首先搞起了大包干。[①] 包干后第一年，小岗生产队大丰收，全年粮食产量比上年增产 6 倍多。小岗开始产生极大的示范效应，邻近许多地方得知后纷纷仿效。小岗农民的壮举，率先敲响了农村改革的鼓点，我国农村一场深刻的革命开始了。[②] 四川、贵州、甘肃、内蒙古、河南等省区的不少社队也逐步建立和实行各种形式的生产责任制，效果同样显著。

但是，围绕包产到户问题，当时在全国较大范围内展开了一场争论。1979 年 3 月 15 日，《人民日报》头版头条发表一封署名"张浩"的读者来信，题为《"三级所有，队为基础"应当稳定》，否定分田到组、包产到组。[③] 一些人认为搞大集体是走社会主义的"阳关道"，而搞包产到户是走资本主义的"独木桥"。而且，在随后几年，这种争论也没有停止过。

不过，历史注定要发生根本的转折。即便政策没有明朗，只要有一点松动，农民迫切的要求就无法按捺地释放了出来。1979 年秋，包括郑宅公社在内，浦江县的部分生产队就将秋杂粮、田塍地角、旱地旱作包产到户，有的划小了生产队。[④] 然而，中共浦江县委认为，按照中共中央《关于进一步加强和完善农业生产责任制的几个问题》（〔1980〕75 号文件）决定，只有"三靠地区"（吃粮靠返销，生活靠救济，生产靠贷款）可以搞包产到户或包干到户，浦江不是"三靠地区"，不能搞包产到户或包干到户，并派工作组对实行分田、分地、分队的生产队进行"纠偏"，所谓"批、堵、纠"。对

---

① 在包产到户问题上，如果说小岗农民还只是欺上不瞒下、集体发誓、秘密进行的，那么，事隔一年宁夏固原一个公社农民采取集体罢工、拒绝开镰收麦的形式"要挟"领导，可见地下的流火已上升到地面，如火山爆发。可见，不管是动用行政手段还是政策说教，包产到户已是万万地压不下去了。杨克现：《真话的历程》，见傅上伦等著《告别饥饿——一部尘封十八年的书稿》序言。

② 2004 年 4 月 23 日《今晚报》登载记者高峡文章，对小岗村的现状进行介绍和分析，值得一读。文章写到，小岗村曾经是中国改革天空中的一颗耀眼的新星。然而，20 多年过去了，当年大包干的带头人严俊昌却无限感慨道："我们是一步越过温饱线，25 年未进富裕门！"上面是这样帮助小岗村的：省财政拨了 200 万元专款，为小岗村修了 8 公里柏油马路，以便领导视察；在村头修了牌楼，以显气派；县里专门为小岗村布置一个展览室，并代写好解说词；还在村西头修了十分整齐的院墙，把一些破破烂烂遮挡起来，以免影响观瞻……而唯独县里帮助小岗村发展经济的计划，却没人督促落实，成了一篇空文！20 多年来，应该说上面为小岗村没有少忙，但一直都忙在"包装"小岗村这个典型上，以增加"政绩"的"亮点"。结果，小岗人既看不到自己发展中的严重问题，也看不到外面的大千世界，成天陶醉在"当好典型"，"迎接参观"……的满足之中。改革锐气被"包装"疲了，自强精神被"包装"软了，以至今天还有村民质问记者："既然小岗贡献那么大，国家为什么不托我们一把呢？小岗上去了，大家面子才都好看啊！"

③ 详见李克林《张浩事件的前前后后》。载《人民日报四十年》，人民出版社 1988 年版。

④ 《浦江县志》，第 124 页。

此，农民深表不满，有的在生产队办公室门口贴上对联：上联"分了又合"，下联"难解温饱"，横批"又是一年"。"纠偏"在群众的抵制下，收效甚微。据1981年1月19日统计，全县原有的2069个生产队已分成4559个生产队，经过"纠偏"恢复原规模的仅181个。全部耕地分到户的有100个生产队，耕地面积2573亩，经过"纠偏"纠正的有59个生产队，收回耕地1347亩；部分耕地分到户的有138个生产队，面积1453亩，经过"纠偏"纠正的有18个生产队，收回耕地135亩。随着政策的推进和农村实际的冲击，干部们逐渐认识到推行联产计酬包产到户责任是大势所趋。1981年4月，浦江县农委派出工作组进驻七里公社五里大队，搞包干到户的试点。这个试点起了推波助澜的作用，全县早稻生产实行包干到户的生产队，迅速发展到1922个，占生产队总数的41%。9月，全县实行包干到户（包括少数包产到劳、包产到户）责任制的生产队有2611个，占生产队总数的60%。11月，全县实行包干到户的生产队达4502个，占生产队总数的97.8%，①郑宅公社也基本实行了包干到户的责任制。同时，林业也实行了"三定"（稳定山林权、划定自留山、确定林业生产责任制）。次年春，郑宅公社各生产队又都实行了以家庭联产承包为基础，分散经营与统一经营相结合的双层经营合作制。

1982年9月，中共十二大对当时已经形成的以包干到户为主要形式的农业生产责任制，给予了充分的肯定，指出："近几年在农村建立的多种形式的生产责任制，进一步解放了生产力，必须长期坚持下去，只能在总结群众实践经验的基础上逐步加以完善，绝不能违背群众的意愿轻率变动，更不能走回头路。"1983年1月，中共中央发出《当前农村经济政策的若干问题》的文件，明确稳定和完善农业生产责任制是当前农村工作的主要任务。此后，联产承包责任制得到全面落实，农村经济体制改革开始向纵深拓展。1984年，围绕稳定和完善农业生产责任制的工作进一步进行。在坚持土地公有制原则的前提下，各地延长了土地承包期。承包期一般延长到15年以上。生产周期长或开发性承包项目，如果树、林木、荒山等，承包期更长，有的达50年以上。中共中央1985年1号文件郑重宣布："联产承包制和农村家庭经营长期不变。"

从五六十年代包产到组、包产到户和划小生产队的探索，到80年代初联产承包责任制的全面实行，我们清楚地看到，推动农业生产微观组织再造

---

① 宋铭赋：《浦江农村改革的试点与推广》。载浙江省政协文史资料委员会《浙江农村改革纪实》，浙江人民出版社1998年版，第142—149页。

和土地使用制度与经营制度变革的根本动力，就来自农村、来自农民，"联产承包责任制是农民发明的，中央只不过是肯定和完善了这一发明，并使其合法化和制度化"。[1] 可以预见，在不远的将来，农业生产经营体制的进一步完善，甚至根本性的变革，必然地也是农民不断探索的结果。[2]

二 乡镇企业的异军突起

伴随家庭联产承包责任制的成功实践，中国农村改革又一个意想不到的收获，就是乡镇企业的异军突起。邓小平明确指出："农村改革中，我们完全没有预料到的最大的收获，就是乡镇企业发展起来了，突然冒出搞多种行业，搞商品经济，搞各种小型企业，异军突起。这不是我们中央的功绩"，"发展乡镇企业不是我们领导出的主意，而是基层农业单位和农民自己创造的"。[3] 但是，从社队企业的兴起到今天在国民经济中举足轻重地位的奠定，从山高水险的独木桥到天高地阔的阳关道，乡镇企业走过了极不平坦的历程。乡镇企业是在歧视中诞生，争议中成长，责难中壮大——中国农民不懈的探索精神和非凡的创造力再次充分地体现了出来。

追根溯源，现在意义上的乡镇企业，其胚胎正是有着悠久历史的传统手工业。在一定的区域内，[4] 手工业的存在和发展，是乡镇企业产生和发展的基础，并且影响着乡镇企业的发展和方向。以浙江为例，浙北杭嘉湖的丝织业，浙东宁波的服装业，浙中义乌的小商品、东阳的木雕和建筑业、永康的小五金等从传统手工业到现代乡镇企业的发展历程，明显体现出之间的传承与关联。从某种意义上讲，乡镇企业实际上是手工业的延续和再造：手工业的品种类型及发达程度与乡镇企业的产业结构及发达程度在地域上表现出类同的和正比的关系。[5] 当然，这只是总体上的一种判断，具体到特定区域或

---

[1] 王春光：《中国农村社会变迁》，云南人民出版社 1996 年版，第 23 页。

[2] 当然，家庭联产承包责任制下农地流转的非市场方式也有明显的缺陷，如农户无偿或低偿取得承包农地的使用权，使农户缺乏成本观念，导致粗放经营，忽视农地的产出效益；动用行政力量完成的农地调整和自发形成的无偿、低偿转包，不仅无法形成有效、健全、合理的农地使用权流转机制，而且直接妨害了农地资源市场机制的形成；农地流转不能体现配置效益。李占荣、赵卫东：《家庭联产承包责任制的再审视》，《甘肃理论学刊》2002 年第 4 期。王春光对此也有所分析。见王春光《中国农村社会变迁》，第 33—38 页。

[3] 《邓小平文选》（第三卷），人民出版社 1993 年版，第 238、252 页。

[4] 一般以"县"为观察单位。

[5] 参见梁敬明、杨树标《乡镇企业的历史与现状及未来五年的走向》，《杭州大学学报》（哲学社会科学版）1994 年第 4 期。

区域内部，情况会有所不同，我们所观察的郑宅镇显然就是这样。

郑宅地区的传统手工业既无特色，也不发达，只有满足农民日常生活和农业生产基本需要的一些传统行业，如木业、篾业等。解放初期，随着农业经济的恢复性增长，手工业也得到了相应的复苏，特别是在互助合作运动中，原有的手工业者和兼营商品性手工业的农民，以副业组或副业社的形式办起了一批具有农村工业雏形的小型企业，① 对活跃农村经济起了一定的作用。以郑宅、孝门、前店三乡中的郑宅乡为例，1954 年就相继成立了手工业企业郑宅木业社、郑宅篾业社和郑宅缝业小组。木业社地址在昌七公祠堂内，主要生产木犁、木耙、稻桶等家用和农用工具。篾业社地址在天将台，主要生产谷箩、土箕、畚斗等家用和农用工具。缝业小组设在郑宅街路，主要是裁剪缝补，满足人民日常需求。②

不过，乡镇企业真正的历史起点应该是 20 世纪 50 年代后期兴起的社队企业。50 年代初中期生产关系变革的成功，以及农村经济的增长，确实给人们带来了成功的喜悦，但同时也诱发了人们的幻想。生产关系的剧变作为促进生产力发展的捷径接下来被发挥得淋漓尽致，农村经济组织的变动作为一场政治运动全面铺开。在人民公社化运动中，国家鼓励公社、生产大队兴办企业，称社队企业。郑宅地区（时为浦东人民公社郑宅管理区）也不例外，兴办了浦东公社茶叶加工厂、浦东公社矿洗沙队、浦东公社酒厂等数家社队企业。当然，企业的效益是可想而知的，据 1958 年统计，浦东公社矿洗沙队有职工 840 人（其中女工 267 人），全年工资 33800 元，生产铁沙356.5 吨、铁矿石 108 吨，总产值为 5990 元；浦东公社酒厂有职工 12 人（其中女工 7 人），全年工资 1920 元，生产 50 度土烧酒 0.42 吨，总产值 290元。③ 显然，这种在政治诱导背景下的不注重经济效益的做法是不可能长久的，50 年代末社队企业的首次兴起作为一次硬性灌输的结果，必然地导致了 60 年代初国民经济调整后社队企业的萎缩。

经过调整，农村经济有所恢复。1964 年 3 月，郑宅公社成立农村手工业服务加工合作社。成立章程（试行草案）规定，合作社社员应当在公社、生产队生根落脚，是人民公社的一个社员，并根据农忙务农、农闲做工的原则，积极参加生产；合作社以上门加工服务为主，保证全公社范围内生产队

---

① 严格地讲，这些副业组还不能算是企业。

② 《1964 年年底手工业企业概况一览表》。资料来源：浦江县档案馆，档案号：31—1—180。

③ 《1958 年人民公社工业生产单位年度总结》。资料来源：浦江县档案馆，档案号：31—1—55。

集体农具的修制，并可有计划、有组织、有领导的外出加工；下放在农村的专业手工业劳动者、传统的农村副业手工业劳动者、家庭手工业劳动者、原来在农村亦工亦农的手工业劳动者，都可被吸收为社员；社员有退社自由，但退社后不得从事手工业生产，如要复业本人要写申请，经生产队、大队和公社同意批准方可，不参加合作社的任何手工业工人，一律不得参加手工业劳动；一切行业的包工，都归合作社理事会或专业组出面承包，社员不得单独承包；社员可根据农业生产和社会需要，积极培养学徒，师傅带徒弟，要给师傅一定的报酬，但师傅要带徒弟必须经过生产队、大队同意，经公社批准后才可以带；手工业者每天收入的 20% 左右交生产队，作为生产队的公积金、公益金、生产费、办公费、农业税等五项经费，再按年初预计工分值交钱记分，一切与农业社员同等劳力、同样分配，年终决算，多退少补。[①]这是一个兼顾农业、具有一定垄断性质的手工业组织。它的出现，反证了即使在高度控制的公社体制下，仍然存在非农化的因素和环境。

"文化大革命"初期，社队企业被作为"以钱为纲"和"资本主义道路"而遭到批判和扼杀。但是，政治冲击不能完全阻止经济规律的作用。70 年代初，基于现实需求，国家针对社队企业的有关政策有些松动，1970 年召开的北方地区农业会议，提出在农村利用本地资源兴办小型企业，为农业生产、人民生活和大工业服务；同时"上山下乡"运动采取了知青家长单位与知青所在农村社队直接挂钩的办法；再加上部分地区特别是长江三角洲，"以粮为纲"的单一经济在农民生活需求的压力下已开始动摇，于是各地就利用城市由于"停产闹革命"让出的市场，纷纷发展社队企业。这一时期，郑宅公社的社队企业有一定发展。据 1976 年 4 月统计，郑宅公社有农机修配厂、工艺厂、"五七"电站、纸品厂、建筑社、工程队等企业。这些企业从兴办到 1976 年，总产值 857486.80 元，利润 129639.52 元，其中上交公社管理费 3500 元，固定财产总值 50519.61 元。[②]

更为重要的是，在这些企业的运作过程中体现出意义深远的效益观念，也蕴涵着乡镇企业灵活机制的某些胚胎，揭示出乡镇企业发展的某些内在动因，值得我们深入地进行探讨：

（1）随着企业的发展，职工的待遇有所提高。比如，1974 年 2 月，郑宅

---

① 《郑宅人民公社农村手工业加工服务合作社章程（试行草案）》（1964 年 3 月 25 日）。资料来源：浦江县档案馆，档案号：43—2—41。

② 《关于社办企业经营管理方面的调查汇报（稿）》。资料来源：浦江县档案馆，档案号：43—3—43。

工艺厂调整了职工工资，其中女编技原工资 14—18 元，调整为 16—20 元；男技术员原工资 40 元，调整为 45 元；男技工原工资 30 元，调整为 35 元；女出纳原工资 18 元，调整为 22 元；男采购调整为 28 元，男会计调整为 30 元。① 又如，郑宅建筑社除正、副社长属固定工资制外，其他人员全部实行多劳多得。②

（2）逐步探索本源意义上的管理机制。1975 年，郑宅公社为加强对社队企业的管理，要求各企业：专人管理财务，实行经济单独核算，认真执行勤俭办社方针，民主管理；要做到合理报酬，对机械能手、赤脚医生、兽医、电工、民办教师等都要在同等劳力工分上再加适当的技术分，一般不能低于同等劳力收入；企业的内外工作，要定期向党的领导汇报，财务开支要定期张榜公布；党支部要加强政治思想领导，布置任务、定期检查，对全心全意为人民服务的好人好事予以表扬，后进的要批评帮助，不称职的给予调换；参加社办工业的农业户口劳力，可采取交款记分，参加分配或交公共积累，每天补一角至二角生活费，加班加点的可以发工资，实行厂队挂钩。③

（3）企业效益明显改善。据 1976 年 4 月统计，农机修配厂、工艺厂、"五七"电站、纸品厂、建筑社 5 家企业库存现金累计有 13093.23 元（见下表）。

70 年代初社队企业的一次试探性推进，意想不到地导致了第一次真正的发展高潮的出现。

表 8-1　　郑宅公社社办企业收付存余款统计表（1976 年 4 月 25 日编造）

科目	工艺厂	农机厂	建筑社	"五七"电站	纸品厂	合计
收方：						
国家拨款		1445.00		13500.00		19945.00
公社拨款				15600.00		15600.00
企业资金	62468.37	7700.48				70168.85
应付暂收款	673.78	14570.64		4000.00	3380.00	22644.42
贷款		4708.72		2000.00	2000.00	8708.72
销售及利润	55405.93	1034.14	70112.55	7140.35	9799.06	143552.03

---

① 《郑宅工艺厂职工调整工资审批报告》。资料来源：浦江县档案馆，档案号：43—3—26。

② 《郑宅公社社办企业名册（郑宅建筑社）》（1977 年 5 月 12 日）。资料来源：浦江县档案馆，档案号：43—3—50。

③ 《郑宅公社关于农村人民公社经营管理座谈会上的一份记录稿》（1975 年 3 月 26 日）。资料来源：浦江县档案馆，档案号：43—3—45。

续表

科目	工艺厂	农机厂	建筑社	"五七"电站	纸品厂	合计
收方合计	118628.08	29458.98	70112.55	47240.75	15179.06	280619.06
付方：						
固定财产	41046.05	7304.52	798.54	868.74	501.76	50519.61
抵价财产	1013.63	1042.06	953.33			3009.02
库存材料	22.75.63	6438.65		12021.3		40535.58
库存产品	10538.48					10538.48
银行存款	36735.30	439.97				37175.20
应收暂付款	2793.83	9678.12	3372.41		747.00	16591.36
生产成本		2073.66	54917.44	33464.29	12079.01	102534.40
税金			6545.81			6545.81
待摊费用		76.30				76.30
合计	114202.92	27053.28	66587.53	46354.33	13327.77	267525.83
库存现金	4425.16	2405.74	3525.02	886.02	1851.29	13093.23

资料来源：浦江县档案馆，档案号：43—3—43。

中共十一届三中全会是当代中国历史的一个根本转折点，同样地对社队企业的发展也是一个根本的转折点。不过，由于理论的局限和认识的模糊，80年代初出现了几次较大的、不利于社队企业发展的争论：1980年，围绕要不要发展社队企业的争论；1981年，围绕社队企业与大工业的矛盾，即所谓"三争"（争原材料、争能源、争市场）、两挤（以小挤大、以落后挤先进）的争论；1982年，围绕打击经济领域犯罪，认为社队企业是不正之风风源的争论；1983年，围绕社队企业的负担的争论。即便如此，改革背景下社队企业的进一步发展，显示了农村非农化的必然趋势。

郑宅乡镇企业的全面发展，是以80年代初个人向社办企业承包经营开始的。1982年底，郑宅公社企业办公室将郑宅公社针织厂承包给郑可塍，承包期为1982年12月21日至1983年12月20日。协议1983年度总产值185000元，定纯利润为5500元，超过利润基数部分的30%留企业扩大再生产，30%为职工奖金，40%为承包者奖金，对完不成利润基数的要进行赔偿，按照超额奖励分配比例，承包者负担40%。同年底，郑宅公社企业办公室将郑宅冷饮店承包给郑修牛，承包期为1983年1月1日至1985年1月1

日。协议 1983 年度总产值 1.85 万元，定纯利润 1500 元，上半年交 30%，年终交 70%，以后每年的总产值按照实绩数递增 10% 以上，上缴利润按照三年承包基数每年提增 7%。超过利润基数部分的 30% 留企业扩大再生产，30% 为职工奖金，40% 为承包者奖金，对完不成利润基数的同样要进行赔偿，按照超额奖励分配比例，承包者负担 40%。同时，私人也开始积极兴办企业，个体工商户明显增加。

1984 年 3 月 1 日，中共中央、国务院转发农牧渔业部《关于开创社队企业新局面的通知》，提出了进一步发展社队企业的若干政策和将社队企业改名为乡镇企业的决定，乡镇企业从此踏上了阳光大道，户办、联户办企业的兴起，成为此后乡镇企业发展的明显特征，也大大地推进了乡镇企业的发展。1989—1991 年，3 年的治理整顿使乡镇企业暂时处于徘徊状态。1992 年年初邓小平南巡讲话后，乡镇企业开始进入一个全新的发展时期，乡镇企业所依据的运行模式得到了全社会广泛的认同。一时间，横加在乡镇企业身上的众多束缚被一一清除，乡镇企业展示出惊人的发展势头。经过实践锤炼的乡镇企业更具旺盛的生命力，到 1997 年，郑宅镇有乡镇企业 512 家，其中集体企业 15 家，私营企业 497 家；私营企业中规模 8 人以上的有 413 家，其中国家大型二级企业 1 家——浙江恒昌工贸集团有限公司，集团企业两家——恒昌工贸集团、梅花锁业集团；年销售收入超亿元企业 55 家，超 3000 万元企业两家，超 500 万元企业 12 家，超 300 万元企业 55 家，出口产品企业 15 家。共有企业职工 8657 人，其中集体企业职工 2500 人，私营企业职工 6157 人。实现工业总产值 132944 万元，其中服装纤维制品业 54345 万元，皮革皮毛制品业 500 万元，家具制造业 4800 万元，造纸及纸制品业 12000 万元，非金属矿物制品业 5751 万元，玻璃制造业 4245 万元，金属制品业 54477 万元，工艺美术品制造业 1023 万元，其他工业 48 万元。并初步形成以恒昌工贸集团、梅花锁业集团、中堂五金有限公司、链锁有限公司、神汉锁业有限公司为龙头的企业群体和以上郑制锁专业村、芦溪服装专业村为标志的区域特色经济。1997 年，郑宅镇被浙江省乡镇企业局评为"发展区域特色经济"先进单位，在金华全市乡镇企业排名中列第 16 位，是浦江县工业强镇之一。乡镇工业经济总量占全镇经济总量的 95% 以上，成为全镇农民致富奔小康的重要途径。①

---

①　参见郑宅镇企业管理委员会编《发展中的郑宅乡镇企业》(1998)。

表8-2 郑宅镇（公社）历年乡镇企业数统计表①

年份	合计（个）	其中：工业（个）	在工业企业中		年产值500万元以上（个）	每年递（%）
			集体（个）	私有（个）		
1979	8	6	6			
1980	15	15	15			87
1981	17	17	17			13
1982	21	21	21			24
1983	30	30	23	7		43
1984	40	40	21	19		33
1985	60	60	23	37		50
1986	75	75	20	55		25
1987	114	114	23	91		52
1988	135	135	22	113		18
1989	110	110	22	88		-19
1990	113	113	22	91		-3
1991	94	94	21	73		-27
1992	146	146	24	122	1	55
1993	256	256	25	221	1	75
1994	365	365	27	338	3	43
1995	436	436	29	407	8	19
1996	501	501	16	485	12	15
1997	512	512	15	497	14	2

表8-3 郑宅镇（公社）历年乡镇企业总产值统计表

年份	合计（万元）	在工业企业中		每年递增（%）
		集体（万元）	私有（万元）	
1979				
1980	86.76	86.76		
1981	91.47	91.47		5
1982	111.65	111.65		22
1983	155.47	142.44	13.03	39
1984	164.63	111.15	53.48	6
1985	234.61	110.11	124.50	43

① 本章各种数据除特别注明外，均取自《郑宅公社（镇）各年度农业统计报表》。1993年后的数据统计包括堂头片。众所周知，这些统计数据只能反映基本的状况。

续表

年份	合计（万元）	在工业企业中		每年递增（％）
		集体（万元）	私有（万元）	
1986	402.08	162.07	240.01	91
1987	720.19	271.72	448.47	79
1988	1313.5	316.94	996.56	82
1989	1918.00	420.00	1498.00	46
1990	2264.23	666.46	1597.77	18
1991	2885.95	1003.95	1882.03	27
1992	8808	5185	3623.00	205
1993	21200	8518	12682.00	41
1994	43755	13748	30007	106
1995	87522	16742	84410	100
1996	101312	16902	108777	16
1997	132944	24167	108777	31

三　综合分析：结构性变动

研究中国乡村问题的学者们已经注意到，家庭联产承包责任制的成功实践和乡镇企业的异军突起既是当代中国乡村社会变迁的直接结果，也是乡村社会进一步发展的根本动因。但是，一般地采取割裂的办法——把家庭联产承包责任制仅仅作为发展农业的途径，或把乡镇企业看成是发展工业的途径——去分析乡村社会的变迁，实际是一种非常简单的做法。只有把两者结合起来，才能认识到它们对于乡村社会结构性变动的深刻意义。

家庭联产承包责任制的确立，大大促进了农产品供给的有效增长，据林毅夫估计，从生产队体制向家庭责任制的转变，使农场生产率平均增长20%。[①] 就全国总体而言，这应该是没有疑问的，但在不同区域，情况会有很大的差异。黄宗智惊讶地发现，"松江农村改革的意想不到的结果是作物产量的下降或停滞"，松江主要农作物产量在1979年达到顶峰，然而1980年和1981年所有作物的亩产下跌，直到80年代后期尚未能再度显著上升。[②] 有学者认为这是发生在个别地区的现象，不必加以重视。[③] 但是，相似的情

①　林毅夫：《制度、技术与中国农业发展》，上海三联出版社1992年版，第70页。
②　黄宗智：《长江三角洲小农家庭与乡村发展》，第243页。
③　高寿仙：《制度创新与明清以来的农村经济发展》，《读书》1996年第5期。

形在我们所考察的郑宅也出现了，郑宅主要农作物亩产量在 1982 年达到高峰：粮食及大豆合计平均亩产 740 斤，早中稻平均亩产 902 斤，晚稻平均亩产 850 斤，小麦平均亩产 451 斤，大麦平均亩产 489 斤。而在 1983 年的突发性低产和 1984—1987 年的稳产后，主要粮食作物的亩产均出现下跌或停滞，一直难以回升。

表 8 – 4　　　　1983—1999 年郑宅镇粮食作物种植面积和产量统计表

年份	粮食及大豆合计			年份	粮食及大豆合计		
	种植面积（亩）	亩产（斤）	总产量（担）		种植面积（亩）	亩产（斤）	总产量（担）
1983	22226	620	137789	1992	31075	582	181080
1984	22250	724	161132	1993	27807	606	168760
1985	21759	689	149906	1994	27438	600	164520
1986	22142	702	154820	1995	24820	586	145640
1987	22046	670	147700	1996	24620	684	188420
1988	22558	576	130060	1997	26957	656	177120
1989	22982	604	139000	1998	27219	661	179880
1990	23378	628	146960	1999	26403	684	180580
1991	23391	654	153100				

表 8 – 5　　　　1983—1999 年郑宅公社早中稻生产情况统计表

年份	种植面积（亩）	亩产（斤）	总产量（担）	年份	种植面积（亩）	亩产（斤）	总产量（担）
1983	7418	743	55100	1992	9573	678	65020
1984	7270	905	65807	1993	9123	632	57780
1985	7004	934	65450	1994	9110	670	61040
1986	7139	922	65840	1995	9224	608	56040
1987	7140	838	59840	1996	9195	762	70120
1988	7022	670	46980	1997	9387	766	71840
1989	7240	684	49580	1998	9370	792	74220
1990	7232	776	56180	1999	9260	765	70800
1991	7223	796	57520				

表 8 - 6　　　　　　1983—1999 年郑宅公社晚稻生产情况统计表

年份	种植面积（亩）	亩产（斤）	总产量（担）	年份	种植面积（亩）	亩产（斤）	总产量（担）
1983	7066	675	47712	1992	10135	742	75100
1984	7198	816	58712	1993	10047	784	78720
1985	7010	719	50433	1994	9754	790	77060
1986	7048	756	53280	1995	9613	734	70620
1987	7162	786	56320	1996	9755	782	76300
1988	6825	724	49440	1997	10051	752	75540
1989	7338	736	54060	1998	10815	740	80060
1990	7577	704	53440	1999	10053	840	84440
1991	7604	856	65060				

表 8 - 7　　　　　　1983—1999 年郑宅公社小麦生产情况统计表

年份	种植面积（亩）	亩产（斤）	总产量（担）	年份	种植面积（亩）	亩产（斤）	总产量（担）
1983	5809	440	25548	1992	5810	330	19160
1984	5849	478	27947	1993	6399	372	23820
1985	4780	479	22910	1994	5619	316	17740
1986	4673	474	22140	1995	3975	342	13560
1987	3550	400	14200	1996	3967	402	15960
1988	4614	386	17780	1997	4305	406	17460
1989	4484	412	18500	1998	3728	409	15260
1990	4361	420	18280	1999	3814	419	15980
1991	4417	312	13800				

表8-8		1983—1999年郑宅公社大麦生产情况统计表					
年份	种植面积（亩）	亩产（斤）	总产量（担）	年份	种植面积（亩）	亩产（斤）	总产量（担）
1983	983	398	3908	1992	2960	370	10940
1984	1041	495	5155	1993	2097	378	7920
1985	1900	360	6849	1994	1343	342	4580
1986	2225	436	9700	1995	547	358	1960
1987	3200	450	14400	1996	218	404	880
1988	2831	424	12020	1997	296	418	1240
1989	2946	454	13380	1998	266	323	860
1990	3062	470	14440	1999	265	415	1100
1991	3274	396	12940				

　　黄宗智指出，这是"由于农村经济的多种经营，以及农业剩余劳动力向农业外就业的转移"的结果。[①] 确实，80年代初期农业经济或农产品供给的有效增长，反映了制度变迁的绩效。由此产生的激励机制，推动了劳动效率的提高和资源配置的优化，也使农业的结构调整与非农化发展趋势成为现实。实际正是如此，在中国的不同区域，联产承包责任制的积极效应以不同的方式或从不同的深度和广度上体现出来。于是，在东部发达地区，特别是长江三角洲，随着非农化进程的加速，情况发生了变化：由于种植业的比较效益低，大量的全劳动力进入乡镇企业；由此而导致的劳动力质量的下降，加上农业技术没有大的变化和推进，在乡镇企业发达的东部地区，就会出现农业的迟滞现象。这恰恰说明联产承包责任制的成果或效应不仅仅是简单的量的累积，而是结构性的变动。在笔者看来，这恐怕是中国东部乡镇企业发达地区，尤其是长江三角洲地区非农业经济区（非粮食产区）的一种基本特征。

　　而乡镇企业的发展，既成为国家资金积累的重要源泉，又是农民增加收入的主要途径。1980年，郑宅乡镇企业（社队企业）上缴国家税收仅为3.69万元，1997年则达到951.90万元（1992年后含堂头片）。

---

① 黄宗智：《长江三角洲小农家庭与乡村发展》，第248页。

表 8－9　　　　　　　　　郑宅历年乡镇企业上缴税收统计表

年份	合计（万元）	在工业企业中		每年递增（％）
		集体（万元）	私有（万元）	
1979	—	—	—	—
1980	3.69	3.69	—	—
1981	3.85	3.85	—	4
1982	4.67	4.67	—	21
1983	7.66	6.82	0.84	64
1984	8.86	5.60	3.26	16
1985	12.37	5.68	6.69	40
1986	22.64	11.43	11.21	83
1987	45.60	15.58	30.02	101
1988	72.96	29.06	43.90	60
1989	45.98	23.78	23.20	－37
1990	56.12	25.60	32.52	26.4
1991	77.26	39.26	38.00	37
1992	72.00	32.00	40.00	－7
1993	86.50	43.50	43.00	39
1994	258.65	53.65	205.00	199
1995	503.00	130	373.00	95
1996	744.00	263.00	481.00	48
1997	951.90	475.80	476.10	28

　　在中国这样一个农民占大多数的国家，仅仅依赖土地来改善农民生活、增加农民收入，显然是极其困难的。怎么使农民富起来？从 50 年代到 80 年代，几十年过去了，我国的农村连温饱问题也没有完全解决。乡镇企业的崛起恰恰提供了使农民富起来的可能性。乡镇企业之所以能在农村自发地排除各种阻力而发展壮大起来，正说明农民对乡镇企业充满了信心并寄予了厚望。可以说，乡镇企业发展过程，也正是农民收入提高的过程。从《郑宅镇（公社）历年乡镇企业工资总额统计表》可以看出，1982 年，全公社乡镇企业（社队企业）工资总额仅为 12.5 万元，1997 年达到 4497 万元。而郑宅镇历年的人均收入情况则更能说明问题，1986 年，全镇人均收入为 354 元，1997 年达到 2614 元。

表 8 - 10 　　　　　郑宅镇（公社）历年乡镇企业工资总额统计表

年份	合计（万元）	工业企业		每年递增（%）
		集体（万元）	私有（万元）	
1982	12.5	12.5	—	—
1983	19.75	15.16	4.59	58
1984	19.57	10.62	8.95	- 1
1985	28.63	14.17	14.46	46
1986	58.11	29.03	29.08	103
1987	83.64	42.88	40.76	44
1988	155.62	83.13	72.49	86
1989	176.58	90.85	85.73	13
1990	153.40	54.50	98.90	- 13
1991	230.00	119.50	110.5	50
1992	481.30	295.62	185.68	109
1993	1499.61	366.60	1133.01	210
1994	2085.44	642.44	1443	39
1995	3083.00	768.00	2315	48
1996	3967	873.00	3094	29
1997	4497	1294.30	3202.70	13

表 8 - 11 　　　　　　　郑宅镇历年人均收入统计表

年份	人均收入（元）	年份	人均收入（元）
1986	354	1992	720
1987	402	1993	1045
1988	492	1994	1596
1989	509	1995	1988
1990	547	1996	2296
1991	630	1997	2614

更为重要的是，乡镇企业为解决农村剩余劳动力的转移和就业开辟了最为重要的途径。到 1998 年，乡镇企业已经安置了农村剩余劳动力 1.3 亿人。可以说，这是乡镇企业在过去二十多年里对社会最大的贡献。这一贡献首先体现在有利于社会的稳定，同时也为国家节约大批资金。我国农村劳动力总

数在 4 亿以上，按目前农村生产技术条件估算，一半以上的劳动力可以从农业中转移出来。这些劳动力是一种极为丰富的可利用资源，同时，如果没有合理的转移途径，这些"隐性失业者"也可能成为社会发展的障碍，甚至是社会稳定的隐患。由于我国城市化水平偏低，靠城市吸收农村剩余劳动力显然是不可能并会殃及城市本身。尽管乡镇企业也难以完全吸收农村剩余劳动力，但乡镇企业已有的成就仍然展示了广阔的前景。据《郑宅镇（公社）历年乡镇企业职工人数统计表》，1979 年全公社乡镇企业（社队企业）职工只有 210 人，到 1992 年（堂头并入前）达到 1635 人，到 1997 年迅速增加到 8657 人。

表 8 - 12　　　　郑宅镇（公社）历年乡镇企业职工人数统计表

年份	合计（人）	在工业企业中		每年递增（%）
		集体（人）	私有（人）	
1979	210	210		
1980	319	319		52
1981	362	362		13
1982	448	448		24
1983	642	493	149	43
1984	831	451	380	24
1985	903	447	456	9
1986	1261	630	631	40
1987	1424	730	694	13
1988	1973	1054	919	39
1989	1821	939	882	− 8
1990	1627	789	838	− 11
1991	1630	875	755	0.18
1992	1635	1003	632	0.31
1993	3295	1435	1860	101.52
1994	5228	1543	3685	58.66
1995	6500	1903	4597	24.33
1996	8097	1847	6250	25
1997	8657	2500	6157	6.91

必须强调，农村改革的绩效不仅仅是体现在农村经济的增长、农民生活的改善、经济结构的变动这些层面上，[1] 更为重要的，应该是反映出许多内在或深层的变动——社会转型构件的准备与转型机制的创设。在乡村经济结构、乡村社会分层、乡村权力格局，在农民的价值观念、思维方式、行为方式，在非农化、城镇化等变动的过程中，逐步积累起实现乡村社会变迁与转型的各种要素。

表 8－13　　　　　　　　　　改革以来浙江经济社会结构变化表

项　　目		1978 年	1998 年
全省产业结构 （按 GDP 口径计算）	第一产业	38%	12.4%
	第二产业	43%	54.6%
	第三产业	19%	33%
全省就业结构	农业	72.4%（1979 年）	42.2%
	非农业	27.6%（1979 年）	57.8%
农村就业结构	农业	85%	52.6%
	非农业	15%	67.4%
城市化水平	农村人口	85%	65%（1997 年）
	城镇人口	15%	35%（1997 年）
农民收入结构	来自农业	73.22%（1980 年）	32.2%
	来自非农业	26.78%（1980 年）	67.8%

资料来源：章猛进、黄祖辉主编：《迈向新世纪的农业与农村——浙江的现代化战略和政策选择》，浙江人民出版社 2000 年版。

---

[1]　王春光分析了乡镇企业对农村经济结构、社会结构、生活方式的影响。见王春光《中国农村社会变迁》，第 99—107 页。

第九章　转型：农民的终结

用"道路是曲折的，前途是光明的"来概括农民中国的当代历史及其可能的出路，虽然有落入"俗套"的嫌疑，但确实是很贴切的。正如导论中已经指出的，过去50多年的历史，如果以中共十一届三中全会为界，前30年可以说社会主义道路探索"农村失误大于城市"，后20多年从农村开始的改革则是"农村成就大于城市"。人们把其中的原因归结为："折腾农民"和"农民自己折腾"。这种简洁、直观，抑或非学理的归纳或判断，却为我们提供了乡村社会变迁根本动力的思考路径——中国农民有着极其可贵的探索精神和创造力。①

今天，这种可贵的探索精神和创造力，正引领中国乡村社会实现根本性的变迁与转型——中国现代化本质上是农村社会变迁与转型的过程，这或许意味着一个全新时代的到来，意味着农民一种全新的生存状态——所谓"农民的终结"。②

一　流动与分化

孟德拉斯在《农民的终结》一书的开篇明示："一二十亿农民站在工业文明的入口处：这就是在20世纪下半叶当今世界向社会科学提出的主要问题。"或许，我们可以认为这一半是针对中国的现实而言：中国八九个亿的

---

① 目前在"三农"问题上所出现的困惑，提示我们有必要深入地研究乡村变迁的根本动力。相关地，20世纪上半叶知识界的"乡村改造道路"与政府的"农村复兴计划"，或许会有某种启示与价值。

② 这里借用法国著名学者 H. 孟德拉斯《农民的终结》一书的题目，是希望以其深刻的含义来反映中国乡村社会变迁必然的方向。《农民的终结》是孟德拉斯研究乡村社会变迁的一部杰作，他以法国农村的现代化道路为背景，分析了欧洲乡村社会第二次世界大战后的变迁历程。H. 孟德拉斯著，李培林译：《农民的终结》，中国社会科学出版社1991年版。

农民站在工业文明的入口处。① 那么，这八九亿的农民怎样才能进入工业文明？

事实上，城乡二元结构，即农村传统农业和城市现代工业并存的一种结构状态，是世界历史发展中普遍存在的一个重要经济——社会现象或特征。1949 年前，这种二元结构就已经在中国存在。那时，"中国已经有大约 10%左右的现代性的工业经济，这是进步的，这是和古代不同的"，"中国还有大约 90%左右的分散的个体的农业经济和手工业经济，这是落后的，这是和古代没有多大区别的，我们还有 90%左右的经济生活停留在古代"。② 不过，从历史角度看，比这一事实更重要、需要我们特别注意的是，虽然 1949 年前城乡之间的流动程度并不高、流动量比较小，但就制度层面，城乡流动没有受到严格的限制。③

1949 年后，情况发生了很大的变化。随着国民经济恢复任务的完成，国家发展经济的要求更加迫切，基于当时苏联社会主义经济建设的经验，也出于对第二次世界大战后东西方对峙国际格局的现实考虑，我们选择了"重工业优先发展战略"。为了保证工业化的顺利进行，国家对国民经济采取强有力的行政干预：实行高度集中的计划经济体制，由政府控制和统一配置资源，重点向工业（重工业）倾斜；实行农产品统购统销制度，在不等价交换的条件下控制农产品的流通和分配。在工业化和集体化的背景下，工农、城乡非均衡发展格局逐步形成：实行城乡分割的户籍管理制度，将全国居民划分为城市居民和农村居民两大部分，城市和农村实行不同的粮油供应制度、

---

① 这里姑且不去讨论中国的人文社会科学在面对这一挑战时所显露出来的无奈和迷茫。

② 毛泽东：《在中国共产党第七届中央委员会第二次全体会议上的报告》，《毛泽东选集》（合订本），人民出版社 1969 年版，第 1320 页。

③ 王春光：《中国农村社会变迁》，第 114 页。近年来，关于近代农民离村问题的研究受到了重视，取得了一些成果，如王文昌的《20 世纪 30 年代前期农民离村问题》（《历史研究》1993 年第 2 期）、鲁西奇的《中国近代农民离土现象浅析》（《中国经济史研究》1995 年第 3 期）、池子华的《中国"民工潮"的历史考察》（《社会学研究》1998 年第 4 期）、彭南生的《也论近代农民离村原因》（《历史研究》1999 年第 6 期）和《近代农民离村与城市社会问题》（《史学月刊》1999 年第 6 期）、朱汉国和王印焕的《民国时期华北农民的离村与社会变动》（《史学月刊》2001 年第 1 期）、赵英兰的《农民离村与近代中国社会》（《史学集刊》2001 年第 3 期）、王印焕的《民国时期冀鲁豫农民的离村与人口近代化》（《历史教学》2002 年第 4 期）、池子华的《农民"离村"的社会经济效应——以 20 世纪二三十年代为背景》（《中国农史》2002 年第 4 期）等。据研究，20 世纪 20 年代，中国农村人口的离村率从 1.44%—8.72%不等，平均为 4.61%；进入 30 年代，农民离村率又有大幅度提高，参见池子华的《农民"离村"的社会经济效应——以 20 世纪二三十年代为背景》。研究者更多地注意到农民离村的负面影响，认为农民离村是农村凋敝的产物，农民离村加剧了城市社会的动荡。不过，即便是非常态下城乡之间的互动，其在经济社会文化上的积极意义也需要深入研究。

劳动就业制度和社会福利制度，同时，对农村人口向城市的流动进行了严格的限制。[①]

当然，城乡二元结构的固化是过程性的，[②] 就其辐射和影响而言，是既深刻又彻底的。因此，任何一个乡村单位——公社、生产大队、生产队，都可以成为二元结构固化过程的一个缩影；同样地，我们也可以从一个乡村单位观察到二元结构固化过程的基本情况，找到基本线索。从中华人民共和国成立到70年代末近30年时间，郑宅地区除政策性安排和灾荒以外，人口无大的流动。

50年代初期，和全国各地一样，浦江县也开展了一般意义上的户口登记、清查活动，这时城乡流动对于大多数人并没有受到严格限制——当然，土改后受管制、改造的低成分人员是不在此列的。[③] 1956年3月，全国第一次户口工作会议规定了户口管理的基本任务是：维护社会治安稳定，保障社会安全；保护公民合法权益；服务于经济建设。4月，浦江县开始培训户籍管理员，并对非农业人口建立户口簿，实行出生、死亡、迁入、迁出四项人口变动登记。1958年1月，《中华人民共和国户口登记条例》颁布实施，浦江县根据该条例精神，着手整顿农村户口，开展户口清理。[④] 之后，随着新的户籍制度、粮油供应制度、劳动就业制度、社会福利制度及婚姻制度等的全面实施，全体国家公民继划分阶级后，又简单地、粗暴地被纳入"城"与"乡"的范畴，城市居民还属于国家公民的范畴，而农村居民则成为超职业意义上的身份"农民"。城市居民穿上了"皮鞋"，而农村居民只能穿"草鞋"了。

在高度集中的计划经济体制下，任何一种资源，包括人力资源，只有通过计划的手段进行配置，才可以流动。对于农村居民，只有通过招工、参军、升学、婚姻等几种途径，才有可能实现身份上的从"乡下"到"城里"的变动，才有可能从农村居民跃升成为城市居民。为区别于一般的人口自然流动，我们把这种流动称为人口的社会流动。可以想像，这样的社会流动机

---

① 参见徐勇、徐增阳《流动中的乡村治理——对农民流动的政治社会学分析》，中国社会科学出版社2003年版，第14—17页；汪水波、马力宏主编：《浙江农村城镇化道路探索》，浙江人民出版社2001年版，第3—4页。

② 王春光认为这个过程经历了十年时间。《中国农村社会变迁》，第116页。

③ 总体上看，在中华人民共和国建立后的最初几年时间，公民的流动和迁徙自由在法律层面上是得到保障的。但在政策层面上，限制的迹象已经出现。1953年4月17日，政务院发出《劝止农民盲目流入城市的指示》。1954年3月12日，政务院和劳动部又联合发出《关于继续贯彻劝止农民盲目流入城市的指示》。

④ 《浦江县公安志》，第161—162页。

会毕竟是十分有限的。何况，招工、参军、升学的机会也不是一般农民所能够享受得到的。

　　检索浦江县档案馆资料，可知六七十年代郑宅公社招工的约略情况：1965年12月，白马供销社招学徒1人；1968年3月，浦江县工商局招工作人员1人；1970年12月，郑宅公社邮政所招投递员1人；1971年2月，浦江县革命委员会生产指挥组在全县农村招固定职工120人，分配郑宅公社3个名额（其中下乡知识青年2人）；1971年6月，浦江县食品公司黄宅购销站招售货员1人；1971年12月，杭州铁路分局在浦江县招收50名工人，其中在郑宅招收了5人；1972年3月，浦江县革命委员会生产指挥组在全县农村招固定职工25人，分配郑宅公社4个名额；1972年3月，浦江县革命委员会生产指挥组在全县招用24名下乡劳动锻炼两年以上知识青年，分配郑宅公社1个名额；1978年5月，浦江县计划委员会为解决县化肥厂和壶源江水电站的劳动力，在全县试招220名"亦工亦农"人员，分配郑宅公社11个名额；1978年8月，浦江县计划委员会招工1人；1978年12月，黄宅供销合作社招收临时工1人。[①]《郑宅公社复员、转业、退伍军人统计》则显示：从解放初至1977年，郑宅公社复员、转业、退伍军人共计216人，其中30岁以下的有91人，30—40岁的有44人，41岁以上的有81人；在这216人中，40岁以下的主要技术人员共计41人；其中司机10人，汽车修理人员5人，工程机械驾驶人员1人，机械修理人员4人，报务人员4人，无线电修理人员3人，水电修理人员4人，卫生人员3人，空军机务人员1人，枪械修理人员6人。[②] 一般来说，一地参军人员中的大部分最后都是复员、转业或退伍的，因此可以想像郑宅公社每年参军的名额也是有限的。另据浦江全县的数据也可以说明，1954—1985年，全县共征集义务兵24次，征送兵员8384人（不包括并入义乌县期间的10次），[③] 全县平均每次征兵数大约350人。至于升学的情况，我们没有解放初至70年代末郑宅地区考取大中专院校学生的数据，同样根据浦江县的资料也可佐证。1959—1965年，浦江全县高中毕业生653人，考取大专院校的有336人；"文化大革命"时期，教学秩序混乱，取消升学考试制度，推行"推荐"、"选拔"制度。从1977年恢复高考，到1985年，全县考入高等院校的共有1890人，考入高中

---

　　① 资料来源：浦江县档案馆。档案号：43—2—48、43—2—70、43—2—79、43—3—1、43—3—11、43—3—26、43—3—59。

　　② 资料来源：浦江县档案馆。档案号：43—2—48。

　　③ 《浦江县志》，第489页。

中专的有 606 人。①

　　总之，这些数据虽然没有能够反映六七十年代郑宅公社招工、参军、升学的全部情况，但至少可以验证前述通过招工、参军、升学途径实现社会流动的机会是十分有限的判断。更为甚者，人口的自然流动也并不顺畅。人们的活动范围、通婚圈都非常狭小，在当时人们看来，活动范围能够超出县域的，就算是见多识广的能人了。在多种经营受限制的年代，人们参与相关经济活动所需要的流动也是被限制的，至少不能自行（自由）流动。比如1964 年制定的《郑宅人民公社农村手工业加工服务合作社章程（试行草案）》就规定，合作社社员"应当在公社、生产队生根落脚"，首先"要保证在全公社范围内生产队集体农具的修制，尚有多余劳力，经公社同意，通过上级管理部门的介绍，有计划、有组织、有领导地外出加工"。② 即使在从事多种经营的政策有所松动的 1975 年，社员外出从事副业仍然是受到限制的："生产队劳力确系有余要外出搞副业的社员，由本人申请，队委研究，社员大会讨论同意，订立合同（后）可以外出"，当然，"四类分子不能外出，其子女表现不好的不能外出"，"不按以上手续和不符合条件的，工程队、建筑社等单位不能接受"。③ "票证"对于流动所形成的制约，也是很值得研究的。年轻一代很难想像，在资源严重短缺、票证充斥的岁月，各类票证，尤其是粮票（还细分为全国粮票和地方粮票）对于人们的活动范围有多么大的制约，遑论没有粮票的农民。

　　在浦江，有过几次成规模的或政策安排的，或非正常的人口流动。例如，1959 年为支持宁夏建设，有 609 人迁往；1959—1960 年，由于经济的严重困难，有部分人口外流江西等地（后多数返回本县）；④ 1961 年前后，全县精简下放的非农业人口干部、职工及其家属有 5500 人。⑤ 如第六章已经提到的，1962 年 5—8 月，郑宅公社精简回乡的非农业人口共计 304 人，其中从浦江县以外迁来的有 177 人。

　　进入 70 年代中后期，随着从事多种经营政策必然的、逐步的松动，农村人口流动有所加快。郑宅公社农机修配厂、工艺厂、"五七"电站、纸品

---

　　① 《浦江县志》，第 509—510 页。
　　② 《郑宅人民公社农村手工业加工服务合作社章程（试行草案）》。资料来源：浦江县档案馆。档案号：43—2—41。
　　③ 《郑宅公社三郑、前店、孝门、下房等大队关于落实党在农村中各项经济政策处理意见》。资料来源：浦江县档案馆。档案号：43—2—48。
　　④ 《浦江县志》，第 99 页。
　　⑤ 《浦江县公安志》，第 162 页。

厂、建筑工程队等社队企业一定程度的发展，部分地带动了人口的流动。尤其是郑宅公社建筑工程队，这一时期的工程业务承接有所拓展。比如，1975年2月，郑宅公社建筑工程队以包工不包料的形式承接了南昌铁路局南昌通讯信号器材厂1幢1654平方米的厂房建设任务。随后，组织了一支由泥工、木工、钢筋工、电工等技工和副工构成的近70人的施工队，前往南铁通讯信号器材厂施工。①

显而易见，70年代末开始的农村改革，迅速激活了农村地区人、财、物的流动。农民获得了生产经营自主权，一部分农民把劳动和资金投向农业以外的其他产业领域。尤其在我国东部地区，随着流动限制的解除，农民们释放出巨大的能量，乡镇企业异军突起，农村呈现强劲的非农化势头，进而推动城镇化进程。就全国而言，尽管对大规模的农民流动（所谓的"民工潮"）有不同的认识，但从市场经济的角度看，农民流动是生产要素重新配置中的一个因素，即市场机制对劳动力要素的再配置，这种配置要付出多少代价，我们付不付得起这种代价，这固然是个重要问题，但这种配置本身是优化还是劣化了诸要素在各产业中的组合结构，却是更大的问题。②

更进一步，从总体上分析农民的流动过程，无论其流动的规模大小、范围宽窄、滞留时间长短，有一个本质性的问题，那就是农民参与劳动力市场竞争的最终结果，他是否由农业劳动者转变成为非农业劳动者（农民的职业分化），由农村居民转变成为城镇（市）居民（农民的身份分化），或者没有实现这两种转变。一般来讲，由流动导致分化，而且首先是职业分化，然后是身份分化。③调查资料表明，改革以来，中国农民有了变换身份和选择职业的自由，就业结构发生了显著变化。也就是说，农民这一社会群体已经发生激烈的分化，农村的社会分工和社会角色前所未有地丰富了。

二　非农化与城镇化

在中国东部发达地区，非农性的生产经营活动和非农性的社会职业角色已经深深地渗透到农村的经济和社会生活之中，从而改变着农民及其家庭的生产经营甚至日常生活。④

---

① 《房屋建筑工程施工合同》。资料来源：浦江县档案馆。档案号：43—3—35。
② 秦晖：《农民流动与经济要素配置优化》，载《改革》1996年第3期。
③ 陈家骥：《中国农民的分化和流动》，载《农业经济问题》1995年第1期。
④ 章猛进、黄祖辉主编：《迈入新世纪的农业与农村——浙江的现代化战略和政策选择》，浙江人民出版社2000年版，第17页。

表 9－1　　　　　　　　　　　　1992 年中国农民职业构成表

职业类别	全体劳动力	男	女
合计	100	100	100
农业劳动者	63.4	63.3	63.4
农民工	12.2	14.4	9.9
乡镇集体企业管理者	0.9	1.5	0.3
个体或合伙工商劳动、经营者	6.5	8.2	4.6
私营企业经营者	0.8	1.1	0.5
受雇劳动者	3.0	3.3	2.8
乡村干部	0.6	1.1	0.2
教育、科技、医疗卫生和文化艺术工作者	1.1	1.2	0.9
家务劳动者	8.1	1.7	15.2
其他劳动者	3.3	4.2	2.2

资料来源：陈家骥：《中国农民的分化和流动》，《农业经济问题》1995 年第 1 期。

　　浙江省无疑走在了全国的前列。如下表所示，浙江农户对非农产业的进入在广度和深度上都是属于全国领先的，即浙江农民的非农化程度是比较高的，不但远远高于全国平均水平，同时也远高于沿海的江苏、山东、广东三省，这一现象既有重要的经济意义，又有重要的社会意义，它给我们以启迪：浙江农民的社会职业和社会角色已高度分化，至少一半左右的"农民"事实上已不再是农民，而是工人、企业管理者、管理人员、商贩、手工业者，或其他第二、三产业从业人员，从而是农村的社会分工和社会角色有了前所未有的丰富性；浙江农户中纯农户占农村住户的比重在全国是最低的，仅为农户总数的 26.57%，这类兼业化现象的普遍存在，既是产业有所分化的表现，又是产业分化不充分的表现；浙江有条件加速推进农民市民化和农村城镇化的进程。[①]

---

　　①　章猛进、黄祖辉主编：《迈入新世纪的农业与农村——浙江的现代化战略和政策选择》，第 18—20 页。

表9-2　　　　浙江、江苏、山东、广东四省农村住户分类情况

单位：绝对数，万户；比重，%

	全国	浙江	江苏	山东	广东
农村住户合计	21382.8	920.3	1402.8	1823.7	1006.5
其中：农业户	19308.9	601.8	1124.3	1682.6	799.4
比重	90.30	65.39	80.15	92.26	79.42
其中：纯农业户	12671.9	244.5	507.9	1126.5	358.7
比重	59.26	26.57	36.21	61.77	35.64
农业兼业户	3901.2	150.7	257.9	332.7	218.2
比重	18.24	16.38	18.38	18.24	21.68
非农业兼业户	2735.8	206.5	358.5	223.5	222.5
比重	12.79	22.44	25.56	12.26	22.10
比重	2073.9	·318.5	278.5	141.1	207.1
非农户	9.70	34.61	19.85	7.74	20.58
比重					

资料来源：章猛进、黄祖辉主编《迈入新世纪的农业与农村——浙江的现代化战略和政策选择》，第17页。

作为浙江中部的一个半山区乡镇，郑宅镇的非农化程度同样迅速提高。（一）农村住户中的在业人员数量逐步增加。在业人口占总人口的比重，1982年为39.5%，1990年为51.5%，1996年达到63.7%（1992年堂头乡并入郑宅镇）。（二）从事农林牧渔业的人口比重下降，更多地转移到非农产业中。从事农林牧渔业人口占在业人口的比重，1982年为73.2%，1990年为62.2%，1996年为43.3%（浦江全县的平均值为48.41%）。（三）值得注意的是，农村女性人口的就业状况得到了很大的改善。女性就业人口占在业人口的比重，1982年仅为24.9%，1990年达到41.3%。在过去的研究中，我们对改革以来农村女性人口就业状况的变化问题没有给予足够的重视，现在看来，这是一个有重要价值和意义的研究课题。农村女性人口就业状况的改善，同样得益于联产承包责任制的实施和乡镇企业的异军突起。一方面，非农化的发展趋势使相当一部分农村男性劳动力从农业中脱离出来，由此而导致的农业劳动力的短缺必须也只能由女性劳动力来填补，1982年郑宅从事农林牧渔业的女性劳动力为1071人，到1990年达到2291人，翻了一番多。另一方面，乡镇企业提供了适合女性劳动力的就业机会，郑宅乡镇企业在发展过程中，逐步形成了以制锁、服装、建材、衬板、印染五大行业为支柱的工业经济体系，这些产业的发展过程，也是女性劳动力就业机会改善的过程。

表9-3　　　1982年和1990年郑宅公社（镇）人口行业分布比较表

行业	1982年			1990年		
	计	男	女	计	男	女
在业	7073	5310	1763	9832	5770	4062
农林牧渔	5177	4106	1071	6118	3827	2291
矿业木材采运	19	17	2			
电力煤气自来水	14	11	3			
制造业	1114	551	563	2390	853	1537
建筑业	376	366	10	396	395	1
交通运输邮电通讯	48	44	4	245	239	6
商业饮食业物资供销仓储业	85	47	38	299	176	123
住宅管理和居民服务业	21	15	6	100	83	17
卫生体育和社会福利事业	34	22	12	16	37	24
教育文化艺术	149	98	51	168	112	56
科研综合技术服务	1	1		1	1	
金融保险	5	5		9	6	3
党政群众团体等	30	27	3	45	41	4
其他	2	2				

资料来源：浦江县人口普查办公室：《浙江省浦江县第三次人口普查资料汇编》（1983年）；浦江县人民政府人口普查领导小组办公室：《浙江省浦江县第四次人口普查资料》（1990年）。

表9-4　　　　　　　1996年郑宅镇农村住户从业情况表

行业	人数	行业	人数
种植业	7201	工业	6984
畜牧业	224	建筑业	759
林业	4	交通运输业	437
渔业	25	批零餐饮业	1327
农业服务业	31	其他行业	241

资料来源：浦江县农业普查办公室：《浙江省浦江县1997年农业普查资料汇编》。

表 9－5　　　　**1982—1999 年郑宅镇人口情况表**

年份	总户数	总人口	年份	总户数	总人口
1982	4541	17916	1991	6253	19308
1983	4642	18177	1992	8628	26762
1984	5005	18212	1993	8616	26922
1985	5349	18226	1994	7655	27000
1986	5552	18335	1995	8018	27065
1987	5717	18711	1996	8019	27068
1988	5856	18917	1997	7827	26970
1989	6061	19090	1998	7856	26988
1990	6124	19086	1999	7957	26934

资料来源：1982—2000 年郑宅公社（镇）历年农业统计年报表。

注：1992 年，堂头乡并入郑宅镇。

显而易见，非农化的过程也是城镇化的过程。①

必须指出，在流动变得可能和频繁的情况下，在户籍逐步失去其特殊的价值和意义后，② 户籍与人口的实际居住状况显然是不完全对称的，因此，从户籍角度并不能准确评价城镇化水平。

在浦江，非农业人口占总人口的比重，1949 年为 5.00%，1978 年为 3.42%，1998 年为 11.62%。毫无疑问，仅从非农人口占总人口的比例来估计城镇化水平是不恰当的。

表 9－6　　　　**浦江县历年非农业人口统计表**

年份	总人口（万人）	非农业人口（万人）	年份	总人口（万人）	非农业人口（万人）
1949	25.22	1.26	1974	30.17	0.91
1950	25.45	1.27	1975	30.65	0.97
1951	25.71	1.29	1976	31.16	1.00
1952	25.94	1.29	1977	31.63	1.04
1953	26.18	1.31	1978	32.13	1.10
1954	26.42	1.32	1979	32.58	1.22

① 严格地讲，城镇化和城市化是有区别的，但目前在使用上随意性比较大。

② 在县域区划调整中，一夜之间，一纸行政性规定就可以把城郊的农民"变"为居民，相应地，城镇化水平也就"提高"了几个百分点。这只能是一种游戏，与实际的城镇化水平提升无关。

续表

年份	总人口（万人）	非农业人口（万人）	年份	总人口（万人）	非农业人口（万人）
1955	26.65	1.33	1980	33.03	1.29
1956	27.08	1.35	1981	33.49	1.49
1957	27.90	1.40	1982	33.95	1.68
1958	27.08	1.36	1983	34.32	1.74
1959	27.25	1.33	1984	34.61	1.95
1960	22.90	0.65	1985	34.79	2.05
1961	22.60	0.64	1986	35.00	2.11
1962	23.00	0.55	1987	35.42	2.21
1963	24.10	0.48	1988	35.82	2.30
1964	24.87	0.58	1989	36.12	2.42
1965	25.64	0.59	1990	36.28	2.46
1966	26.38	0.61	1991	36.52	2.56
1967	25.70	0.58	1992	36.70	2.88
1968	26.44	0.58	1993	37.02	3.21
1969	27.45	0.66	1994	37.22	3.35
1970	28.20	0.74	1995	37.41	3.50
1971	28.77	0.97	1996	37.50	3.82
1972	29.29	0.98	1997	37.57	4.09
1973	29.78	1.00	1998	37.78	4.39

资料来源：1949—1985年人口数据据《浦江县志》；1986—1998年人口数据据浦江县统计局编印的历年《浦江统计年鉴》。

显然，超户籍的城镇（居住）人口占总人口的比重更能反映出城镇化的实际水平。

从浙江全省看，1949年以来的城镇化进程极不平坦。1949—1956年，全省总人口年均增长2.3%，城镇人口年均增长4.3%，城镇化水平从1949年的10.8%上升到1956年的13.5%。1957—1964年，城镇化进程大起大落，城镇化水平 1957 年为 14%，1958 年为 21.1%，1960 年为 22.4%，随后急剧下降，到 1964 年为 14.7%。1965 年后一个时期，城镇人口年均增长率低于总人口增长率，1977 年全省的城镇化水平仅为 13.8%。改革开放以来，浙江经济持续、快速发展，城镇化进程加快，特别是进入 20 世纪 90 年代，城镇化势头迅猛，城镇化水平 1990 年为 26.07%；1991 年为 26.54%；1992 年为 27.33%；1993 年为 29.38%；1994 年为 31.04%，1995 年为 32.11%。与此同时，浙江建制镇的数量明显增多，质量和规模也有一定提高。全省建制镇 1984 年为 255 个；1986 年为 577 个；1989 年为 738 个；1990 年为 750 个；1995 年为 938 个。受乡镇企业和农村专业市场发展的推动，浙江城镇化的一个显著特点是小城镇的大量发育，以 1995 年为例，人口规模在 0.5 万人以下的小城镇占全省城镇总数的半数以上。[①]

浦江县的城镇化进程大体与全省一致，也走过了从改革前起伏曲折，到改革后特别是 90 年代后的快速发展的道路。据统计，1996 年末，全县乡村建制镇（不包括县城浦阳镇）8 个，占全县乡镇数的 53.30%；每个镇区平均占地面积 1.38 平方公里，平均总人口 3909 人，非农业人口 1592 人；镇区非农业人口占总人口的比重为 40.73%。[②]

上述关于流动—分化、非农化—城镇化的初步分析，开启了中国"八九亿的农民怎样才能进入工业文明"提问的思考、分析和解决路径。

不过，现阶段我们对此路径持谨慎的乐观态度。

首先，我们必须重视流动—分化、非农化—城镇化变动过程中由年龄选择性所带来的农村人口结构性问题。这种选择，使农村"失掉了那些出类拔萃的人，那些受教育最多，愿意实行变革，适应性强，年轻力壮，精力充沛的人"。[③]尽管这是必然，但我们必须直面由此带来的问题。一者，农村地区人口老化速度大大加快，农村地区人口老化程度远高于城镇地区，农村劳动力负担加重并严重老化。[④]在农村地区社会保障水平很低的情况下，仅在社会稳定上，问题的严重性将进一步放大。二者，农村地区人口低文化素质问题不仅没有改善，反而进一步严重。在浙江，纵向比较，农村人口的文化素质有所提高，但提高是缓慢的。

---

① 浙江社会发展现状与对策研究课题组：《浙江社会发展状况（1992—1996）》，浙江人民出版社 1997 年版，第 338—341 页。

② 浦江县农业普查办公室：《浙江省浦江县 1997 年农业普查资料汇编》，第 4 页。

③ ［英］保罗·哈里森著，钟菲译：《第三世界——苦难·曲折·希望》，新华出版社 1984 年版，第 155 页。

④ 孟向京：《我国农村地区人口年龄结构变化特点与趋势分析》，载《人口学刊》1996 年第 5 期。

表 9－7　　　　　　　浙江省各种文化素质农村劳动力所占比重表　　　　　单位：%

	1992 年	1991 年	1990 年	1985 年
合计	100.00	100.00	100.00	100.00
文盲或半文盲	13.05	14.12	15.22	22.80
小学	42.78	43.40	43.33	44.24
初中	36.69	35.05	34.27	27.30
高中	6.72	6.60	6.59	5.39
中专	0.56	0.60	0.47	0.19
大学	0.20	0.23	0.12	0.08

资料来源：沈吾泉主编：《中国农业全书·浙江卷》，第 70 页。

横向比较，情况更不令人乐观。以 1996 年为例，在浙、苏、鲁、粤四省中，浙江农民的文化程度是最低的，初中以上文化程度人数所占比重最小，而文盲的比重高达 9.02%，远高于江苏的 7.93%，山东的 6.54% 和广东的 5.94%。这与浙江经济强省的地位、浙江农村的发达程度、浙江农民生活的富裕程度是极不相称的，并将制约浙江实现农村现代化的速率。[①] 浦江县和郑宅镇的情况也大致如此。

表 9－8　　　　1996 年浦江县农村从业人员文化程度结构表　　　　单位：%

全部农业从业人员		其中：	
		主要从事农业	主要从事非农业
合计	100	100	100
不识字或识字很少	15.24	25.38	
小学	32.11	40.54	24.15
初中	44.11	29.12	58.26
高中	7.91	4.75	10.89
中专	0.44	0.16	0.70
大专以上	0.91	0.05	0.33

资料来源：浦江县农业普查办公室：《浙江省浦江县 1997 年农业普查资料汇编》。

---

① 章猛进、黄祖辉主编《迈入新世纪的农业与农村——浙江的现代化战略和政策选择》，第 7 页。

表 9 – 9　　　　　　　　　1996 年郑宅镇农村住户文化程度情况表

文化程度	合计	比例	农村从业	男	女	农村农业	男	女	农村非农业	男	女
文盲	3405	15.17	2826	809	2027	2170	657	1513	666	152	514
小学	7458	33.23	5260	2755	2505	2896	1613	1283	2364	1142	1222
中学	9561	42.60	7708	4499	3209	2075	1334	741	5633	3165	2468
高中	1766	7.87	1301	927	374	325	240	85	976	687	289
中专	167	0.74	84	60	24	14	12	2	70	48	22
大专及以上	88	0.39	44	35	9	5	5		39	30	9

资料来源：浦江县农业普查办公室：《浙江省浦江县 1997 年农业普查资料汇编》。

其次，我们必须正视这一变动趋势对农业经营、农业投入甚至农业技术革新已经构成的影响。确实，经济发达地区由于农业比较效益低而导致的普遍的农民生产积极性的衰退，相应的各层级农业投入的减少，以及农业科技推广、应用、服务工作被忽视等事实，[①] 必须引起高度重视并有相应的对策和措施。农业经济的发展从根本上说是取决于以技术进步为主要特征的农业生产力水平的提高，以及制度安排背景下农业劳动者自主能力或生产积极性的增强。传统农业之所以呈现一种特殊类型的经济均衡状态，其核心问题是生产要素和技术条件长期缺乏明显的变化。[②] 因此，传统农业向现代农业的转变，需要技术进步的支撑；因此，我们需要重新估计农业改良的价值和意义。

农业改良对于农业经济的推动作用是显而易见的，某些先进技术可以使那些方法落后的国家的生产增长 1 倍，甚至 10 倍。[③] 仅以种子改良为例，"杂交水稻之父"袁隆平指出，从 1949 年到 1999 年的 40 年间，中国水稻单产提高了 1.9 倍，水稻产量的增长速率大大超过了人口增长的速率（1949—1999 年人口增长了约 1.3 倍，而稻谷总量增加了 2.4 倍），这主要得益于中

---

① 浙江的情况就很能说明问题。参见章猛进、黄祖辉主编《迈入新世纪的农业与农村——浙江的现代化战略和政策选择》，第 26—35 页。

② ［美］西奥多·W. 舒尔茨著，梁小民译：《改造传统农业》，商务印书馆 1987 年版，第 24—25 页。

③ H. 孟德拉斯，著，李培林译：《农民的终结》，第 1 页。

国水稻育种的两次突破，第一次是 60 年代初矮化育种的成功，水稻产量提高了 20%—30%，第二次是 70 年代中期杂交水稻的研究成功，水稻产量又在矮秆良种的基础上增长了 20%左右。[①]

值得注意的是，农业改良带来的不仅仅是农业经济的发展，也必然带来农村社会的变迁：农业部门与非农部门的联系加强了，农业生产的专业化趋势出现了，城乡价值观念的差别缩小了，大众传播工具和交通的改变使农村逐步开放了，农村传统血缘、地缘关系的重要性逐步降低而新型的公共关系的重要性逐步上升了，等等。[②]

显然，无论是对农业经济的促进，还是对农村社会变迁的影响，农业改良的作用是深刻的。第七章基于郑宅经验材料的相关分析，其真正价值也在于此。

再次，我们还应该看到，目前总体趋势是城镇化滞后于非农化。在农村城镇化过程中，存在区划调整、城镇规划、基础设施建设的合理、规范、科学性等诸多问题。在浙江，"过了一村又一村，村村像城镇；过了一镇又一镇，镇镇像乡村"的描述，就形象地道出了其中的问题。[③]另外，全社会的大型基础设施、公用设施建设多年来主要集中在城市，大量的文教卫体资源也在城市配置。与此同时，一些农民的生活方式、生活状况、生活质量没有发生根本性的变化，甚至远离城市文明，陷入边缘化境地。以环境保护问题为例。众所周知，这些年，在城市环境得到重视并逐步改善的同时，乡村地区的环境问题却日益突出，乡村地区，包括一些城镇的工业污染、生活污染十分严重，已经对人民的生活和健康构成严重威胁。如果城镇化不能使人们享受现代文明的阳光，却要承受工业化所带来的生态、环境恶化等方面的代价，这样的城镇化又有什么意义呢？

三　农民与公民

发展或现代化问题，归根结底是多数人的利益问题。在中国，也就是占人口绝大多数的农民的利益问题。在改革已经取得初步成果的现阶段，如何使广大农村人口在流动—分化、非农化—城镇化的基础上，实现"从身份到

---

① 韩俊：《高产水稻的极限与人口增长的峰值——访杂交水稻之父袁隆平》，载《中国人口报》2002 年 3 月 12 日。

② ［美］埃弗里特·M. 罗吉斯、拉伯尔·J. 伯德格著，王晓毅、王地宁译：《乡村社会变迁》，浙江人民出版社 1988 年版，第 4 页。

③ 即便如此，浙江的城镇化水平和实际绩效在全国应该是处于较高水平的。

契约"或进一步"从农民到公民"的转换，①就成为中国发展或现代化至关重要的问题。确实，"只有当中国农民不再是一种身份群体，而是一种职业群体。并且在社会中的规模变得非常小时，中国才算真正实现了现代化"。②

我们看到，近年来学术界和社会关于"给农民以国民待遇"、"还农民以公民权"的呼声和讨论日见高涨。这些呼声和讨论的背后，意味着农民公民权的缺失。农民公民权的缺失固然有农民自身内在的原因，即公民意识薄弱问题，但农民公民意识薄弱是历史的局限，而不应该归之于农民的局限。在当代中国，从 20 世纪 50 年代逐步建立起来的户籍制度、教育制度、就业制度、分配制度、保障制度，甚至婚姻制度等，固化了城乡的分割，加剧了城乡的落差，迄今还不能说有根本的改变。也就是说，无论是在法律还是在政策层面，农村居民并不享有与城市居民基本平等的公民权。

城乡之间存在严重差别的事实，应该能够提供关于农民公民权缺失根本原因的分析思路和"还农民以公民权"的解决思路。如前所述，改革以来流动限制的解除，释放出巨大的能量，农村呈现强劲的非农化势头，进而推动城镇化进程。但从户籍制度上看，流动的限制并没有彻底解除。因此，学术界关于改革现行的户籍制度，赋予农民自由迁徙权利的建议，是到了该付诸实施的时候了。同样地，"还农民以公民权"，就是要使包括占人口绝大多数的农民在内的全体公民平等地享有宪法规定的受教育权利、劳动权利、财产权利、社会保障权利，等等。

在制度以外，"农民"向"公民"的转换，尤其需要培育农民的公民意识。学术界从农民政治参与角度所进行的研究表明，以村民选举为基础的村民自治，为此提供了理想的平台。杨明认为，尽管在政治参与方式的运用上还受到一定的阻碍，在政治参与的目的上，人们更主要是关心与自己切身利益直接相关的经济问题与公共事务问题，而对关系政治体制变化、政治领导、政治稳定等重视不足，但农民的政治参与水平、政治参与意识并不低。③ 何包钢、郎友兴基于浙江省 1245 份问卷调查的研究结果显示，农村选民的投票行动主要受其政治权利和公民责任意识驱使，说明农村社会的公民意识正在形成。④ 郭正林基于广东省 26 个村、1852 份问卷调查的研究结果更是得出了一些重要结论。他认为，正在经受民主洗礼的中国农民，具有一

---

　　① "从身份到契约"是 19 世纪英国学者梅因提出的著名的社会进步公式。[英] 梅因著，沈景一译：《古代法》，商务印书馆 1984 年版，第 97 页。

　　② 陆学艺主编：《当代中国社会阶层研究报告》，社会科学文献出版社 2002 年版，第 177 页。

　　③ 杨明：《四县农民政治参与研究》，载《社会学研究》2000 年第 2 期。

　　④ 何包钢、郎友兴：《寻找民主与权威的平衡》，华中师范大学出版社 2002 年版。

定的政治判断能力，政治权利及公共意识正处于觉醒之中。他以"政治卷入"和"政治参与"来区分改革前后中国农民之于政治的被动和主动关系，实际上是要强调，"从卷入式政治参与向权利性政治参与转型的完成，最终需要参与者公民意识的成熟及政治认同结构的民主化转型"。而"真正拉开当代中国宪政制度建设帷幕的不是城里人，而是在村民直选中落实政治权利的农民大众"的结论，却是那么地令人兴奋！①

浙江省的村民委员会建设始自 1988 年。1987 年 11 月 24 日，第六届全国人民代表大会常务委员会第二十三次会议通过《中华人民共和国村民委员会组织法（试行）》，并规定自 1988 年 6 月 1 日起实施。1988 年下半年，浙江省开始在龙游、平湖等县试点。1988 年 11 月 28 日，浙江省第七届人大常委会第六次会议审议通过《浙江省村民委员会组织实施办法》。1991 年 1 月，浙江在全省范围内开展村民自治示范活动。年底，全省每个县都建立了 1—2 个村民自治示范村。到 1992 年底，全省 43697 个村委会中，有 95%以上的村按照《中华人民共和国村民委员会组织法（试行）》的有关规定，进行了换届选举。②无论是浦江县，还是郑宅镇，和着时代的节拍，村民自治向前缓缓推进。当然，我们必须清醒地认识到，无论是新的制度安排，还是公民意识的培育，都需要经历一个自然的过程，在短时期内实现"农民"向"公民"的完全转换只能是一种奢望。

四　若干思考

在社会主义市场经济条件下，"三农"的地位和作用一如计划经济时代那样重要，将继续发挥对社会稳定和经济发展的不可替代的作用，并成为从经济增长向经济发展转变过程中波动的源点。

首先，我国的市场经济很大程度上是政策选择的结果，市场经济的培育并不像发达国家那样，经过一个必要的或合理的过渡与铺垫过程，并未完全实现从初步商品经济到发达商品经济的成长过程，而是从自然经济、计划经济之后的一种大跨度跃迁。我国市场经济生成前提所表现出来的时间差和空间差告诫我们，必须严重地重视"三农"问题，这既是由我国国情所决定

---

① 郭正林：《当代中国农民政治参与的程度、动机及社会效应》，载《社会学研究》2003 年第 3 期。

② 《中国农业全书·浙江卷》，第 455—456 页。

的，也是由市场生成的背景所指定的。①

其次，中国经济社会发展最积极的动力来自农村，最沉重的阻力也来自农村。我国农业、农村和农民已为工业化的基础积累做出了巨大的牺牲和贡献。这种贡献既是农业的，实际又是来自农村和农民的。在整个集体化时期甚至更长时间里，这种贡献不仅是一般意义上的提供城乡人民生存需求的"粮食贡献"与保证工业部门需求的"原料贡献"之和，更是在统购统销政策背景下，国家财政和经济积累的源泉。一直以来，国家财政收入的统计来源是国有企业的纯收入，但在实际上，很大一部分是由工农业产品价格的剪刀差、低价提供食品以及农业利润转化为工业利润而获得的：据农业部政策法规司计算，历年农产品价格低于价值，1957年为38.8%，1965年为45.6%，1971年为40.6%，1978年为35.6%，农民因此而减少的收入分别为137.9亿元、257.4亿元、252.2亿元、308.4亿元；另外，下乡工业品价格高于价值，1957年为53.9%，1965年为43.7%，1971年为36.7%，1978年为19.7%，农民因此而分别多支出82.6亿元、100.8亿元、132.2亿元、133.4亿元；两项相加，这几个年份国家通过剪刀差从农民那里获得的积累额分别达到220.5亿元、358.2亿元、384.4亿元、441.8亿元，分别占当年财政收入的71%、75.7%、51.6%和39.4%。可以说，当代中国农村的贫困不是农民自己造成的。②

由于国情使然，市场经济体制确立过程中的基础积累也在很大程度上依赖于农业、农村和农民。据发达国家的经验，伴随经济起飞，一方面农业在国民经济中的比重急剧下降，另一方面社会对农产品的需求压力会持续增大，这对农业和农村经济发展既是机遇又是挑战。中国国情，特别是巨大的人口压力告诫我们，农业只能加强，不能削弱。

再次，由于我国农村人口占绝大部分，且农村市场容量在不断扩大，因此农村市场是我国市场的主体，农村市场必须把促进农产品生产和工业品销售作为主要任务。

"三农"问题关系国民经济发展和社会稳定的全局，这已不是理论问题，而是最现实、最迫切的实践问题。"三农"问题的解决，牵动现行体制中的

---

① 从文艺复兴到工业革命，到现代市场经济体系的建立，历史发展的内在逻辑对于我们建立和完善社会主义市场经济体系有重要的启迪意义。因此，无论是市场经济生成的条件，还是从传统市场经济到现代市场经济的演变过程，我们都必须重视并加以研究，所谓"搞市场经济要补上历史这一课"。

② 《经济参考资料》（1989年10月24日）第162期，转引自肖冬连《崛起与徘徊：十年农村的回顾与前瞻》，第15页。

深层次矛盾，是涉及多个层面的问题。

第一层面：农民。

农业、农村、农民问题，核心是农民问题。总体上讲，目前农民仍然是我国最贫困的一个阶层，因此农民问题根本上讲又是农民收入问题。

如前所述，在我国工业化进程中，农民已经做出了巨大的贡献和牺牲，但在城市工业发展并有能力实现自身积累后，我们不能再置农民利益于不顾，应该提高农民的收入，建立涵盖农村社会全体成员的权益保障体系，特别是法律保障体系和社会保障体系，从根本上改善其生存状态，以协调工农关系和城乡利益，促进社会全面进步，这是一方面。

另外，必须赋予农民独立人格，如前所述，实现"从身份到契约"或进一步"从农民到公民"的转换。这不仅是农民的迫切愿望，而且更重要的是社会主义市场经济发展的内在要求。农民独立人格的赋予首先取决于主体科学文化素质的提高。因此，教育在这里是极为重要的。甚至可以说，农村人口的素质与农村经济发展和社会进步有着至关重要的正比关系。①

第二层面：社会。

在市场经济条件下，农民可以根据自己的资源条件和市场需求，选择生产项目，并通过交换自己的劳动成果，广泛地参与社会分工从而获得经济收益。但是，由于我国农民固有的文化素质、市场意识、居住分散和生产狭小等特点，客观上决定了他们与市场经济相去甚远，分散无力的农民不可能真正平等地进入规范化大市场，在交易中往往处于不利地位。如何把分散的一家一户的小生产和大市场连接起来，解决好小生产与大市场的矛盾，唯一的办法就是大力提高农村社会的组织化程度，② 这不仅是保护农民利益的需要，而且也是农民进入市场的组织保证。

第三层面：政府。

农业的弱质性、农村的弱开放性和农民的弱组织性，使得它们在市场竞争中往往处于不利的地位。这就决定从根本上解决"三农"问题，完全依靠市场调节是不行的，也是危险的，还需要政府的调控、支持与保护。③

同时，经济体制的转轨过程是一种缓慢的、渐进的复杂过程，这其中也

---

① 必须承认，城市化进程对于农村的一大冲击，便是如保罗·哈里森所指出的，使农村"失掉了那些出类拔萃的人，那些受教育最多，愿意实行变革，适应性强，年轻力壮，精力充沛的人"，因此，相应的"人才反哺"是必要的和紧迫的。

② 农民的自组织能力问题很值得研究。

③ 在这里，重新调整国民收入分配格局的思路和建议是应该得到重视的。参见张晓山、崔红志《关键是调整国民收入分配格局——农民增收问题之我见》，载《农业经济问题》2001年第6期。

包含着政府行为本身的调整问题，集中体现为重塑政府与农民关系的新格局，也即政府职能结构的转变，主要的是由管理主导性向服务主导型的转变。这种职能转变很大程度上依赖于与农村市场经济体制相适应的农村基层组织的架构和农村基层干部素质的提高。

总之，从理论上来探讨上述一系列问题是十分必要的，但"三农"问题的解决，最终还取决于具体政策的实施。

主要参考文献

一、历史档案

1. 浦江县档案馆，全宗号 435，中国国民党浙江省浦江县党部、三民主义青年团浙江支团浦江分团部档案。

2. 浦江县档案馆，全宗号 436，浙江省地方法院浦江县政府军法室档案。

3. 浦江县档案馆，全宗号 437，浦江县政府军事科、社会科、人事室等档案。

4. 浦江县档案馆，全宗号临1、临2，浦江县政府民政科、田粮处等档案。

5. 浦江县档案馆，全宗号 31—1，玄鹿区（浦东区、浦东公社）档案。

6. 浦江县档案馆，全宗号 43，郑宅乡人民政府（郑宅人民公社、郑宅镇人民政府）档案。

7. 郑宅镇人民政府，未移交县档案馆的 1986—2000 年历年各种档案资料。

二、地方文献

1. 《义门郑氏宗谱》，民国二十四年（1935）纂修，木刻本。浙江家谱（旧）集成编委会、浦江县志编纂委员会办公室 1995 年春誊印。

2. 《郑氏规范》，郑大和首编，郑氏后人续编。见《金华丛书》之《旌义编》，也见中华书局 1985 年北京新 1 版《丛书集成初编》卷 975。

3. 《麟溪集》，郑文融编。1987 年元月，"江南第一家"文史研究会据民国十四年（1925）版翻印。

4. 《圣恩录》，郑崇岳编。1994 年 8 月，"江南第一家"文史研究会据郑氏族人郑期银所藏民国十一年（1922）重刊本翻印。

5. 《郑氏祭簿》，民国十一年（1922年）重刊，木刻本。

6. 《龙溪张氏宗谱》，清光绪三十年（1904）第二十八修，木刻本。

三、地方志

1. （明·嘉靖）毛凤韶纂修：《浦江志略》，上海古籍书店 1963 年影印本。

2. （清·光绪）张景青等纂：《光绪浦江县志稿》，1983 年 9 月浦江县志编纂委员会办公室誊印本。

3. （民国）钟士瀛主编：《浦江县志稿》，1985 年 6 月浦江县志编纂委员会办公室誊印本。

4. 吴宏定主编：《浦江县风俗志》，1984 年内部印行。

5. 何保华主编：《浦江县志》，浙江人民出版社 1990 年版。

6. 洪忠斌主编：《浦江县交通志》，1991 年内部印行。

7. 浦江县志编纂委员会办公室、浦江县城乡建设环境保护局编：《浦江县地名志》（1993 年）。

8. 浦江县粮食志编委会编：《浦江县粮食志》，1995 年内部印行。

9. 倪宏大主编：《浦江县公安志》，浙江古籍出版社 1997 年版。

四、资料汇编

1. 浦江县委调研组：《土改调研总结》（1951 年）。

2. 浦江县人口普查办公室：《浙江省浦江县第三次人口普查资料汇编》（1983 年）。

3. 浦江县统计局：《浦江县统计年鉴》（1949—1988 年）。

4. 浦江县人民政府人口普查领导小组办公室：《浙江省浦江县第四次人口普查资料》（1990 年）。

5. 中共浦江县委组织部、中共浦江县委党史研究室、浦江县档案馆合编：《中国共产党浙江省浦江县组织史资料（1927.5—1987.12）》，浙江大学出版社 1992 年版。

6. 中共浦江县委组织部：《中国共产党浙江省浦江县组织史资料（1988.1—1993.12）》，人民日报出版社 1994 年版。

7. 浦江县统计局：《浦江乡镇企业年鉴（1989—1994)》（1994 年）。

8. 浦江县统计局：1981—1998 历年《浦江县社会经济统计年鉴》。

9. 浦江县农业普查办公室：《浙江省浦江县 1997 年农业普查资料汇编》（1998 年）。

10. 郑宅镇企业管理委员会：《发展中郑宅乡镇企业》（1998 年）。

11. 中共浦江县委办公室等主编：《效益农业在浦江》（1999 年）。

12. 中国人民政治协商会议全国委员会秘书处编：《土地改革参考资料选辑》，五十年代出版社 1951 年版。

13. 史敬棠等编：《中国农业合作化运动史料》，三联书店 1957 年版。

14. 《中国的土地改革》编辑部、中国社会科学院经济研究所现代经济史组编：《中国土地改革史料选遍》，国防大学出版社 1988 年版。

15. 浙江省农村政策研究室、农业合作化史料编辑室编：《浙江省 40 个村合作经济史专辑》（合订本）（1988 年）

16. 浙江省统计局编：《奋进中的浙江（1949—1989)》（1989 年）。

17. 杭州大学地理系主编：《浙江省农业区划图集》，测绘出版社 1989 年版。

18. 浙江省农业厅编：《浙江农业四十年》，浙江科学技术出版社 1990 年版。

19. 浙江省农业合作化史编委会编：《浙江省农业合作化史资料（第一册)》（1990 年）。

20. 沈吾泉主编：《中国农业全书·浙江卷》，中国农业出版社 1997 年版。

21. 浙江省政协文史资料委员会编：《浙江农村改革纪实》，浙江人民出版社 1998 年版。

22. 王志邦主编：《浙江乡镇年鉴》（1999 年），方志出版社 2000 年版。

五、典籍、文集、文件

1. 《毛泽东选集》（1—4 卷），人民出版社 1991 年版。

2.《毛泽东选集》(第5卷),人民出版社1977年版。

3.《陈云文选(1949—1956)》,人民出版社1984年版。

4.《宋濂全集》(全四册),浙江古籍出版社1999年版。

5.《费孝通文集》,群言出版社1999年版。

6.中央档案馆编:《中共中央文件选集》(第14册),中共中央党校出版社1987年版。

7.中共中央文献研究室编:《建国以来重要文献选编》(第1—15册),中央文献出版社1992年版。

8.国家农业委员会办公厅编:《农业集体化重要文件汇编》,中共中央党校出版社1981年版。

9.中共浙江省委党史研究室、浙江省档案馆编:《中共浙江省委文件选编》(1949—1966年)。

六、论著

1.[美]德·希·珀金斯(伍丹戈译):《中国农业的发展》,上海译文出版社1984年版。

2.[英]杰弗里·巴勒克拉夫(杨豫译):《当代史学主要趋势》,上海译文出版社1987年版。

3.[美]西奥多·W.舒尔茨(梁小民译):《改造传统农业》,商务印书馆1987年版。

4.[美]M.罗吉斯、J.伯德格(王晓毅、王地宁译):《乡村社会变迁》,浙江人民出版社1988年版。

5.[法]H.孟德拉斯(李培林译):《农民的终结》,中国社会科学出版社1991年版。

6.[法]马克·布洛赫(张和声、程郁译):《历史学家的技艺》,上海社会科学院出版社1992年版。

7.[美]罗德里克·麦克法夸尔、费正清主编(金光耀等译):《剑桥中华人民共和国史(1966—1982)》,上海人民出版社1992年版。

8.[美]杜赞奇(王福明译):《文化、权利与国家——1900—1942年的华北农村》,江苏人民出版社1994年版。

9.[苏]恰亚诺夫:《农民经济组织》,中央编译出版社1996年版。

10.[法]埃马纽埃尔·勒华拉杜里(许明龙、马胜利译):《蒙塔尤——1294—1324年奥克西坦尼的一个村庄》,商务印书馆1997年版。

11.[美]黄仁宇:《资本主义与二十一世纪》,三联书店1997年版。

12.[美]施坚雅(史建云、徐秀丽译):《中国农村的市场和社会结构》,中国社会科学出版社1998年版。

13.[美]吉尔伯特·罗兹曼主编:《中国的现代化》,江苏人民出版社1998年版。

14.[美]明恩溥(午晴、唐军译):《中国乡村生活》,时事出版社1998年版。

15.[英]麦高温(朱涛、倪静译):《中国人生活的明与暗》,时事出版社1998年版。

16.[美]E.A.罗斯(公茂虹、张皓译):《变化中的中国人》,时事出版社1998年版。

17.[英]阿绮波德·立德(王成东、刘皓译):《穿蓝色长袍的国度》,时事出版社1998年版。

18.[美]明恩溥(匡雁鹏译):《中

国人的特性》，光明日报出版社 1998 年版。

19.［美］何天爵（鞠方安译）：《真正的中国佬》，光明日报出版社 1998 年版。

20.［美］黄仁宇：《放宽历史的视野》，中国社会科学出版社 1998 年版。

21.［美］马若孟（史建云译）：《中国农民经济》，江苏人民出版社 1999 年版。

22.［美］莫里斯·弗里德曼：《中国东南的宗族组织》，上海人民出版社 2000 年版。

23.［美］黄宗智：《华北的小农经济与社会变迁》，中华书局 2000 年版。

24.［美］黄宗智：《长江三角洲小农家庭与乡村发展》，中华书局 2000 年版。

25.［美］弗里曼、毕克伟、赛尔登著（陶鹤山译）：《中国乡村，社会主义国家》，社会科学文献出版社 2002 年版。

26. 张永泉、赵泉钧：《中国土地改革史》，武汉大学出版社 1985 年版。

27. 樊树志：《中国封建土地关系发展史》，人民出版社 1988 年版。

28. 王贵宸主编：《中国农村经济学》，中国人民大学出版社 1988 年版。

29. 陈守林等主编：《中华人民共和国农业史》，黑龙江教育出版社 1989 年版。

30. 孙友葵等主编：《中华人民共和国建设与改革史》，吉林人民出版社 1990 年版。

31. 张广智、张广勇：《史学，文化中的文化——文化视野中的西方史学》，浙江人民出版社 1990 年版。

32. 陈家骥主编：《中国农民的分化与流动》，农村读物出版社 1990 年版。

33. 薄一波：《若干重大决策与事件的回顾》，中共中央党校出版社 1991 年版。

34. 王沪宁：《当代中国村落家族文化——对中国社会现代化的一项探索》，上海人民出版社 1991 年版。

35. 陆学艺：《当代中国农村与中国农民》，知识出版社 1991 年版。

36. 张月发等主编：《农村基层政权研究》，杭州大学出版社 1991 年版。

37. 陆学艺主编：《改革中的农村与农民——对大寨、刘庄、华西等 13 个村庄的实证研究》，中共中央党校出版社 1992 年版。

38. 李锐：《毛泽东的早年与晚年》，贵州人民出版社 1992 年版。

39. 丁帆：《中国乡土小说史论》，江苏文艺出版社 1992 年版。

40. 冯尔康主编：《中国社会结构的演变》，河南人民出版社 1994 年版。

41. 林毅夫：《制度、技术与中国农业发展》，三联书店 1994 年版。

42. 中共永嘉县委党史研究室、永嘉县农业局、永嘉县档案馆合编：《中国农村改革的源头——浙江省永嘉县包产到户的实践》，当代中国出版社 1994 年版。

43. 肖冬连：《崛起与徘徊——十年农村的回顾与前瞻》，河南人民出版社 1994 年版。

44. 曹锦清等：《当代浙北乡村的社会文化变迁》，上海远东出版社 1995 年版。

45. 许纪霖、陈达凯主编：《中国现代化》（第一卷），三联书店 1995 年版。

46. 郭熙保：《农业发展论》，武汉大学出版社 1995 年版。

47. 钱杭、谢维扬：《传统与转型：

江西泰和农村宗族形态》，上海社会科学院出版社 1995 年版。

48. 杜润生主编：《中国的土地改革》，当代中国出版社 1996 年版。

49. 孙达人：《中国农民变迁论——试探我国历史发展周期》，中央编译出版社 1996 年版。

50. 王春光：《中国农村社会变迁》，云南出版社 1996 年版。

51. 陈吉元、胡必亮主编：《当代中国的村庄经济与村落文化》，山西经济出版社 1996 年版。

52. 胡必亮：《中国村落的制度变迁与权力分配——陕西省商州市王涧村调查》，山西经济出版社 1996 年版。

53. 李静：《中国村落的商业传统与企业发展——山西省原平市屯瓦村调查》，山西经济出版社 1996 年版。

54. 胡必亮、胡顺延：《中国乡村的企业组织与社区发展——湖北省汉川县段夹村调查》，山西经济出版社 1996 年版。

55. 王晓毅、张军、姚梅：《中国村庄的经济增长与社会转型——广东省东莞市雁田村调查》，山西经济出版社 1996 年版。

56. 王晓毅、朱成堡：《中国乡村的民营企业与家族经济——浙江省苍南县项东村调查》，山西经济出版社 1996 年版。

57. 冯芷艳、姚梅、王晓毅：《中国村庄的文化传统与企业管理——辽宁省海城市赵堡村调查》，山西经济出版社 1997 年版。

58. 费孝通：《江村农民生活及其变迁》，敦煌文艺出版社 1997 年版。

59. 王铭铭：《村落视野中的文化与权力——闽台三村五论》，三联书店 1997 年版。

60. 王铭铭：《社区的历程——溪村汉人家族的个案研究》，天津人民出版社 1997 年版。

61. 折晓叶：《村庄的再造——一个"超级村庄"的社会变迁》，中国社会科学出版社 1997 年版。

62. 吴晓波：《农民创世纪》，浙江文艺出版社 1997 年版

63. 包伟民主编：《江南市镇及其近代命运》，知识出版社 1998 年版。

64. 贾德裕等主编：《现代化进程中的中国农民》，南京大学出版社 1998 年版。

65. 周晓虹：《传统与变迁——江浙农民的社会心理及其近代以来的嬗变》，三联书店 1998 年版。

66. 张乐天：《告别理想——人民公社制度研究》，东方出版中心 1998 年版。

67. 方向新：《农村变迁论——当代中国农村变革与发展研究》，湖南人民出版社 1998 年版。

68. 杜虹：《20 世纪中国农民问题》，中国社会出版社 1998 年版。

69. 李福龙、刘光辉主编：《农业产业化——中国农业的第二飞跃》，山西经济出版社 1998 年版。

70. 周沛：《农村社会发展论》，南京大学出版社 1998 年版。

71. 韩明谟等：《中国社会与现代化》，中国社会出版社 1998 年版。

72. 傅上伦等：《告别饥饿——一部尘封十八年的书稿》，人民出版社 1999 年版。

73. 中国史学会编：《世纪之交的中国史学——青年学者论坛》，中国社会科学出版社 1999 年版。

74. 林济：《长江中游宗族社会及其

变迁》，中国社会科学出版社 1999 年版。

75. 程漱兰：《中国农村发展：理论和实践》，中国人民大学出版社 1999 年版。

76. 何沁主编：《中华人民共和国史》（第二版），高等教育出版社 1999 年版。

77. 高化民：《农业合作化运动始末》，中国青年出版社 1999 年版。

78. 秦兴洪、廖树芳、武岩：《中国农民的变迁》，广东人民出版社 1999 年版。

79. 李国庆：《日本农村的社会变迁——富士见町调查》，中国社会科学出版社 1999 年版。

80. 金耀基：《从传统到现代》，中国人民大学出版社 1999 年版。

81. 蒋先福：《契约文明：法治文明的源与流》，上海人民出版社 1999 年版。

82. 王仲田、詹成付主编：《乡村政治——中国村民自治的调查与思考》，江西人民出版社 1999 年版。

83. 李文治、江太新：《中国宗法宗族和族田义庄》，社会科学文献出版社 2000 年版。

84. 曹锦清：《黄河边的中国——一个学者对乡村社会的观察与思考》，上海文艺出版社 2000 年版。

85. 毛丹：《一个村落共同体的变迁——关于尖山下村的单位化的观察与阐释》，学林出版社 2000 年版。

86. 庄英章：《林圯埔——一个台湾市镇的社会经济发展史》，上海人民出版社 2000 年版。

87. 张静：《基层政权——乡村制度诸问题》，浙江人民出版社 2000 年版。

88. 折晓叶、陈婴婴：《社区的实际——"超级村庄"的发展历程》，浙江人民出版社 2000 年版。

89. 郑大华：《民国乡村建设运动》，社会科学文献出版社 2000 年版。

90. 马戎等主编：《中国乡镇组织变迁研究》，华夏出版社 2000 年版。

91. 刘应杰：《中国城乡关系与中国农民工人》，中国社会科学出版社 2000 年版。

92. 章猛进、黄祖辉主编：《迈入新世纪的农业与农村——浙江的现代化战略和政策选择》，浙江人民出版社 2000 年版。

93. 金延锋主编：《当代浙江简史》，当代中国出版社 2000 年版。

94. 七刊史学图书评论联合工作小组编：《史学新书评（1998—1999）》，社会科学文献出版社 2001 年版。

95. 韩明谟：《农村社会学》，北京大学出版社 2001 年版。

96. 彭恒军主编：《乡镇社会论——农村工业化与新型工资劳动者研究》，人民出版社 2001 年版。

97. 杨雅彬：《近代中国社会学》（上、下），中国社会科学出版社 2001 年版。

98. 汪水波、马力宏主编：《浙江农村城镇化道路探索》，浙江人民出版社 2001 年版。

99. 陆学艺主编：《当代中国社会阶层研究报告》，社会科学文献出版社 2002 年版。

100. 李昌平：《我向总理说实话》，光明日报出版社 2002 年版。

101. 殷海光：《中国文化的展望》，上海三联书店 2002 年版，

七、论文

1. 杜敬：《土地改革中没收和分配土

地问题》，载《中国社会科学》1982 年第 1 期。

2. 金铁群：《关于东北农村划阶级的一段回忆》，载《辽宁大学学报》1983 年第 1 期。

3. 董志凯：《关于我国土地斗争中的划阶级问题》，载《近代史研究》1984 年第 3 期。

4. 高化民：《对富农经济判断失误是农业合作化加快的一个重要原因》，载《党史研究》1986 年第 1 期。

5. 梁其林：《试论苏联农业全盘集体化运动的经验教训》，载《厦门大学学报》（哲社版）1986 年第 4 期。

6. ［苏］B. 达尼洛夫（肖涅译）：《农业集体化的渊源和教训》，载《世界史研究动态》1987 年第 11 期。

7. 章有义：《康熙初年江苏长洲三册鱼鳞簿所见》，载《中国经济史研究》1988 年第 4 期。

8. 王前：《关于合作化理论的沉思》，载《中共党史研究》1989 年第 1 期。

9. 杜敬：《中国土地改革研究中的几个问题》，载《中国社会科学》1992 年第 1 期。

10. 刘培平：《论中国共产党关于划分农村阶级标准的形成》，载《山东大学学报》（哲社版）1992 年第 3 期。

11. 史铭、徐浩：《中世纪晚期英国农村的变迁与现代化的启动——评〈现代化第一基石〉》，载《历史研究》1992 年第 3 期。

12. 孙达人等：《中国农民史论纲》，载《史学理论研究》1993 年第 1 期。

13. ［美］黄宗智：《中国经济史中的悖论现象与当前的规范认识危机》，载《史学理论研究》1993 年第 1 期。

14. 王玉波：《启动·中断·复兴——中国家庭、家族史研究述评》，载《历史研究》1993 年第 2 期。

15. 王家范：《中国社会史研究笔谈》，载《历史研究》1993 年第 2 期。

16. 孙达人：《论宏观与微观的衔接：再论加强对中国农民史的研究》，载《中国史研究》1994 年第 1 期。

17. 林舟：《活史，作为一种策略——评〈中国乡土小说史论〉》，载《小说评论》1994 年第 2 期。

18. 许平：《法国乡村社会从传统到现代的历史嬗变》，载《北京大学学报》1994 年第 3 期。

19. 赵学勇：《中国现代乡土文学综论》，载《兰州大学学报》（社会科学版）1994 年第 3 期。

20. 戚钧：《反叛与眷恋——论中国现代小说的文化意义》，载《上海大学学报》（社科版）1994 年第 3 期。

21. 梁敬明、杨树标：《乡镇企业的历史与现状及未来五年的走向》，载《杭州大学学报》（哲学社会科学版）1994 年第 4 期。

22. 温锐、杨丽琼：《社会心理与高潮迭起——试析农业集体化运动一哄而起的原因》，载《历史教学》1994 年第 8 期。

23. 唐力行：《徽州方氏与社会变迁——兼论地域社会与传统中国》，载《历史研究》1995 年第 1 期。

24. 周天游、葛承雍：《中国社会史研究的新趋向——"地域社会与传统中国"国际学术会议综述》，载《历史研究》1995 年第 1 期。

25. 贺跃夫：《晚清县以下基层行政官署与乡村社会控制》，载《中山大学学报》（社科版）1995 年第 4 期。

26.〔美〕杜维明:《"文化中国"精神资源的开发与创建》,载《东方》1996年第1期。

27.刘修明:《重视农民史的研究》,载《光明日报》1996年5月7日。

28.费孝通:《论中国小城镇的发展》,载《中国农村经济》1996年第3期。

29.张寿春:《人民公社化运动及人民公社问题研究综述》,载《当代中国史研究》1996年第3期。

30.杨树标、梁敬明等:《论社会主义市场经济条件下的"三农"问题》,载《杭州大学学报》(哲学社会科学版)1996年第4期。

31.汪青松:《农业合作化运动评价的新视角》,载《党史研究与教学》1996年第5期。

32.杜润生:《关于中国的土地改革运动》,载《中共党史研究》1996年第6期。

33.张振国:《农业产业化是我国农业发展的基本方向》,载《中国农村经济》1996年第6期。

34.李成瑞:《"大跃进"引起的人口变动》,载《中共党史研究》1997年第2期。

35.董国强:《对五十年代农村改造运动的再探讨》,载《中共党史研究》1997年第4期。

36.杨东升:《农业产业化过程中的中国农业技术变迁》,载《农业经济问题》1997年第4期。

37.孙达人:《摒弃"精英"史观,发现中国农民创造历史的潜力》,载《历史教学问题》1997年第4期。

38.徐勇:《浸润在家族传统文化中的村民自治》,载《社会科学》1997年第10期。

39.曹树基:《太平天国战争对苏南人口的影响》,载《历史研究》1998年第2期。

40.常绍民:《"小书",大手笔》,载《世界历史》1998年第4期。

41.池子华:《中国"民工潮"的历史考察》,载《社会学研究》1998年第4期。

42.戴逸:《世纪之交中国历史学的回顾和展望》,载《历史研究》1998年第6期。

43.高伯文:《从"大跃进"看经济体制变动的负效应》,载·《中国经济史研究》1999年第1期。

44.陈启能等:《〈蒙塔尤〉四人谈》,载《史学理论研究》1999年第1期。

45.侯建新:《国外小农经济研究主要流派述评》,载《世界历史》1999年第1期。

46.乔志强、陈亚平:《中国近代社会史研究诸问题》,载《史学理论研究》1999年第1期。

47.赵世瑜:《再论社会史的概念问题》,载《历史研究》1999年第2期。

48.冯立天等:《50年来中国生育政策演变之历史轨迹》,载《人口与经济》1999年第2期。

49.衬廷煊:《城市化与农业剩余劳动力的转移》,载《中国经济史研究》1999年第4期。

50.彭南生:《近代农民离村与城市社会问题》,载《史学月刊》1999年第6期。

51.赵卫亚:《我国农村居民恩格尔系数变动规律探析》,载《农业经济问题》1999年第6期。

52.李树苗等:《中国农村招赘式婚

姻决定因素的比较研究》，载《人口与经济》1999 年增刊。

53．武力：《过犹不及的艰难选择——论 1949—1998 年中国农业现代化过程中的制度选择》，载《中国经济史研究》2000年第 2 期。

54．杨树标、梁敬明等：《贡献与缺憾：梁启超史学思想再审视》（笔谈），载《浙江大学学报》（人文社会科学版）2000年第 5 期。

55．胡鞍钢、吴群刚：《农业企业化：中国农村现代化的重要途径》，载《农业经济问题》2001 年第 1 期。

56．梁敬明：《兰溪鱼鳞图册评介》，载《浙江档案》2001 年第 2 期。

57．徐连仲：《农村居民收入变化及影响因素分析》，载《农业经济问题》2001 年第 5 期。

58．张晓山、崔红志：《关键是调整国民收入分配格局——农民增收问题之我见》，载《农业经济问题》2001 年第 6 期。

59．刘翠霄：《中国农民的社会保障问题》，载《法学研究》2001 年第 6 期。

60．罗发发：《中国农业技术进步水平的区域特征及其成因分析》，载《中国经济问题》2001 年第 6 期。

61．江红英：《试析土改后农村经济的发展趋势及道路选择》，载《中共党史研究》2001 年第 6 期。

62．徐晓军：《转型期中国乡村社会交换的变迁》，载《社会科学辑刊》2002年第 1 期。

附　　录

浦江县玄鹿区一九五二年农业生产的全面总结（节选）

（中共浦江玄鹿区委会，1952 年 12 月 28 日）

我区自三反运动胜利结束的基础上，接受了上级所提出的春耕播种、互助合作、增产竞赛的三大运动，经过系列会议的贯彻，及进行了自上而下的土改后二条道路的教育和自下而上的建立了机构、积累经验、推动全面，因此运动的开展是顺利的。在过程中又继续不断的启发提高群众的政治认识、生产技能，另外教育干部，经常改正工作方法、健全领导力量，思想、物质、组织三方面有着充裕的条件下，运动的结果也是有成绩的，光是水稻就增产 20%……

所以获得以上成绩，主要掌握以下几点：

一、针对群众思想，进行广泛深入的宣传。因农民长期生活在小经济个体分散的环境下，养成了保守落后自私的天性，对着不同程度的怀疑，或眼光不远，常为个人利益所摄取。所以当一个运动的开始及贯彻过程中，一定随时掌握群众的思想情况，及时教育、提高和批判。像今春雨水过多，加以土特产销路不大，因之群众盲目叫苦。前陈乡反映：全乡只有两户半有的吃，一户乡政府，一户学校，还有半户是合作社，干部郑隆中家庭成分是富裕中农，吃穿有余，但也跟着喊困难，目的怕暴富，这样生产受到障碍不小。白马乡发动兴修水利时，群众反映：饭都没的吃，还有力气修水利。除虫也一样，前店乡的一个（叫）王元轨的讲："要捉虫的话，只好叫那些 120 斤大米的来抓。"发现后，分区党委组织了三个工作组，分头深入检查，结果情况并不如此严重，孝门乡某组开会时组长说：我们这里只有三户有饭吃，经过检查，相反的只有三户比较困难，所以立即展开教育批判，指出前途，提高生产信心。另外，也重点救济，发动自由借贷，大力使合作社收购土特产，解决部分困难户，大大地推动了生产工作。

　　二、在物质上需有充分的准备。全区今年之所以能增产，是有充分的物质准备基础的。根据今春统计：肥料方面，平均比去年增加 35%—45%，光油瓶（饼）一项，就增加 10014 斤，占 1951 年总数 20%，土肥尤其惊人，塘泥挖了 157 多万担，比 1951 年多四倍光景，焦泥灰也是多烧 90 多万担、增加三倍左右，这还是三月里的数字。另外农具方面，添修的锄头 2844 把，耕犁 208 张，水车 211 副，耕牛本区虽短缺，但是在互助协商的方式下也解决了。全区有 90% 以上耕过三遍春花田，耕四遍亦有 4% 左右，基本上做了深耕 1 寸至 1.5 寸，比去年提早 5 天到 10 天完成。这是实际的，只有充裕的物质准备基础，才保证今年的丰收。

　　三、组织起来。这是今年增产的主要关键。由于组织起来，提高了劳动效率，改进工作，才能解决生产生活的困难。将近一年来事实证明了它的优越性。全区互助组普遍获得了丰收，像重点邱小林互助组，今年增产 3000 斤，比去年多收二成三，邱小林自己去年 2860 斤，今年 4103 斤，增产四成三；郑隆旺互助组内的组员郑隆范，出现了"千斤田"，增产五成七。这次总结评比工作中，像吴店乡吴福根互助组，增收稻谷 4390 斤，占 21%，而单干户吴小土减了产少收 8%，这更鲜明对照出，互助合作的长处。正如单干户于根土反映："人家互助组，今天是稻田，明天变成萝卜田，我则是割稻割二天，种萝卜还得二天，怎么样也赶他们不上。"

　　四、培养典型，大力推广先进经验，以及战胜自然灾害，减轻不应有的损失，这一点也非常重要。像今春领导上号召增产二成时，群众就普遍反映，没办法，丙等田增产还可以，甲等田再用肥，稻秆要卧倒的，往后要学习陈永康的增产先进技术，小株方形密植法，群众有许多思想不通，阻碍了"千斤田"竞赛的开展，像吴店乡万金水说：要种千斤田，除非连稻根带黄泥都算进去。白马乡傅克桥也讲：田种得这样密，谷子不会多些，风一吹来相反的快卧倒。因此区委掌握了傅新水先种好一亩田的小株密植，再发动全区的农民代表齐来参观，当中又介绍了经验，进行了讨论座谈，代表们通过实物的教育，一致认为可以推广，由此全区就有 70%—80% 的田密植，普遍每亩插上四千至六千孔。秋收后，像孝门乡邵加明互助组总结时说：今年增产还是靠小株密植，只恨参观得太迟了，傅新水种好一丘，我们这里已种好一大半。

　　抗击自然灾害的侵蚀，群众也相当迫切关怀的，由此该年治水防旱除虫，已形成无次数的高潮，因为这是与增产有直接影响的，像傅新水互助组，讨论除虫体会相当深刻，他们说除虫除彻底一亩田可多吃一个月，相反的就要减收一担多。兴修水利也如此，吴店乡杨廷统说：去年不修吃了亏，九斗田只收 500 斤，今年再不干，真要饿肚子了。

五、掌握重点，展开爱国增产竞赛。这是鼓动劳动热情，贯彻爱国主义的教育的好办法，尤其通过订出生产计划，更使运动有领导、有步骤、有目的、有计划的发展。全区自傅新水互助组展开连环竞赛后，一时形成热潮，卷入运动中的，据统计有一个农场、三百个互助组，制定了生产计划的，有183 个互助组，1634 个单干户（据当时）和三四个劳动模范，占全区 50%以上。

六、贯彻男女一齐发动的方针。占农村人口约 50% 的妇女，是一支不可忽视的力量。由于长期封建成规因袭的经过，以前妇女是以为"妇女出田亩、人家就倒败"。所以发动她们参加是一件非常细致艰难的工作。实际上妇女之参加劳动已形成风暴，像白马乡邵玉宵说："以前上山砍柴，就用箬帽遮脸孔，现在怕什么，还不是同男的一样。"所以这就是增产因素之一，像去年傅新水互助组，没有充分运用妇女，因之征粮时征完了农业税，同时也耽误了铲麦，今年就不同了，组内因妇女科学的分工，做到征粮、生产两不误。邱小林互助组（现在改生产合作社）内也有 17 个妇女参加秋收秋粮工作，而且部分妇女劳动效率也不会比男子弱，像王市乡吴金球在互助组内一天一个上午就干了六分，比男子还多。

七、不断的以多种多样的进行检查。"检查"这是促使运动的正常发展，使保持经常性的有力方式，同时也是教育群众、提高自己的具体方法。检查的方式，本区进行得最普遍的是农田参观，它最能发现问题，以实例教育群众。这种办法，各乡都普遍举行过，也都有一定的收获……

附录二

为实现水稻连作化而斗争

（中共玄鹿区副书记张花苟在中共浦江县委第八次
干部大会上报告，1955 年 12 月 31 日）

我区在上级党委的正确领导下，经过几年来的努力，特别是 1955 年 10月初开始贯彻毛主席批示后，后乡村从根本上起了巨大变化。主要表现在全区从原有 58 个社发展到 233 个社，入社的农户 7701 户，占总农户的 74%（内有两个高级社），基本上合作化。这一变化使农村被小农经济束缚着的生产力得到了解放，给水稻连作化奠定了组织基础。

具体的可分三个问题向大会汇报：

一、1955年生产情况与存在问题：1955年生产虽受到三灾四难的威胁，但在上级党委的正确领导下和全体党员干部积极工作、广大群众创造性的劳动，终于战胜了水旱虫三灾，依靠组织起来力量、克服了人力、肥料、农具、种子等四个困难，获得了1955年粮食生产的丰收。全区在四万多亩土地上产量为2522万斤，比1954年增产一成五左右。但全区工作由于玄鹿区委尤其是我的落后保守思想指导，因此还存在以下问题：（1）没有抓住改变耕作制度，扩种高产作物。特别是扩种双季稻这一主要增产关键，因此全区有二万多亩连种双季稻的田种成扎豆荞麦，这一笔就减产500万斤以下。（2）推广先进技术不够，有的级村玉米双季稻虽种得很多，但由于没有加强技术指导，仍旧是"多种薄收"，影响了农民生产积极性。（3）整社工作和合作社的生产管理搞得不好，造成在春荒时有的社发生停工现象，如新宅一社七天不生产，影响了适时下种和培育工作。（4）对党的各项政策宣传不够，尤其是养猪问题农民顾虑很多，像吴店乡杨家村不到60斤的就杀死了30多只，严重影响了积肥和增产计划实现。

二、1956年以水稻连作化为主要内容增产指示：经过这次会议使我们进一步看到了我区生产上的巨大潜力和合作化后所带来新形势，同时认识到我们的任务不是等待"五谷丰收"，而是利用合作化的有利条件，发挥广大群众的积极性和创造性，开展大面积的增产行动，争取五年计划四年完成，全区1956年的增产指标是要换种双季稻三万亩，达到增产700万斤粮食，种油菜4000亩，产菜籽27万斤，蚕茧达到27000斤，并在白马设茧行一个，生猪达到常养22000只，造林100万株，封山5000亩的要求。

完成这一指示是完全可能的，首先，全区有7430农户参加了合作社，实行集体劳动后，就有大批劳力可以多余，因此只要我们把他们组织到生产上去，就是我们实现计划指标的组织保证。其次，我们全区有30000多亩水利好阳光充足土质肥，适合种双季稻的土地，这就是我们实现水稻连作化的基础。再次，我们在白马、吴店、塘里三乡已取得大面积改变耕作制度多种双季稻的初步经验，像吴店一社1955年早稻每亩409斤，双季稻平均每亩400斤，只要我们及时总结推广，这些经验700万斤指标是可以超额完成的。

三、为实现1956年增产700万斤粮食的指示，我们除积极的搞好冬季生产外，着重应抓住以下六个环节。

1．大力改变耕作制度，特别是把间作稻改为连作稻，这是一个主要的增产关键，因此区位决定明年增产着重应抓住把间作稻改为连作稻，把低产的扎豆、荞麦改种为玉米双季稻甘薯，就双季稻300万亩平均300斤，就可以增产600万斤粮食，其次把原来因缺少劳力把可种三熟的田只种二熟，现在组织起来力量把他改为三熟，并把现有的 3000 多亩空闲田利用起来，这样又可以增产百余万斤粮食。

2. 改进生产技术，是提高单位面积产量争取大面积丰收的有效办法，区委已总结了吴店乡种好双季稻的经验，他们主要经验是：（1）选好良种，双季稻种是多样的，计有"老来白"、"西阳糯"、"猪毛插"、"鸟猪糯"等五种最好，种得最多有 80% 左右，其优点是产量高、谷粒密、米气好、稻干硬勿易倒伏，耐肥抗病力强，稻种需要年年选的，但在方法上可以"一年穗选，一年块选"，选好后一次晒燥，并要妥善保管，以保证种优良。（2）培育好秧苗，这是很重要的一环，俗说："秧好半熟稻"，方法有两种，一水秧，一燥秧。前者优点多，因此他们 70% 以上是扎"燥秧"的，（最好做燥秧，能用旱地做秧苗，秧苗能掌握不会太专，能利用水稻田种早稻）。要做好秧田得注意下列问题：①芒种时要做好浸种工作。②在扎秧时要做到与早稻稀田秧一样密。③扎下谷子后，要扎上一只小麦壳或大麦芒以免被鸟雀吃掉，播种时最好是忙种前使穗大小麦未收完雀不会吃或少吃。④秧田要合理施肥，特别是插秧前四五天要施上一次至二次。（3）适当密植，一般是每株十四五根一穴，距离六寸到八寸见方。（4）施足肥料，因为双季稻收获期短，俗说双季稻又叫"急赶"，有的说：九早十早双季稻，施肥越早越好，所以不仅要施足，而且要施得早，一般的 18 日内肥施好。（5）防治虫害：种双季稻容易受虫害，解决这问题是双季稻丰收的主要环节，他们的办法有四种，一用烟粉插烟干（最好下种三日内用上）。二喷射"六六六"、"可湿性"、"二二三"等药水。三每亩滴进二斤左右菜油青油或洋油也可以杀死虫害。四挖光稻根，削掉田边什草。

此外要推广白马乡种玉米的五条经验，用通报参观介绍展览等方式，大力推广，同时要推广玉米人工辅助授粉，番薯日光花嫁接的先进经验，以达到全区 1 个千斤乡，22 个千斤社，10333 亩千斤亩和 30 亩万斤薯的指示。以及白马乡五丰社"低千速成栽桑法"，利丰社"稚蚕高温感光，多回给桑"的快速养蚕法，沈街乡第五村省饲料，快肥大的养猪经验，以达到全面丰收的要求。

3. 修收水利，多积土肥，这是多种双季稻增产粮食不可缺少的条件，因此我们决心把现有四个水库发电站一个和 500 处小型农田水利，发动群众在清明前保证修好，以增加 15 天到 20 天的水源，达到少旱不受灾的要求。同时结合修水利挖塘泥和挖稻根，除虫培植绿肥，扫垃圾割青草，多养猪，多养牛等方法，到 3 月底达到挑 1 万亩田，积 100 万担土肥的计划。

4. 积极推广优良品种，据今年各社推广优良品种效果上看是好的，如吴店乡一社双季稻选了"鸡毛草"、"西洋糯"、"红刀头"等品种获得了历年以来未有的400斤一亩大丰收，白马乡五丰社、王市乡一社玉米在今年选用"金皇后"、"百廿日"、"八十日"等九种良种，获得玉米平均每亩252斤的新记录。杨家一社水稻选用"五五五"、"六五〇六"、"大粒早"三个品种后，得到了平均一亩428斤，全乡最高的丰产社，为了保持优良品种的逐步提高今年要达到"社社高种子田"、"样样进行选种"。此外，要把供销社所附设配种站经验加以总结，以实现母猪"产得多，长得快"的目的。

5. 积极推广新式农具，逐步实现农业半机械化。事实证明新式农具对改进生产，提高生产力是起着很大作用的，特别是双轮双犁和打稻机更为农民所受用，为此区委决定在1956年推广抽水机5部，双轮双铧犁150部，打稻机90架，玉米脱粒机50架，水田犁90部，其他200件，同时加强手工业社的领导，使其更好地为合作化农业生产服务。

6. 各部门要互相配合，特别是在农业合作化以后，要加强对信用、供销合作社的领导，技术推广站要认真总结和大力推广增产经验，定期召开技术研究会和组织参观团相互交流生产经验，此外要注意发挥妇女的作用，壮大农业生产队伍。

为了保证上述环节的实施，因此我们要在征集工作同时做好新社第一次、老社第二次的整社工作，和在日前整党整团的基础上打破保守思想，搞好建党建团工作和农业社的政治思想领导，以及全面的开展扫盲运动，以适应合作化的需要。

以上各点，我们敢向县委和全体同志保证，我们一定能够全部如期实现，如有不妥之处，望大家批评。

附录三

通过会主义教育运动，初步批判资本主义、个人主义行为
郑宅乡各农业社开始实报产量

（中共浦江玄鹿区委会，1957年9月11日）

浦江县郑宅乡通过初步开展社会主义教育运动，全乡群众进一步提高社会主义觉悟，和爱国主义思想觉悟，开始自觉地批判了只顾个人、不管国家的资本主义和个人主义思想行为，各农业生产合作社，纷纷开始实报产量。

中共郑宅乡总支部，为了坚决按粮食三定政策办事，完成粮食征购任务，并巩固其成果，支援国家社会主义建设，认识到搞清实产是执行政策完

成任务的基础，同时搞清实产也是一场资本主义和社会主义两条道路具体斗争，这也是一个艰巨复杂的思想工作。为此必须动员全党，依靠广大群众特别是依靠广大的反（翻）身贫农，来进行这一工作。因此乡党支部将反偷产漏产、搞清实际产量列入社会主义教育运动的内容之一，并将这一工作在历次支部会、代表会上进行了反复认真的讨论和步（部）署，经过一段时期的工作，群众提高了思想觉悟，已经纷纷开始实报产量，全乡 16 个社，已有 13 个社报出偷漏瞒产 40000 多斤粮食，并挖出大量的偷产、瞒产、漏产的花样，达 20 多种，综合以下主要十种：

1. 湿谷拆燥谷提高含湿率，降低成头。芦溪社第三小队稻早上割进来的露水谷晒到下午，又把下午割进来的谷一起掺匀混合，也不过称，打个 8 拆 2（100 斤算 82 斤）糊里糊涂算一笔。而邻村石渠口社，将露水谷晒燥每百斤就有 8 拆 6，有的 8 拆 7；孝门社郑隆良小队将已经快燥的谷打 8 拆（100 斤算 80 斤）分给社员，可是同一天一起分掉的谷还存下 136 斤，晒得很晒还有 130 斤，原来在晒称谷时毛病很大，他们用 10 斤湿谷拿出来晒，称出来时平一些，晒燥谷称得准一些，再加上鸟吃鸡吃及其他花样，算干谷就不算干了，这是全乡比较普遍的第一种花样。

2. 好谷当瘪谷、次谷分掉不计算。孝门社张世溪小队把好谷当“肚下仓谷分掉”1240 斤，第一次按劳分，分掉 400 多斤，第二次 800 多斤，按人口分掉 40%，按劳力分掉 60%，开始时社员不承认，后来发觉同样的谷已交了一部分农业税，才把这把戏揭穿了。新三郑社每一小队将次谷借口说：肚下仓谷分掉 200 多斤不记账。

3. 小队集体隐瞒，编造两个方案。山头店是一个 35 户的小社，分四个小队，每队都有真假两个方案，一个对内实分一个欺骗政府，这社原来白豆、早中稻产量是 39974 斤，经过反偷漏揭穿花样后，已承认 46372 斤，平均每户偷瞒分到 184.5 斤，有一个小队偷过九次，有一个小队每人分掉 21 斤，这社原来早中稻每亩 224 斤，现在提高到 321 斤，白豆原来每亩 64 斤，提高到 114 斤。

4. 小队集体偷窃。芦溪社金光禄小队本来农业税不肯交，口口声声说粮食没有了，经过教育后向户里倒回一部分，集体偷窃的 1050 斤也交出来，第二天 3700 斤公粮一气交清了。

5. 按人口、按劳力、按劳动底分私分不记账。麟溪社每四大队第一小队，按劳动工分私分两次，一次每百分工分白豆 2 斤，一次每个劳动力分谷 5 斤，麦 3 斤；新三郑社第四小队每个劳动力分谷 15 斤，分白豆 5 斤，都不登账。

6. 田头偷窃、黑市出卖吃酒吃肉。麟溪社第四大队一小队几个社员合伙将小麦 37 斤，白豆 17 斤偷下，黑市卖掉后吃了一顿酒肉。

7. 多分少记账，分三次记二次。麟溪社伪职郑金罗坦白出他分到两次谷没有上到领粮证上，一次 35 斤，一次 44 斤。另有一次这个伪职实际分到 68 斤谷，而领粮证上却只有 39.5 斤。

8. 饲料、超产粮分掉不记账。水阁社已反出饲料次豆 948 斤不记上账，另有几个社的部分小队发现分掉超产粮也不记上账。

9. 田头地角种出来的什粮分掉不算粮食。前店社有一个小队就分掉田头地角的豆类等 96 斤，这社早在代表会上已揭发私分小麦 953 斤，白豆 162 斤，稻谷 421 斤，其中有部分是田头地角的出产。

10. 妇女在晒场上偷，风车头偷，有集体合伙偷，有个人隐人偷。芦溪社十三小队，因社长、会计均保这个队的，小队里不敢集体偷窃，妇女就趁无男人时偷分，现在发现这小队共偷过 11 次之多。

该乡通过初步揭发、自报，将重新报出的 4 万多斤全部交售给国家，有力地推动了征购工作和巩固粮食成果，全乡夏粮任务 791050 斤，到 10 日止已入库 839255 斤，完成了 106.1%。

现在中共郑宅乡支部为了进一步揭发花样，搞清实产，坚决与偷产、瞒产的非社会主义思想行为作斗争，决定干部分片包干、充分发动群众，采取先重点后一般，反一批，再反一批，不反彻底绝不收兵，并围绕当前生产运动中结合进行。

附录四

关于钢铁大放高产卫星的紧急通知

（中共玄鹿区委员会，1958 年 10 月 6 日）

……木炭今天分配送来任务，白马 1200 担，郑宅 1000 担，吴店乡 800 担，前陈乡 1000 担，正户乡 600 担。根据汇报吴店乡已送来 380 担，其他乡没有汇报。今天计划建炉 35 个，实际兴建炉 4 个，问题很大，泥水匠有的坐火车出去了，有的到家里去了，有的去洗砂去了，没有完成任务。

根据上述情况，明天必须发动一个突击战，来个大跃进，任务分配如下。洗铁砂任务：每人必须保证 20 斤，各乡保证出动人数，白马 5000 人，郑宅 6000 人，正户 2200 人，前陈 5000 人，吴店 3500 人。铁砂任务按人数推算……把铁砂任务坚决分到社，定到人，层层保证，连夜行动。关于木炭，柴爿任务，开展每户五担炭运动，明天就要完成每户一担，要木炭和柴爿，破桌子也要拿来，白马2300担，郑宅2800担……要坚决完成，上午送一半，下午全部送齐。

另外，拉煤拉铁砂任务分配，上午到郑家坞拉煤共计70000斤，白马2万斤，郑宅2万斤，吴店1万3千斤，前陈1万斤，正户7千斤。明天上午到壶源区拉铁砂任务，白马3000斤，郑宅3000斤，吴店2000斤，正户1000斤，前陈2000斤……

关于建炉问题，明天保证完成40个，力争60个，有何守乾同志负责。

同志们，明天是七号，下午就要开始点火，坚决把卫星送上天，要坚决行动起来投入战斗，指导战斗。大战两昼夜，力争赶上去，改变落后面貌。

附录五

义乌县郑宅人民公社农村手工业加工
服务合作社章程（试行草案）

（1964年3月25日）

第一章　总　　则

第一条　郑宅人民公社农村手工业加工服务合作社，是农村手工业劳动者，在中国共产党和人民政府的领导下，按照自愿原则组织起来的社会主义性质的手工业集体经济组织，作为郑宅人民公社，生产队集体经济的一个组成部分，同时参加县手工业联社为社员，实行公社和县手工业联社的双重领导，以公社领导为主。

第二条　本社的社员，应当在公社，生产队生根落脚，是人民公社的一个社员，并根据农忙务农，农闲做工的原则，在农业大忙季节，生产队如有劳力紧张忙不过来影响农业生产，专业社员必须参加农业。

第三条　本社应根据各行业的特点，保持和发扬原有生产上、经营上的优良传统，在生产方式上，应本着当地农业生产和人民生活的需要，以上门加工服务为主。并要保证在全公社范围内生产队集体农具的修制，尚有多余劳力经公社同意，通过上级管理部门的介绍，有计划、有组织、有领导的外出加工。

第四条　本社必须要贯彻执行民主办社和勤俭办社的方针。按民主集中制的原则，实行民主管理，充分发挥社员的积极性和创造性，团结全体社员办好合作社，不断的改进服务态度和经营管理。

第五条 本社要与国营工厂和专业手工业社密切配合，作为国营工厂和专业手工业的助手，并且要加强同其他供销社、信用社等合作之间的结合，在共产党和人民政府的统一领导下，做到互相支援，互相促进，共同发展。

第六条 本社要严格遵守国家的政策法令，不得哄抬价格，不得投机倒把。

第七条 本社应根据社会主义建设需要，不断地进行技术改造，提高社员的操作技艺。

第二章 社 员

第八条 年满16周岁以上，下放在农村的专业手工业劳动者，传统的农村副业手工业劳动者，家庭手工业劳动者，原来在农村亦工亦农的手工业劳动者，凡是承认社章，自愿申请入社的，经大队、公社同意和社员大会讨论通过就成为社员，被剥夺政治权利的人不能吸收为社员。

第九条 凡是参加本社的社员，要交纳一元入社费，作为本社的开办费用，但不交股金。

第十条 社员有以下权利：

（1）在本公社内享有政治、经济、文化、生活福利等方面一切应该享受的权利。公社的各级组织对本社社员的一切权利，都必须尊重保障；

（2）有选举权被选举权；

（3）参加社员大会讨论和表决各项社务问题；

（4）取得合理的报酬；

（5）监督社务和小组活动，提出有关建议和批评，检举违法失职的人员。对于社、队干部违法乱纪行为，有向任何上级控告的权利。

第十一条 社员有以下义务：

（1）要爱护国家和社、队的公共财产；

（2）遵守国家的政策法令，遵守社章，遵守各项制度；

（3）服从理事会和小组的领导管理，执行社员大会和理事会的决议；

（4）积极修制农具，全心全意为农业服务；

（5）爱护集体、自觉地遵守劳动纪律，巩固合作社、组内部的团结，端正政治方向，同偷工减料、投机倒把、哄抬工价、破坏合作社等的资本主义思想行为作斗争；

（6）提高革命警惕性，防止封建复辟和反革命分子的破坏活动。

第十二条 社员有退社自由，本社社员如果确实不搞手工业，从事农业时，应该向理事会提出申请，经生产队和公社的同意，可以退社。但退社后不得从事手工业生产，如复业本人写申请，经生产队和大队公社同意批准，才可加入行业。

第十三条　社员服兵役的期间，合作社应保留地的社籍。

第十四条　本社社员，应根据农业生产要和社会需要，积极培养学徒。师傅带徒弟，要给师傅一定的报酬，但师傅要带徒弟，必须经过生产队、大队同意，经公社批准后才可以带。

第十五条　社员违反社章，应该给予教育和批评，对错误比较严重的，可以分别情况，给以警告、记过、赔偿损失、撤销职务等处分。对屡教不改，情节严重的，经社员大会通过，报公社批准，开除他的社籍，从事农业。对于违反国家政策、法令的，送交司法机关依法处理。

第三章　生产管理

第十六条　本社在生产上，分加工服务合作社理事会和大队手工业组二级管理，为了便于生产安排和劳力调配。理事会应以行业为单位成立专业小组，以便理事会加强对行业之间的生产领导。

第十七条　本社应根据"以农业为基础工业为主导"发展国民经济总方针，按农事季节，应坚决贯彻"先集体后个人、先农具后家具、先急后缓"的服务方针和"质量第一、品种齐全、修制并举、物美价廉、因地制宜、不误农事"的原则，做到统筹兼顾，合理安排，同时要就地取材，充分利用当地原材料。

第十八条　凡是本社社员，劳力调配权属于大队手工业组和加工服务社理事会，但工人参加分配的所属生产队，需要修制农家具时，有优先权。

第十九条　一切行业的包工，都归本社理事会或专业组出面承包，社员不得单独承包，影响整体，若承包单位信用某个师傅，可由某个师傅为代表出面承包，但整个业务仍归理事会或专业组掌握，如专业组承包必须有公社作见证。

第二十条　社员上门流动加工服务，均由大队手工业组员负责掌握，大队手工业组，每月应向理事会报一次分行业、分人员的劳动日和营业额。

第二十一条　本社理事会接洽的业务，理事会和专业组必须公平合理，根据技术特长统一安排。

第二十二条　在本公社内，不参加本社的任何手工业工人，一律不得参加手工业劳动，并由生产队负责管理、从事农业，真正需要时，必须经过公社批准。

第二十三条　本社要及时检查，定期汇报，按季按年进行总结评比，对于服务方向明确，积极修制农具，合理收取工价，按时交纳管理费，深受群众欢迎的社员，应经予表扬或奖励。

第四章　经济政策

第二十四条　本社要建立财务管理制度，对社员交纳管理费，承包工程所提取的管理费和理事会的一切费用开支，要按月公布，对一切开支费用，要经过一定的审批手续，要有单据凭证。

第二十五条　凡是本社社员，每月应向理事会按实际营业额或评定营业额交 3% 的管理费，作为社务开支。开支多余作为公积金，拖延不交者，要处以按应交部分罚款 20%。

第二十六条　本社社员与生产队的收益分配问题，首先应承认工农差别，手工业者收入水平，按照历史习惯，应当略高于当地同等农业劳力的收入水平，同时要有利于巩固集体经济、有利于工农业生产的发展，有利于发挥农村手工业的技术特长和积极作用，有利于生产队农具修制，有利于生产队副业收入的增加出发，按以下几种办法，因地制宜地确定。

（1）手工业者，把每天收入 20% 左右交生产队，作为生产队的公积金、公益金、生产费、办公费、农业税等五项金，再按农业年初预计工分值交钱记分，一切与农业社员同等劳力同样分配，年终决算，多退少补；

（2）按农业年初劳动日的预计产值交钱记分，按农业分配标准参加农业分配，年终决算后，按实际产值多退少补；

（3）按生产队每月正半劳力平均工分交钱记分，每元记工分 10 分……

第二十七条　对本社社员的家属的口粮和其他农副产品的分配，除社员本人能负担部分外，其余不足部分应由生产队按其他农业户照顾户同样照顾。

第二十八条　本社社员在本生产队加工时，如付不出工资时，可按同等劳动记取工分，同时比同等农业劳力适当提高一点，作为工具技术补助分，但要免取交此工分数的副业款及公积金。

第二十九条　本社要实行经济核算制，要精打细算，防止浪费，充分发挥人力、物力和财力的利用，脱产干部要定期参加劳动，一切误工、开支要从节约着手。

第三十条　本社社员上门加工服务，要按本社各行业的统一收费标准收费。不得提价、压价。

第五章　组织机构和领导关系

第三十一条　本社的权力机关是社员大会或社员代表大会，他的职权是：

（1）通过或修改社章，通过社员入社和开除社员出社；

（2）选举和罢免出席上级联社社员代表大会的代表；

（3）选举或者罢免理事会主任、副主任、理事会理事，监事会主任、副主任和监事；

（4）审查和通过本社的工作报告，管理费的收支账目等；

（5）审查社员对理事会或者监事会的违法行为的检举；

（6）决定社内的其他大事。

社员大会每季召开一次，必要时可以临时召开。

第三十二条　本社的管理机关是理事会，理事会由本社主任、副主任和理事组成，本社的主任和副主任就是理事会主任，主任由本公社专管手工业工作干部担任，理事任期一年，可以连选连任。理事会以下，以大队为单位成立手工业小组，由社员选举政治可靠，有一定的技术能力和工作能力的社员担任组长。以行业为单位成立专业小组，由各行业的理事会干部兼任专业组的组长。

理事会的职权是：

（1）执行国家政策、法令，执行本公社和上级联社的指示、决议，执行社章、社员大会决议；

（2）对外代表本社；

（3）管理社内生产工作（负责本公社手工业技术力量余缺的调剂，有计划、有领导的组织社员到外地上门加工、流动经营）、财务工作（管理费收支）和其他社务等；

（4）决定对于社员的奖励和处分，向社员大会提出吸收新社员和开除社员的建议，向社员大会报告工作情况。

理事会每月召开一次，由主任召集。理事会召开时，要通知监事会，派监事列席，列席的监事只有发言权，没有表决权。

第三十三条　本社的检察机关是监事会：监事会由监事主任、副主任和监事组成。本社由公社社长兼任监事主任，副主任由大队长中精干选举，监事由各大队和手工业中选举。临事会主任、副主任、监事任期一年，可以连选连任，理事会的组成人员及工作人员不能任监事。监事会的职权是：

（1）监督和检查理事会对于国家政策法令，本公社和上级联社的指示、决议、社章，社员大会决议的执行；

（2）检查理事会及小组领导的生产工作和财务工作；

（3）征求社员意见，向理事会提出改进社务的建议；

（4）向社员大会提出检查工作的报告；

（5）受理社员的检举控告，保障社员的合法权利，任何人都不许刁难、阻碍和打击报复。

监事会每月召开一次，由监事会主任召集。监事会开会时，可以邀请社有关人员参加，邀请参加的人员，只有发言权，没有表决权。

第三十四条　本社理事会要在公社党委和管理委员的领导下，经常地加强政治思想工作，对社员进行深入的社会主义和阶级斗争的教育，不断提高社员的社会主义觉悟和阶级觉悟，克服自发的资本主义倾向，端正政治方向，同时还必须牢固地依靠贫苦的传统的手工业工人。贯彻阶级路线，通过扎根串联的办法，培养和组织起一支可靠的阶级力量，团结包括小业主在内的95％以上的手工业工人，向偷工减料、投机倒把、哄抢工价等资本主义思想行为作斗争，调动社员集体生产的积极性，发挥组织起来的优越性，保证本社组织、生产的巩固和发展。

第三十五条　本社章（试行草案）根据《农村人民公社工作条例（修正草案)》、《中共中央关于城乡手工业若干政策（试行草案)》、《手工业合作社示范章程（草案)》的精神，结合本公社手工业的具体情况制定的，自社员大会通过之日起试行。修改权属于社员大会，并报公社党委审核同意，执行贯彻。

并报请联社批准。

第三十六条　本社章（试行草案）的条款，如与国家颁布的政策、法令有抵触时，按国家规定执行。

附录六

郑宅公社四清运动初步总结

——在公社贫代会上的讲话（草稿）

（中共郑宅工作队，1966年12月2日）

代表们：

当前全国是一派大好的革命形势，"文化大革命"和农村的四清运动更加深入地、蓬勃地发展，毛泽东思想的光芒普照大地。"读毛主席的书，听毛主席的话，照毛主席的指示办事"已成了广大干部、群众的自觉行动。我们郑宅公社也和全国一样，通过四清运动，人的精神面貌在日新月异地变化，广大干部和贫下中农热烈响应毛主席关于"抓革命，促生产"的伟大号召，以思想革命化带动农业生产的大跃进。因而，取得了革命、生产的双丰收、双胜利！这些，也就是毛泽东思想的伟大胜利！

我们这次大会是一次检阅四清成果的大会，也是一次我们贫下中农今后如何当好家、掌好印的动员大会。现在，我代表队委，将郑宅公社"文化大革命"和四清运动的情况汇报如下：

我们公社共有 1971 户，12236 人，居住在 20 个大队。工作队于五月份先后进村，迄今六个余月，在工作中，高举毛泽东思想的伟大红旗，高举贫协旗帜，根据《十条》、《二十三条》的规定精神，从公社到大队，在政治、思想、组织和经济四个方面，进行了一次大清理、大检查、大整顿、大建设。并参照"文化大革命"的要求，掀起了一个轰轰烈烈的大破"四旧"、大立"四新"，也就是大立毛泽东思想的群众性的高潮，使几千年留下来的牌坊、灵牌、财神、菩萨，一扫而光；社会上的牛鬼蛇神也被斗得落花流水、威风扫地。进一步大兴了无产阶级思想，大灭了资产阶级思想，使我们的社会主义制度得到了巩固和发展。

"阶级斗争，一抓就灵。"通过这次运动，全社的面貌发生了革命性的变化。出现了一派欣欣向荣的气象：

一、广大贫下中农高举毛泽东思想的伟大红旗，热烈响应林彪同志关于在社教运动中"大学毛主席著作，大讲毛泽东思想"的号召，运动自始至终，学习毛选热潮后浪推前浪，一浪高一浪，出现了一个史无前例的崭新局面。广大贫下中农亲切地说：毛主席的书是为俺贫下中农定的，字字讲革命，句句似金言玉语。人人视为"宝"，爱如"命"。原来认为学习毛选与己无关的人，现在也说学毛选是过社会主义的重要一"关"；原来认为"爱我学"的人，现在变为"我爱学"了；过去学习的人是三三两两、寥寥无几，如今是成群结队、老少皆学；以前有的社员的口袋左是香烟、右是老 K，现在社员的口袋不是语录本就是"老三篇"；以往"读书千万遍，思想不沾边"的人，如今也做到了"边学边用，日见成效"。现在的学风在"逐级"上升，越刮越大，席卷全社男女老少。目前参加学习的人员，上至 86（岁），下到四五六（岁），队委关于"户户有甲乙本，人人有老三篇"的要求，基本上得到实现；"冲而不垮，雷打不散"的学习制度人人遵守、个个照办。全社出现了"大学、大唱、大写、大讲、大用"毛泽东思想的新高潮，出现了

"五成风"（买毛选成风，买主席像成风，写语录贴语录成风，背警句背老三篇成风，唱语录歌成风），基本上达到了"四个有"（有组织、有骨干、有书本、有制度）。

当前，全社学习毛主席著作的形势大好，一个广泛的学习毛主席著作的群众运动，正在一步深入一步地向前发展。尤其是林彪同志发出号召、公社召开了学习毛选的总动员大会之后，群众性的学习又进入了一个新阶段。大家都把学习毛主席著作看作高于一切、大于一切、先于一切、重于一切、急于一切，人人为革命而学、为革命而用，学多少用多少，学了就用，活学活用，这种令人可喜的现象是前所未有的，其特点有以下几个方面：

1. 参加学习的人员越来越多越来越普及。据不完全统计，全社 19 个大队（原 20 个大队现并为 19 个大队），132 个生产队，有"毛选"学习小组 302 个，正式参加学习人员达 5200 余人，共备有毛主席著作 7320 本。内一至四卷有 237 套，甲乙本有 1720 本，单行本有 4401 本，语录本 962 本。有语录牌 658 块，写了各种语录 8137 条，买来毛主席像有 3169 张，举办了各种"讲用会" 195 次。现在路头路尾、屋内屋外、山场田畈，革命歌声嘹亮，处处是毛泽东思想的红色海洋。目前，对毛主席的书，不但青年、壮年积极学，老年、少年也抓紧学。广明大队下中农社员于克芦母，今年 86 岁，天天参加学习，学唱一首《下定决心》的语录歌。该村不但白发苍苍的老太婆热心学，而且刚学会走路、说话的天真活泼的五六岁小孩也张着嘴巴，朗诵语录，特别惹人发笑。

2. 运动中涌现大批的学习积极分子，他们学得好，用得好，作用大，影响广。现在公社有公社的旗帜，大队有大队的标兵，各线有各线的典型，全社现有学习积极分子 278 名。社员身旁有了这样大批学习"能手"，就能使人人学有榜样，比有对象，教有先生。尤其在 11 月 8 日学习"毛选"总动员大会上，介绍了潘琴、王香篮、郑来水、潘碧文、金志华等人，不怕苦、不拍难，狠学狠用毛主席著作的经验后，轰动全社男女老少，顿时学习热潮又推向了一个新的阶段，学出了新的水平，全社有 161 人全文背出了"老三篇"。有 2525 人会唱《大海航行靠舵手》和数曲语录歌。他们怀着浓厚的阶级感情学毛选，对毛主席、对毛主席著作无限热爱、无限忠诚、无限信仰、无限崇拜。因而什么困难也不在话下。不识字、文化低，就一边学文化，一边读毛选。许多贫下中农自豪地说：我们虽然不识字，但有耳朵可以听，脑子可以记，心里可以思，手里可以用，一样能学好毛主席著作。东明大队 74 岁高龄的潘琴老妈妈，听到白求恩同志不远万里，来到中国，帮助抗日战争，她联想起解放前房子被日本佬烧光，财产被抢光的悲惨情景来，越想越仇恨反动派，越想越热爱毛主席，她白发苍苍，只字不识，也下定决心学毛选，把家里给猪吃的几斤糠拿到街上卖得几角钱，到供销社买了一本毛主席的书，叫孙女教一字，她背一字，有时背到三更半夜，还在念念不忘，现在她对《纪念白求恩》一文能读出一百来个字，她不但刻苦地学，而且学了就用，她学了《为人民服务》后，就把自己在路边的一块扩种地放弃了，将路铺阔，让行人、车辆来往方便。深一大队青年妇女潘碧文，五年生了三个小孩，她从毛主席著作中吸取了无穷的力量，家务重、时间少，她就一点一滴地挤，一分一秒地争，"做饭辰光想一想，走在路上背一背"，一切时间均利用起来，现在她把"老三篇"从书本上移到脑子里印下来了，她不但在"学"字上努力，而且还在"用"字上下工夫，她带三个小孩还参加俱乐部工作，坚持演出，坚持参加集体劳动，今年实做工分在 500 分以上，这次社员又选她担任大队副大队长。

3. 通过广大贫下中农的充分讨论和集思广益，制定了一整套切合实际的、比较完善的学习制度，创造了一套成功的学习方法，形式多样，令人兴奋，比如少而精，针对性；学语录，记警句；办夜校，作辅导；谈体会，讲用会；家门口挂语录牌，下田带语录牌。劳动时互相提问和背诵语录，评工记分前学语录，会前会后学语录；组织家庭学习小组，墙上门上、农具家具、生活用具到处大写语录。这些形式已收到良好效果，为了使这些措施能持之以恒地坚持下来，各队还采取了许多相应的措施。石姆大队在学习时间建立点名报到制度，一月检查评比一次，评后过一次民主生活，查查原因，提提意见，议议措施，促进很大，孝门搞"定期大检查"；东明在青年、妇女、民兵等各线上抓标兵、树旗帜，丰产大队各个时期紧紧抓住"向谁学、帮谁学、谁辅导"等三条，使学习步步深入，越学越有成效。

二、高举贫协旗帜。贫下中农阶级兄弟在组织上拧成了一股绳，在思想上万水千流归大海，大家都用"统一的思想、革命的思想、正确的思想，这就是毛泽东思想"武装自己的头脑，统率自己的思想，因而阶级阵营巩固了，阶级优势树立了。运动以前，社队内一部分干部离开社会主义向往资本主义，对阶级敌人言听计从，对贫下中农吊打扣罚，致使贫下中农处在无权的地位，在那些坏人当道的地方，贫下中农仍然经济上受剥削，政治上受压迫，抬不起头，说不响话，普遍存在四个怕：一怕四不清干部打击报复，二怕四类分子反攻复辟，三怕封建势力抬头，欺人压人，四怕两极分化，贫下中农又吃二遍苦。今年五月工作队一进村，贫下中农个个喜出望外，有的乐得跳起来，山头店、东明等大队贫下中农说：俺这个队若不再搞四清，广大贫下中农又要讨饭了。普遍要求组织起来闹革命，保江山。但党内一些支持走资本主义道路的当权派又趁机散布流言蜚语，迷惑群众。东明大队四不清干部郑定志说：搞社教诸暨是点，郑宅是面，面没有点上严，干部总是干部，六个月大六个月小，工作迟早总要走的；公社里的走资本主义道路当权派邵加法（书记）也拼命散布温情主义，磨灭革命意志，说什么"人情留一线，日后好相见"等。正由于这些牛鬼蛇神在兴风作浪，所以，好多贫下中农在运动初期仍是提心吊胆，顾虑颇重，认为当干部是铁打宝座，触不动将来要吃苦头，怕贫下中农不齐心，不团结，日后无力量，怕上级不支持，今后无靠山。

针对群众的思想顾虑，各地采取形式不一的大小会议，亮旗帜，谈"依靠"。这就是大讲依靠贫下中农，把贫下中农的威信提得高高的，把依靠贫下中农的思想搞得香香的。在此基础上，一方面组织大家反复学习《十条》、《二十三条》中有关依靠谁的问题和主席历来强调依靠贫下中农的指示，着重领会"三个存在"、"危险情景"、"五个不可忘记"、"运动性质、重点"等等。另一方面，进行回忆对比，尤其抓住回忆土改组织农会斗倒地主和近几年来某些地方放松对敌人管教，四类分子企图复辟的事实，使大家深刻认识到：贫下中农要当家作主，一定要读毛主席的书，听毛主席的话，组织起来，团结起来。许多大队贫下中农在回忆中说：贫下中农不团结起来，不组织起来，要想彻底翻身难上难；我们贫下中农不搞四清，不闹革命，资本主义斗不倒，社会主义保不牢，还会吃苦头。原来思想上怕这愁那的人，通过主席著作的学习，浑身增添了力量。安山大队贫农张顺雨说："毛主席说过：'没有贫农，便没有革命。若否认他们，便是否认革命。若打击他们，便是打击革命'。有了主席替我们撑腰，什么打击报复也不怕，对四不清干部一定要提"；东明大队贫农郑新华父子在四不清干部威胁下开始思想上有解不开的疙瘩，学了毛选以后，觉悟大大提高，革命意志更加坚定。郑新华说："我过去吃地主的苦，受国民党的罪，拉壮丁我是死里逃生的，现在的'福'全靠共产党和毛主席，今后要记住主席教导，与走资本主义老路的人斗争到底！"其儿子郑克炉接着说："毛主席讲贫农是革命的先锋，我们一定要当革命的先锋。"事后大胆揭发了副大队长郑中堂勾结四类分子，欺压贫下中农，贪污盗窃的事实和在运动中威胁贫下中农等等严重问题；上郑大队郑和星讲："解放前我讨饭，没有权利，现在有了毛主席领导轮到当家了，不革命怎么讲得过去！"于是就积极地揭发了支部书记敌我不分，破坏山林等四不清行为。

通过毛主席著作和《二十三条》的学习以及四清运动的斗争锻炼，广大贫下中农提高了"两个觉悟"，划清了"两个界线"，对来自左右的歪风邪气敢挡，对资本主义行为敢揭，对修正主义思想敢批，对封建残余势力敢扫，对阶级敌人敢斗，所以在运动中好人好事层出不穷，积极分子大批涌现，有的入了党，有的入了团，不少人当上了干部，贫下中农阶级兄弟均有了自己的组织，全社 7724 名贫下中农，按照贫协条例的规定，凡是应入会的都入了会，132 个生产队都成为了贫下中农小组，19 个大队都建立了贫下中农协会，在这次代表大会上，还将要选举公社的贫下中农组织机构，这样以来，我们贫下中农上有主席为"靠山"，下有阶级兄弟的团结一致，还逐级成立了自己的组织，真是天塌下来也敢顶，地陷下去也敢填，今后就能加快步伐建设社会主义的新农村，也有力量保证我们的社会主义江山永葆青春，永不褪色。

三、坚持以阶级斗争、社会主义和资本主义两条道路斗争为纲，放手发动群众，清理专政对象，斗垮阶级敌人，横扫牛鬼蛇神，进一步巩固了无产阶级专政。

郑宅公社以往是一个封建势力比较严重的地方，什么"九世同居，千柱落地，百犬同槽，江南第一家"是这里流传的俗语，也是封建势力真实的写照，前几年阶级敌人、牛鬼蛇神趁暂时困难之机进行无风作浪，所以阶级斗争一直在严重地、尖锐地搏斗着，不但运动前反攻倒算、妄想变天，书写反动诗句，造谣惑众，腐蚀干部，欺压贫下中农，贪污盗窃，投机倒把等等案件大量出现，而且在工作队进村后，还继续出现组织反革命集团、强奸幼女、放火报复等等现行破坏案件，反动气焰十分嚣张，有的地方被搞得乌烟瘴气，集体经济受到严重破坏，运动中贫下中农起来一斗，就斗得阶级敌人目瞪口呆，投降缴械，全公社在对敌斗争中，挖出暗藏的反革命分子三名，破获多年中遗留下来的盗窃案件一起，破获现行反革命集团案件一起，破获现行刑事案件三起，缴获手榴弹 2 个，子弹 14 发，各种杀人武器 100 多件，各种反动证件 200 多件，银圆 500 多个，铜板 400 多斤。同时充分发动群众，对四类分子进行了一次面对面的评审斗争，狠揭反动行为，狠批反动思想，迫使敌人低头认罪，然后根据党政国法、认罪程度和群众意见，将全社 399 名四类分子分别作出不同的处理，运动中，依法逮捕五名，管制一名，摘掉帽子 97 名，戴回帽子五名，纠正了错戴帽子 14 名，漏评 68 名，这些敌人制服之后，依靠群众就地改造，在斗争中，广大干部和群众划清了敌我界限，分清了敌友，认识到毛主席所说的"谁是我们的敌人，谁是我们的朋友，这个问题是革命的首要问题"，要巩固自己的政权，就必须对敌人实行专政。

特别在"文化大革命"高潮到来的时候，广大贫下中农热烈响应毛主席关于"你们要关心国家大事，要把无产阶级文化大革命进行到底"的战斗号召，顿时掀起了一个大破"四旧"、大立"四新"，横扫一切钻进党内的资产阶级代表人物，横扫一切牛鬼蛇神，横扫一切腐朽的资产阶级意识形态和封建的意识形态的新高潮。把思想领域中的你死我活的阶级斗争进行到底。短短几天时间，社会上的牛鬼蛇神被斗得一败涂地，大快人心，几千年遗留下来的污泥浊水一扫而光，据不完全统计，捣毁牌坊五个、石碑五个、大小财神菩萨750个，灶君200多个，香炉灵牌7500多个，各种容图500多幅，各种宗谱1240本，龙灯20套，花轿二顶，黄色书籍7000多册，其他迷信品为数不少，更无法统计，孝门、安山等大队将缴获的"四旧"杂物，当众展览，教育深刻，使群众看到了危害，明确了方向，认识到社会主义革命不仅要巩固政权问题，解决所有制问题，更重要的还要取得思想领域内阶级斗争的胜利，因而在运动后期处理政策过程中，广大贫下中农又带头批判了"私"字当头的各种表现，严格按照《二十三条》、《六十条》的规定，将盲目扩种、山林单干等问题都做了处理，队形过小，不利发展大农业生产的，也自愿进行了并队，广大贫下中农齐心全力，大办社会主义的集体经济。

四、出了党内一些走资本主义道路的当权派，清理公社、大队、生产队等各级组织，纯洁了革命队伍。

过去郑宅公社的工作是有成绩的，特别是党的八届十一中全会以来，形势一年比一年好，农业生产有了很大恢复和发展。但是，阶级斗争仍是严重的、尖锐的，特别是党员、干部"和平演变"的情况相当普遍，有的丧失无产阶级立场，包庇坏人做坏事，甚至同流合污，有的丧失革命斗志，一味追求资产阶级生活方式，更多的人是当了干部，忘了阶级兄弟，对贫下中农的疾苦漠不关心，对党的政策、党的工作掉以轻心，在工作中只抓粮棉油，不问敌我友，对党内发生的许多严重问题，看不清它的性质，不过问，不斗争，这种倾向不克服，"和平演变"就要发展，毛主席所指出的危险情景，就会成为活生生的现实，把钻进党内的资产阶级代表人物揪出来，从政治上、思想上斗倒、斗垮、斗臭；把误入资本主义歧途的人挽救过来；使其他同志从犯错误干部身上接受教训，打次"防疫针"。

在运动中，广大贫下中农拿起了毛泽东思想这面望远镜和显微镜，照得四不清干部现原形，走资本主义道路的当权派被四清运动的汪洋大海所淹没，想躲躲不住，想藏藏不了，如东明大队支书郑定志，是一名地地道道的走资本主义道路的当权派，四清运动一来，他就千方百计设法逃避，与同案人订立攻守同盟，伪造假账，毁灭证据，企图蒙混过关，这种种阴谋诡计在用毛泽东思想武装起来的贫下中农面前都一一破产了，马脚暴露了，内部瓦解了，狐狸尾巴经革命群众揪出来了，贪污2969元集团被查出来了，现经上级批准清除出党，贫下中农通过一场激烈的斗争，四不清干部的问题被摆在光天化日之下，全社共清出了贪污盗窃、投机倒把的金额达41885元，按照政策规定，给予减免之外，应退的3万元基本上退清。

运动中，可喜的不但是解决了干部的经济问题，更重要的是清了政治、清了思想，把"人不为己，天诛地灭"、"人为财死、鸟为食亡"等等资产阶级的唯利是图思想，批得体无完肤，遗臭万年；把"先人后己，他人第一"、"公字当头、大公无私"的干部搞得美名远扬，处处歌颂，这样，贫下中农以毛泽东思想为武器，向资产阶级的反动思想发起了总攻击，在思想领域里打了一个大战役，取得了一次大胜利，所以，这次运动中选出来的各级干部，选拔的一批新生力量，涌现出的大批积极分子都有一个明确的指导思想——当干部为人民，种田为革命，他们工作积极，劳动勤奋，热爱集体，博得了广大群众的信任，原来犯有不同程度错误的干部，通过运动教育和贫下中农帮助，卸下包袱，提高了认识，改正了错误，面貌一新，群众信任，冷水大队前任会计郑小毛贪污1600多元，运动中交代好、退赔好、积极工作、搞好生产，又得到群众欢迎，现在大家又选他担任副大队长。

革命熔炉炼红人，在四清运动的伟大实践中，成批成批的革命接班人在成长，全社经过贫下中农的推荐，接收了87名新党员，增添了党的血液，对原来老党员也进行了开门整训，他们高兴征求了贫下中农批评，自觉地接受群众的监督，现在大多数单位的领导班子，老壮青男女配套成龙，一个革命化领导班子建立起来了，共青团组织，经过大整顿大发展，面目一新，占原有团员总数54%的超龄团员，退了团，吸收了317名优秀的青年积极分子为团员，团的队伍壮大了，活跃了，民兵工作也加强了，基本上做到了组织、政治、军事三落实，妇女、儿童也组织起来，大学毛主席著作，政治空气浓厚了，活跃了。

五、发扬了大寨精神，刷新了生产面貌，山、水、田各项基本建设向前跨进了一大步。

这次运动，根据主席提出的"抓革命，促生产"的方针和《二十三条》四清要落实在建设上规定精神，一进村，就大力宣传主席关于"农业学大寨"的指示，组织社员学习《愚公移山》等文章，用主席思想武装社员的头脑，使群众认识到"事在人为，人定胜天"的道理，发扬"敢教日月换新天"的大无畏精神，斗天、斗地。在严重干旱的不利条件下斗出了一个"丰收年"，全社在春花、白豆、早稻等连续数季减产几十万斤的情况下，全年总产增加 30 万斤左右，亩产 840 斤，提前实现农业纲要"四十条"的规定的指标，这是超出人们想像的劳动成果，许多贫下中农说："四清既清出了一个革命高潮，又清出了一个生产高潮"，安山大队贫下中农反映：四清运动清出了高尚的革命风格，抗旱斗争中各队互相支援，互送农具，互助劳力，大家都怀着为增加社会财富的共同目标，不分你我，不辞劳苦，昼夜车水，下方、芦溪等队日以继夜地开渠引水，挖井找水，抗旱保苗，真正发挥了集体经济的强大力量，显示了组织起来的无比优越性，从今年抗旱斗争、农业丰收的生动事实，使社员懂得了毛主席所说的"世界一切事物中，人是第一个可宝贵的。在共产党领导下，只要有了人，什么人间奇迹也可以造出来"。这是一条千真万确的真理。另外，在山、水、田等基本建设方面，投工之多，工效之高，质量之好也是往年所罕见的，单就前溪滩的治理、石姆水库的完工，中渠的开通就花下了 35600 个劳动日。没有水利任务的大队，也积极投入治山造田等生产斗争，据三郑、深一等六个大队统计，造田投工 5400 个劳动日，已造好 270 多亩田，这些为今后农业生产的大发展打下了良好的基础。

　　总的说来，运动的成绩是巨大的，各个大队基本上符合毛主席提出的六条标准，但是，以高标准的要求来检查，运动中还存在不少缺点和问题，主要表现在：1. 对学习毛泽东思想伟大意义的认识，对毛主席的指示理解了要执行、不理解也要执行等根本问题上，有些人的心目中还不是那么明确，行动起来还不那么自觉，因而"脚踏田头，胸怀全球，种田为革命"的思想树立得还不十分牢固。2. 对阶级斗争的认识不深刻、欠全面，对阶级敌人的活动明显的公开的容易看到，而对比较隐蔽的用另一种形式表现出来的就不易看到，对政治、经济方面的阶级斗争容易看到，而对思想领域里的破旧立新、破私立公的斗争就不易看到，比如运动中揭发出来的宗派斗争，有的只作就事论事的分析，没有提高到阶级斗争上来认识。3. 在政策问题上，尤其是对待干部政策上，有些地方坚持思想领先、突出政治、说服教育、提高觉悟等方面做得不够，致使个别干部思想解决不深透，效果不尽理想。4. 充分信任群众，大胆依靠群众不够，特别在《十六条》下达前，有些地方欠"放手"，包办代替多了一些，"文化大革命"开展以后，情况大有好转，群众起来自己解放自己，自己教育自己的形势大好。今后，必须进一步解决这些问题，巩固和发展运动的成果，把郑宅公社的阶级斗争、生产斗争和科学实验这三项建设社会主义强大国家的伟大革命运动进行到底。

为了使这次伟大的无产阶级"文化大革命"和社会主义教育运动的成果得到巩固和发展，为了把郑宅公社建设成一个社会主义的新农村，为了使我们的社会主义永不变色，特向代表们提出几点希望和要求。

第一，高举毛泽东思想的伟大红旗，把郑宅公社办成一个毛泽东思想的大学校。林彪同志指出："毛泽东思想是革命的科学，是经过长期革命的斗争考验的无产阶级的真理，是最现实的马克思列宁主义，是全党全军全国人民的统一的行动纲领。必须彻底把毛泽东思想贯彻于全党全军全国人民，用毛泽东思想来统一我们的思想。"我们一定要用毛泽东思想武装自己的头脑，真正做到"手不离毛主席的书，嘴不离毛主席的话，心不离毛主席的思想，行动不离毛主席的教导"。在任何情况下，都要坚持不懈地学，做到"任务重压不倒，工作忙冲不倒，时间紧挤不倒，文化低难不倒，年龄大吓不倒，家务重拖不倒"。像"32111"英雄钻井队那样，把毛主席的指示印在脑子里，溶化在血液中，落实在行动上。

第二，大抓阶级斗争、生产斗争和科学实验三大革命运动。我们一定要遵照党中央的指示：念念不忘阶级斗争，念念不忘无产阶级专政，念念不忘突出政治，念念不忘高举毛泽东思想伟大红旗。务把郑宅公社建设成为一个社会主义的美丽花园，为我国社会主义革命和社会主义建设做出更大的贡献，为全世界被压迫被剥削人民做出更大的贡献。

第三，要求广大贫下中农以主人翁的姿态，带头办好集体经济，积极协助和监督各级干部搞好工作，充分发扬民主，处处以身作则，带头贯彻执行党的政策，在阶级斗争的大风浪中，一定要听毛主席的话，做"革命的先锋"，创革命的功勋，对来自左右的各种歪风邪气，要挺身而出，敢挡、敢顶、敢压，对热爱集体、大公无私的好人好事要大力支持，大力宣扬，务把我们农村的政治空气搞得浓浓的。

第四，我们工作队受党的委托来到这里，虽然和大家一道也做了一些工作，但是做得还很不够，内心感到很惭愧，因此，要求大家一方面多多对我们的工作、作风提出批评，我们一定高兴接受同志们的意见，另一方面，运动中尚遗留的问题和没有完结的工作，请你们这批走不了的工作队担当起来，这是我们的恳求，也是我们的唯一希望。

附录七

<h1>郑宅公社"农总"、"贫总"和"农造营"
关于革命大联全的协议</h1>

（1968 年 3 月 10 日）

　　我们公社农民系统的全体代表，在毛主席的最新指示的指引下，在驻浦支左联络站的直接领导和帮助下，通过"斗私批修"的学习，在大好形势的推动下，实现了革命的大联合，现达成协议如下：

　　一、毛主席教导我们说："全国无产阶级'文化大革命'形势大好，不是小好。"我们认为公社的形势也是大好的，广大人民群众已充分发动起来了，毛泽东思想正得到普及，普遍地开办了毛泽东思想学习班，我们坚决紧跟毛主席的伟大战略部署，做大好形势的促进派。

　　二、"大海航行靠航手，干革命靠毛泽东思想。"我们一定永远忠于伟大领袖毛主席，忠于毛主席为首的无产阶级司令部，忠于战无不胜的毛泽东思想，忠于毛主席的无产阶级革命路线，大办毛泽东思想学习班，把郑宅公社办成红彤彤的毛泽东思想的大学校。

　　三、紧跟毛主席的伟大战略部署，牢牢掌握革命斗争大方向，进一步发动群众，以"斗私批修"为纲，以毛泽东思想为武器，深入开展革命的大批判，从思想上、政治上、理论上、组织上，彻底批深批透，批倒批臭中国赫鲁晓夫及其在本地区的代理人，并肃清资产阶级反动路线的流毒，坚决把无产阶级"文化大革命"进行到底。

　　四、毛主席说："要拥军爱民。"伟大的中国人民解放军是我们伟大领袖毛主席亲手缔造的，是林副主席直接指挥的人民子弟兵，是无产阶级专政的重要支柱，是无产阶级"文化大革命"的坚强后盾。我们要更加相信和依靠解放军，拥护和热爱解放军，向解放军学习，向解放军致敬。

　　五、毛主席说："只要两派都是革命的群众组织，就要在革命的原则下实现革命的大联合。"通过"斗私批修"的学习，我们决心当大好形势的促进派，在毛泽东思想的原则基础上，组织不分大小，实现本公社农民系统的大联合，经协商决定统一组成：郑宅公社革命农民联合指挥部（简称"农联"），组成人员确定 11 名，由原"农总"、"贫总"6 名，"农造营"5 名，并由原"农总"、"贫总"与"农造营"2 名担任正、副组长（组长 1 名，副组长 3 名，副组长中 1 名兼文书）。同时撤销本公社的"农总"、"贫总"和"农造营"（其原有印章和旗号上交农联作废）。

六、狠抓革命，猛促生产。我们为了加强对全社春耕生产的领导，决定选派二名"农联"代表充实公社生产领导班子，既做抓革命的闯将，又当促生产的模范，打响春耕生产第一炮，夺取 1968 年革命生产双胜利。

七、正确对待干部，坚决贯彻毛主席的干部政策，依靠和相信干部的大多数，要允许干部犯错误，允许干部改正错误，要大胆解放干部，要帮助和支持革命干部站出来，领导好抓革命，促生产。

八、金华"三·七"协议是促进我们浦江县革命大联合的，我们坚决拥护，坚决执行。

九、坚决贯彻执行我们伟大领袖毛主席提出的"要节约闹革命"的伟大指示，坚决反对铺张浪费，抵制资产阶级反革命经济主义的歪风。

十、坚决贯彻执行"六六通令"和"九五"命令，坚决反对打、砸、抢、抄、抓，必须上交武器弹药（包括土制的），坚持文斗，反对武斗，如有武斗现象产生，坚决加以制止。

十一、必须提高革命的警惕性，严防阶级敌人及走资派的一切破坏活动，横扫社会上一切牛鬼蛇神；严厉打击投机倒把活动，以及赌博、破坏集体经济的歪风邪气。

十二、对其他组织凡符合毛泽东思想的革命行动坚决支持，凡不符合毛泽东思想的行动坚决抵制，努力促进本公社各系统的革命大联合和革命的三结合，为建立本公社红色政权——革命委员会立新功。

附录八

浦江县郑宅公社革命委员会成立和庆祝大会
给伟大领袖毛主席的致敬信

（1968 年 9 月 24 日）

最最敬爱的伟大领袖毛主席：

无限忠于您的郑宅公社 14000 人民，满怀革命亲情，以无比的喜悦，向您，我们心中最红最红的红太阳报喜，经驻浦支联站批准的"郑宅公社革命委员会"，在阶级斗争的大风大浪中胜利地诞生了！

敬爱的毛主席！我们欢呼您光辉思想的又一个伟大胜利！我们纵情歌唱您的无产阶级革命路线又一曲嘹亮凯歌！

毛主席呀！毛主席！是您的光辉思想，给了我们革命的灵魂，是您的伟大教导，赋予我们新的无产阶级青春，是您的一系列指示，给了我们无穷无尽的革命力量。所以我们对您无限热爱、无限信仰、无限崇拜、无限忠诚！我们衷心地祝愿您老人家万寿无疆！万寿无疆！万寿无疆！

敬爱的毛主席！是您在两个阶级、两条道路、两条路线决战的关键时刻，给我们派来了您亲自缔造和领导的中国人民解放军，促进巩固和发展了我们革命的大联合，促进了我们革命的三结合，我们深深地知道，这都是您一次又一次地给我们亲切关怀和英明指示，使我们少走了弯路。我们坚决贯彻和执行您亲自批发的"七·三"和"七·二四"布告，以"斗私批修"为纲，加强无产阶级党性，打倒资产阶级，反对资产阶级的派性，彻底改造世界观，全面落实您的一系列最新指示，以您的光辉思想指导一切、统帅一切，誓做彻底的无产阶级革命派，为夺取无产阶级"文化大革命"的全面胜利而奋勇前进！

毛主席呀！毛主席！我们一定遵照您的教导，继续大办、办好各种类型的毛泽东思想学习班，加强阶级斗争观念，一定做到念念不忘阶级斗争，念念不忘无产阶级专政，念念不忘突出无产阶级政治，念念不忘高举毛泽东思想伟大红旗，把革命的大批判、清理阶级队伍和斗批改开展得更加广泛，更加深入，革命的大联合和革命的三结合更加巩固，更加发展，把活学活用您的光辉思想的伟大群众运动推向一个新的高潮，孜孜不倦地读您的书，老老实实听您的话，不折不扣地照您的指示办事，忠心耿耿地做您的好战士，把我们郑宅公社办成一个红彤彤的毛泽东思想大学校。

毛主席呀！毛主席！您教导我们要"抓革命，促生产"。我们一定狠抓革命，猛促生产，节约闹革命，进一步掀起工农业生产新高潮，力争革命和生产双丰收，双胜利！

最最敬爱的毛主席！让我们再次地以深厚的阶级感情，衷心地祝愿您：我们伟大的导师，伟大的领袖，伟大的统帅，伟大的航手，我们心中最红最红的红太阳毛主席万寿无疆！万寿无疆！万寿无疆！

附录九

关于我社部分生产队要求调整规模的请示报告

（郑宅公社革委会，1972 年 8 月 24 日）

我社在毛主席革命路线指引下，上级党委领导下，通过党在农村各项无产阶级政策贯彻、农业学大寨群众运动的开展，革命生产形势是很好的。

现根据实践的反映、群众和党支部的要求，为了搞好今冬明春路、渠、线、山、水、田的规划，更好地开展农业学大寨，争取 1973 年更大跃进，对三郑、前店、冷水、东庄、安山、上郑、东明七个大队的队形、规模需作调整：

一、三郑大队，312 户，1379 人，现 5 个队，调为 10 个队。

二、安山大队，375 户，1576 人，现 9 个队，调为 14 个队。

三、上郑大队，145 户，618 人，现 2 个队，调为 4 个队。

四、前店、冷水、东庄、东明四个大队为了有利耕作，解决插花田，有利用水增加抗旱力，队规模不动，适当调整户数、田、地划畈。在调整中，干部社员说：保证搞好当前生产，巩固集体经济，干劲倍增，明年增产。做好机耕路、排灌渠、山水田的建设，并在撒花草籽前搞好变动工作，以上报告请审查速复。

后 记

本书是我在博士研究生毕业论文的基础上修改而成的，是我涉足乡村社会史领域初步和尝试性的研究成果。

如文章中已经提到的，1997年后，我的学术视野逐步由宏观的"三农"（农业、农村、农民）研究转向微观的"乡村社会史"研究。以浦江郑宅为研究对象，正是这种学术视野转换的自觉选择。

在1999—2002年三年多时间的资料收集、调查访谈和论文撰写过程中，在2002年5月博士论文答辩后的文稿修改过程中，我真切地体会到从事乡村社会史研究的艰辛，可以说，这是一条大有可为但却布满荆棘的道路。从事乡村社会史研究，需要热情和执著，需要耐心和毅力，甚至需要具备诸如建立从政府到民间各种通道的能力。我不是郑宅人，也不是浦江人，期间遇到的困难自然是可以想像的。幸好，整个研究过程由于得到了"集体性的援助"而变得相当顺利和愉快。

基于此，我真诚地感谢为本项研究提供各种支持和帮助的人们。

感谢我的导师杨树标教授，感谢他对我所进行的微观研究的认同，感谢他在我的论文撰写过程中所给予的悉心指导，他宽阔的视野、开放的思维以及社会参与的能力，使我受益匪浅。感谢孙达人教授，他的学识、包容和率真深深地感染了我，他的鼓励和启发催我进取，也使我不断体验到学术的乐趣。感谢金普森教授、丁建弘教授、沈坚教授、包伟民教授、吕一民教授、王志邦研究员等，感谢他们的关心与支持。

感谢中共浦江县委党校陈文言、张志锐，浦江县统计局陈舒平，浦江县档案局傅樟绸，郑宅镇何金海、金有来、周道杰、张国强、范文达等先生。我在浦江调查期间，得到他们提供的各种帮助。相关的帮助也来自同事、同学、朋友（封越建、傅荣校、李元江等）和学生（吴铮强、董刚等），尤其是吴铮强，协助我进行资料的收集和整理，在此一并表示感谢。

感谢郭德宏教授、朱汉国教授、吕伟俊教授、王河教授、杨福茂研究员、叶炳南研究员，他们在论文评阅和答辩过程中给予我的肯定和鼓励，以及大量的建设性意见，使我获益匪浅。

感谢浙江省社会科学界联合会连晓鸣副主席、曾骅秘书长，他们非常重视浙江省的乡村社会史研究事业，并一直关注我的工作进展。尤其是在书稿的修改和出版阶段，曾骅秘书长的无私帮助令我感动。感谢社科出版社的宫京蕾同志在本书出版过程中所付出的辛勤劳动。

最后，真诚地期待大家的回应。所有的意见、建议和批评，将是我前行的动力。

梁敬明

2004 年 12 月